TENTÉE

LA MAISON DE LA NUIT

Livre 1. *Marquée*

Livre 2. *Trahie*

Livre 3. *Choisie*

Livre 4. *Rebelle*

Livre 5. *Traquée*

Livre 6. *Tentée*

À paraître :

Livre 7. *Brûlée*
(2012)

Livre 8
(2012)

TENTÉE

LA MAISON DE LA NUIT   LIVRE 6

P. C. CAST ET **KRISTIN CAST**

Traduit de l'américain par Julie Lopez

POCKET JEUNESSE

Directeur de collection :
Xavier d'ALMEIDA

Titre original :
Tempted – A House of Night Novel 6
Publié pour la première fois en 2009
par St. Martin's Press LLC, New York.

Loi n° 49 956 du 16 juillet 1949 sur les publications
destinées à la jeunesse : novembre 2011.

ISBN : 978-2-266-20267-1

Kristin et moi aimerions dédier ce livre à notre fabuleuse éditrice, Jennifer Weis, avec qui c'est un véritable plaisir de travailler, et qui rend les réécritures supportables. On t'adore, Jen !

CHAPITRE UN

Zoey

Un croissant de lune magique brillait au-dessus de Tulsa. Il faisait scintiller la glace qui recouvrait l'abbaye bénédictine où nous venions d'affronter un immortel déchu et une grande prêtresse véreuse. On aurait dit que la déesse avait posé la main sur tout ce qui nous entourait. Je contemplais le cercle baigné de sa clarté devant la Grotte de Marie : c'était dans ce lieu de pouvoir que, quelques minutes plus tôt, esprit, sang, terre, humanité et nuit personnifiés s'étaient alliés pour triompher de la haine et des ténèbres. La statue de Marie, encadrée de roses en pierre, posée sur une saillie en haut de la grotte, semblait attirer la lumière argentée. L'expression de son visage était sereine ; ses joues luisaient comme si elle pleurait doucement de joie.

Je levai les yeux au ciel et j'adressai une prière silencieuse au superbe astre symbolisant ma déesse, Nyx. « Nous sommes en vie. Kalona et Neferet sont partis. »

— Merci, murmurai-je.

Écoute ton cœur...

Ces mots pénétrèrent en moi, subtils comme une brise d'été, effleurant ma conscience avec une telle légèreté que mon esprit les remarqua à peine alors qu'ils s'imprimaient dans mon âme.

Il y avait du monde – des nonnes, des novices, et quelques vampires – autour de moi ; j'entendais un brouhaha de cris, de conversations, de pleurs et même de rires. Pourtant tout me paraissait distant.

Soudain, la cicatrice qui traversait ma poitrine se mit à me picoter, comme en réponse à ma prière muette. Ce n'était pas douloureux. La sensation, familière et chaude, me prouvait que Nyx m'avait marquée de nouveau. Je savais qu'en jetant un coup d'œil sous mon tee-shirt, je trouverais un autre tatouage exotique, telle une dentelle couleur saphir, dissimulant cette longue balafre hideuse – signe que je suivais le chemin de ma déesse.

— Erik et Heath, allez chercher Lucie, Johnny B. et Dallas – puis vérifiez si tous les Corbeaux Moqueurs sont bien partis avec Kalona et Neferet ! cria Darius.

Je sortis brutalement de cette transe mystique et cotonneuse, comme si on avait placé un iPod sur mes oreilles, volume à fond. Tous les bruits et la confusion ambiante envahirent mes sens.

— Mais Heath est un humain ! Un Corbeau Moqueur pourrait le tuer en un clin d'œil, lâchai-je sans réfléchir.

Évidemment, Heath gonfla le thorax tel un crapaud attaqué par un chat.

— Hé, je ne suis pas une mauviette !

Erik, stéréotype du grand vampire vantard et sûr de lui, ricana.

— Tu es un humain, donc tu es une mauviette, point barre !

— J'y crois pas ! s'écria Aphrodite. On arrive à vaincre les méchants, et cinq minutes plus tard ces deux-là se tapent déjà la poitrine comme des gorilles rivaux ! commenta-t-elle en s'approchant de Darius.

Toute méchanceté disparut de son sourire quand elle se tourna vers le Fils d'Érebus.

— Salut, beau gosse ! Comment te sens-tu ?

— Ne te fais pas de souci pour moi, répondit-il en la regardant avec passion.

Ils ne se touchèrent pas, ne s'embrassèrent pas ; pourtant j'aurais juré que l'air crépita, chargé d'électricité. S'accrochant au regard du combattant, Aphrodite se tourna vers James Stark.

— Dis donc, tu as cramé comme une tranche de bacon !

Stark, qui se tenait entre Darius et Erik, ne réagit pas.

Bon, je l'admets, « se tenir » n'est pas le terme approprié. Il titubait, ayant beaucoup de mal à rester debout.

— Darius, dit Erik en ignorant Aphrodite, emmène-le à l'intérieur. Lucie et moi, on va faire en sorte que tout se passe bien ici.

Cette intervention n'avait rien de choquant en soi, sauf qu'il se la jouait un peu trop « c'est moi le boss ». Quand il ajouta : « Je laisserai Heath nous donner un coup de main » d'un ton condescendant, il avait vraiment tout d'un imbécile pompeux.

— Tu me laisseras vous donner un coup de main ? rugit Heath. Va te faire...

— Zoey, rappelle-moi lequel des deux est censé être ton petit copain, déjà ? me demanda Stark.

Malgré son piteux état, sa voix râpeuse et sa faiblesse à faire peur, ses yeux pétillaient d'humour.

— Moi ! s'écrièrent Heath et Erik en chœur.

— C'est pas vrai ! lança Aphrodite. Quels débiles !

Stark se mit à ricaner, puis à tousser, avant de pousser un gémissement de douleur. Ses yeux se révulsèrent, et il s'effondra.

Avec la rapidité caractéristique des Fils d'Érebus, Darius le rattrapa avant qu'il ne touche le sol.

— Il faut le soigner ! déclara-t-il.

Affalé dans les bras du combattant, Stark, tout flasque, semblait sur le point de mourir.

J'avais l'impression que ma tête allait exploser.

— Je... je ne sais même pas où se trouve l'infirmerie, bafouillai-je.

— Ce n'est pas un problème, affirma Aphrodite. On n'a qu'à demander à un pingouin de nous l'indiquer. Hé, la nonne ! cria-t-elle à l'une des sœurs vêtues de noir et blanc qui étaient sorties de l'abbaye comme des petites souris quand le chaos de la bataille avait cédé la place à celui de l'après-bataille.

Darius s'élança vers la bonne sœur, Stark dans les bras et Aphrodite sur les talons, puis me jeta un coup d'œil par-dessus son épaule.

— Tu ne viens pas avec nous, Zoey ?

— J'arrive !

J'allais m'en prendre à Erik et Heath quand une voix familière à l'accent marqué leur sauva la mise.

— Va avec eux, Zo. Je vais m'occuper de nos deux coqs et m'assurer que les monstres sont partis.

— Lucie, tu es la meilleure de toutes les meilleures amies !

Je la serrai dans mes bras, heureuse qu'elle soit aussi rassurante, aussi solide, aussi normale. J'eus un pincement au cœur quand elle recula en me souriant et que je vis, comme pour la première fois, les tatouages écarlates qui prolongeaient le croissant de lune coloré au milieu de son front et descendaient sur ses joues. Un léger malaise s'insinua en moi.

— Ne t'en fais pas pour ces deux crétins, reprit-elle, interprétant mal mon hésitation. Je commence à avoir l'habitude de les séparer.

Comme je restais plantée à la dévisager, son sourire s'évanouit.

— C'est ta grand-mère qui t'inquiète ? Elle va bien. Kramisha l'a reconduite à l'intérieur après que Kalona a été banni, et sœur Marie Angela vient de m'annoncer qu'elle allait la voir.

— Oui, je me souviens que Kramisha l'a aidée à se rasseoir dans sa chaise roulante. C'est juste...

Je m'interrompis. Juste quoi ? Comment mettre des mots sur le sentiment lancinant que quelque chose ne tournait pas rond chez ma meilleure amie et le groupe d'ados avec lequel elle s'était alliée, et comment le lui avouer ?

— ... c'est juste que tu es fatiguée et que tu te fais trop de souci, dit-elle d'une voix douce.

« Est-ce de la compassion que je lis dans ses yeux, ou autre chose, bien plus sombre ? »

— Je m'occupe de tout ! déclara-t-elle. Va rejoindre Stark.

Elle me serra de nouveau dans ses bras, puis me poussa doucement en direction de l'abbaye.

— Merci, dis-je bêtement en m'éloignant sans prêter attention aux deux imbéciles qui me fixaient en silence.

— Hé, demande à Darius ou à un autre combattant de surveiller l'heure, lança-t-elle. Le soleil ne va pas tarder à se lever, il faut que les novices rouges et moi soyons rentrés avant.

— Pas de problème. Je n'oublierai pas, promis-je en me disant que Lucie n'était décidément plus la même.

CHAPITRE DEUX

Lucie

— **B**on, écoutez-moi bien, tous les deux, parce que je ne le répéterai pas : arrêtez vos bêtises !

Debout devant Erik et Heath, les mains sur les hanches, Lucie les foudroyait du regard.

— Dallas ! cria-t-elle sans les quitter des yeux.

Le novice rouge la rejoignit au pas de course.

— Qu'est-ce qu'il y a, Lucie ?

— Va chercher Johnny B. Dis-lui de prendre Heath par le col et d'aller inspecter la zone entre l'abbaye et Lewis Street pour vérifier si les Corbeaux Moqueurs sont bien partis. Toi et Erik, chargez-vous du côté sud du terrain. Je m'occupe de la rangée d'arbres le long de la 21ᵉ rue.

— Toute seule ? demanda Erik.

— Oui, toute seule, répondit-elle sèchement. Je te rappelle que je peux faire trembler la terre rien qu'en tapant du pied, ou te soulever et te jeter comme une vulgaire poupée de chiffon bornée et jalouse. Alors, oui, je pense être capable de faire face.

Dallas se mit à rire.

— Et moi, je pense que le vampire rouge qui a une affinité avec la terre vient de mettre une sacrée raclée au vampire bleu.

Heath s'étrangla de rire ; évidemment, Erik se remit à bomber le torse.

— Non! s'écria Lucie avant qu'ils n'en viennent aux mains. Si vous n'avez rien de gentil à dire, alors, fermez-la.

— Tu as besoin de moi, Lucie ? demanda Johnny B., qui venait d'arriver. J'ai croisé Darius avec le mec à la flèche. Il paraît que tu me cherches.

— Oui, fit-elle, l'air soulagé. Je veux que Heath et toi ratissiez la zone entre l'abbaye et Lewis. Vérifiez si ces saletés de Corbeaux Moqueurs ont vraiment filé.

— On y va ! s'écria-t-il en faisant semblant de donner un coup de poing sur l'épaule de Heath. Allez, le footballeur, montre-moi ce que tu as dans le ventre !

— Regardez bien tous les coins d'ombre, lui conseilla Lucie en secouant la tête tandis que Heath s'essayait à quelques mouvements de boxe avec le novice.

— Pas de problème ! déclara Dallas en entraînant Erik, qui le suivit en silence.

— Faites vite ! ajouta-t-elle. Le soleil va bientôt se lever. Rendez-vous dans une demi-heure devant la Grotte de Marie. Si vous trouvez quelque chose, braillez, et on accourra tous.

Après s'être assurée qu'ils allaient bien dans la direction qu'elle leur avait indiquée, elle soupira, excédée : qu'est-ce que c'était agaçant ! Elle aimait Zoey plus que la mousse au chocolat, mais gérer les petits copains de sa meilleure amie lui donnait l'impression d'être un fétu pris dans une tornade. Après avoir passé quelques jours avec Erik, qui était incontestablement le plus beau garçon de l'école, elle se rendit compte qu'il était un sacré casse-pieds avec un ego surdimensionné. Quant à Heath, aussi sympa soit-il, il restait un humain, et elle trouvait que Zoey avait raison de se faire du souci pour lui. Les humains étaient plus vulnérables que les vampires ou les novices.

Elle jeta un coup d'œil par-dessus son épaule, mais ne vit personne dans les ténèbres glaciales : les deux coqs jaloux étaient momentanément hors d'état de nuire.

Par comparaison, elle n'en appréciait que plus Dallas. Il était tellement simple, tellement facile à vivre ! Même s'il n'était pas son petit ami officiel, il y avait un truc entre eux, et Lucie aimait bien sa compagnie. Cependant, Dallas savait qu'elle avait beaucoup de responsabilités, alors il ne lui mettait pas la pression. En revanche, elle pouvait compter sur lui en toute circonstance.

« Je devrais apprendre à Zoey deux-trois choses en la matière », pensa-t-elle en se s'engageant dans le bosquet d'arbres millénaires qui encerclait la Grotte de Marie et protégeait le parc de l'agitation de la 21e rue.

Une chose était sûre : il faisait vraiment un temps de chien. Elle n'avait parcouru qu'une dizaine de mètres, ses boucles blondes étaient déjà trempées, et elle avait une goutte au bout du nez. Elle essuya du dos de la main son visage dégoulinant de pluie givrante.

Il régnait dans les parages une obscurité et un silence irréels. Plus aucun lampadaire ne fonctionnait sur la 21e rue ; pas un véhicule n'était en vue. C'était franchement flippant. On aurait dit qu'en s'enfuyant Kalona avait emporté avec lui le son et la lumière.

Elle dérapa, glissa sur le terrain en pente et se retrouva sur la route. Sans sa super vision nocturne de vampire rouge, elle aurait perdu tout sens de l'orientation.

Nerveuse, elle repoussa les cheveux humides collés sur ses joues et essaya de se ressaisir.

— Arrête de te conduire comme une poule mouillée, il n'y a pas plus stupide qu'une poule ! dit-elle à voix haute.

Ses mots lui parurent bizarrement amplifiés, ce qui augmenta encore son angoisse.

Pourquoi diable était-elle aussi tendue ?

— Peut-être parce que tu caches des choses à ta meilleure amie, marmonna-t-elle.

Elle allait tout raconter à Zoey. Si, vraiment ! Si elle ne l'avait pas fait jusque-là, c'est qu'elle n'avait pas eu le temps. Et puis, Zoey avait déjà assez de soucis comme ça. Et... et... c'était difficile d'en parler, même à elle.

Lucie donna un coup de pied dans une branche cassée. Difficile ou pas, elle allait le faire. Il le fallait ! Mais plus tard. Beaucoup plus tard, peut-être.

En attendant, elle avait d'autres chats à fouetter.

La main en visière pour se protéger les yeux de la pluie glacée, elle scrutait les branches recouvertes de givre. Elle fut soulagée de ne trouver aucune silhouette noire et menaçante tapie au-dessus d'elle. Restant sur la route, où il était plus facile de marcher, elle s'éloigna de l'abbaye.

Elle ne le sentit qu'une fois arrivée à la clôture séparant la propriété des nonnes de l'immeuble voisin.

Le sang.

Mais pas du sang normal.

Elle s'arrêta et huma l'air comme un animal sauvage : senteur humide de moisi, de glace emprisonnant la terre ; parfum vif, teinté de cannelle, des arbres dénudés, et celui, piquant, de l'asphalte. Elle ignora ces odeurs pour se concentrer sur celle qui l'intéressait. Il ne s'agissait pas de sang humain, ni même de sang de novice : il n'y avait là-dedans aucune note de soleil ni de printemps — de miel ni de chocolat — d'amour ni de vie. Non, cette odeur était trop sombre. Trop forte. Imprégnée d'un composant étrange, venu d'ailleurs, elle l'attirait irrésistiblement.

Bientôt, elle aperçut les premières taches. Dans l'obscurité précédant l'aube d'une journée nuageuse, elle ne distinguait que des traces humides sur la glace, mais elle savait que c'était du sang. Beaucoup de sang.

Pourtant, il n'y avait ni animal ni humain blessé dans les parages, seulement une traînée obscure, qui allait en s'épaississant de la route vers la partie la plus dense du bosquet, derrière l'abbaye.

Ses instincts de prédateur se réveillèrent d'un coup. À pas de loup, le souffle court, elle suivit cette trace sans faire de bruit.

Elle le trouva au pied de l'un des plus gros arbres, sous une branche, visiblement cassée depuis peu, qui le recouvrait à moitié.

Elle frémit. C'était un Corbeau Moqueur !

La créature, énorme, était couchée sur le côté, la tête collée contre le sol, de telle sorte que Lucie ne voyait pas son visage. Son aile géante était de toute évidence brisée. Son bras humain, couvert de sang, formait un angle improbable. Le Corbeau avait replié les jambes contre lui, en une sorte de position fœtale.

Elle se rappela avoir entendu Darius tirer des coups de feu lorsque Zoey et les autres avaient descendu la rue à cheval comme s'ils avaient le diable aux trousses. Il avait dû être touché en plein vol.

— Mince, souffla-t-elle. Il a fait une sacrée chute.

Les mains en porte-voix, elle s'apprêtait à prévenir Dallas et les autres, mais le Corbeau Moqueur tourna la tête vers elle.

Elle se figea. Ils se contemplèrent. Surprise, la créature écarquilla des yeux étonnamment humains dans ce visage d'oiseau. Puis elle regarda derrière Lucie comme pour s'assurer qu'elle était seule. Automatiquement, celle-ci leva les mains, prête à appeler la terre à la rescousse.

— Tue-moi, qu'on en finisse ! dit-il alors d'une voix altérée par la souffrance.

C'était si inattendu que Lucie abaissa les bras et recula d'un pas.

— Tu sais parler ! lâcha-t-elle sans réfléchir.

Le Corbeau Moqueur eut alors une réaction qui choqua profondément Lucie, qui devait changer le cours de sa vie.

Il rit.

Un son sec et sarcastique, qui se termina dans un gémissement. Mais c'était quand même un rire, et il conféra de l'humanité à ses paroles.

— Oui, lâcha-t-il entre deux halètements. Je parle. Je saigne. Je meurs. Achève-moi.

Il essaya de s'asseoir, comme s'il voulait aller à la rencontre de la mort, et poussa un cri d'agonie. Ses yeux se révulsèrent, et il s'effondra sur le sol gelé, inconscient.

Lucie s'élança vers lui sans hésiter un instant. Comme il s'était évanoui face contre terre, elle put pousser ses ailes sur le côté et l'attraper sous les bras. Comme il était très massif, elle s'attendait à ce qu'il soit lourd. En réalité, il était si léger qu'elle n'eut aucun mal à le traîner entre les arbres, pendant que sa raison hurlait : « Mais qu'est-ce que tu fais ? Qu'est-ce que tu fais, bon sang ? »

Elle n'en avait aucune idée. Tout ce qu'elle savait, c'était qu'elle ne tuerait pas le Corbeau Moqueur.

CHAPITRE TROIS

Zoey

— Est-ce qu'il va s'en sortir ? chuchotai-je pour ne pas réveiller Stark.

Peine perdue : il battit des paupières et esquissa une version douloureuse de son petit sourire insolent.

— Je ne suis pas encore mort.

— Ce n'est pas à toi que je parle ! rétorquai-je.

— Du calme, *u-we-tsi-a-ge-ya,* me réprimanda doucement Grand-mère Redbird, que la sœur Marie Angela, prieure des nonnes bénédictines, faisait entrer dans la petite infirmerie.

— Grand-mère, tu es là !

Je me précipitai vers elle et j'aidai la nonne à l'installer dans un fauteuil.

— Zoey se fait du souci pour moi, c'est tout, intervint Stark.

Il avait refermé les yeux sans cesser de sourire.

— Je sais, *tsi-ta-ga-a-s-ha-ya.* Mais elle suit une formation de grande prêtresse ; elle doit apprendre à contrôler ses émotions.

Tsi-ta-ga-a-s-ha-ya ! J'aurais éclaté de rire si Grand-mère n'avait été aussi pâle et frêle, et si, globalement, je n'avais été aussi inquiète.

— Désolée, Grand-mère, tu as raison ! Mais ce n'est pas évident quand tous les gens que j'aime le plus n'arrêtent pas de frôler la mort ! lâchai-je avant d'inspirer à fond pour me calmer. Et, d'ailleurs, tu ne devrais pas être au lit ?

— Je ne vais pas tarder, *u-we-tsi-a-ge-ya.*

— Qu'est-ce que ça veut dire, *Tsi-ta-ga-a-s-*machin ? demanda Stark d'une voix rendue rauque par la douleur, tandis que Darius appliquait une crème épaisse sur ses brûlures.

Néanmoins, il paraissait amusé et curieux.

— *Tsi-ta-ga-a-s-ha-ya,* rectifia Grand-mère, signifie « coq ».

— Tout le monde dit que vous êtes une sage, poursuivit-il, les yeux brillants de malice.

— C'est beaucoup moins intéressant que ce qu'on raconte sur toi, *tsi-ta-ga-a-s-ha-ya.*

Stark rit avant de grimacer de douleur.

— Ne bouge pas ! lui ordonna Darius.

— Ma sœur, je pensais qu'il y aurait un médecin, dis-je en m'efforçant de cacher ma panique.

— Un médecin humain ne pourrait rien pour lui, déclara Darius. Il lui faut du repos, du…

— Ça ira très bien, le coupa Stark en le regardant droit dans les yeux. Comme je le faisais remarquer, je ne suis pas encore mort.

Le Fils d'Érebus hocha la tête, prenant l'air de lui concéder un point. J'aurais dû ignorer cet échange, mais vu que ma patience s'était épuisée des heures auparavant, je lançai :

— Bon, qu'est-ce que vous me cachez ?

La nonne qui assistait Darius me considéra froidement.

— Ce jeune homme a peut-être besoin de savoir qu'il ne s'est pas sacrifié en vain.

La dureté de ces mots me fit un choc. Submergée par un sentiment de culpabilité, la gorge serrée, je ne sus que répondre. Stark avait été prêt à donner sa vie pour moi ! J'avalai ma salive avec difficulté. Que valait ma vie ? Je n'étais qu'une gamine de dix-sept ans qui accumulait les erreurs ; la réincarnation d'une jeune fille créée des siècles plus tôt pour piéger un ange déchu que, tout au fond de moi, je ne pouvais m'empêcher d'aimer, même si je savais que c'était mal.

Non. Je ne méritais pas que Stark se sacrifie pour moi.

— Je le sais déjà, dit-il d'une voix ferme, forte et assurée.

Je battis des paupières pour chasser mes larmes et croisai son regard.

— Je n'ai fait que mon devoir, reprit-il. Je suis un combattant. J'ai juré de me mettre au service de Zoey Redbird, grande prêtresse bien-aimée de Nyx. Ce qui signifie que je travaille pour notre déesse, et que je me fiche d'avoir été blessé et brûlé, du moment que ça a aidé Zoey à vaincre les méchants.

— Bien dit, *tsi-ta-ga-a-s-ha-ya*, le félicita Grand-mère.

— Sœur Émilie, je vous relève de vos fonctions pour le reste de la nuit, déclara à cet instant Marie Angela. Veuillez demander à sœur Bianca de vous remplacer. Je vous engage à méditer ces quelques mots : « Ne jugez point, et vous ne serez point jugés. »

— Comme vous voudrez, ma sœur, dit la nonne avant de sortir précipitamment.

Grand-mère et sœur Marie Angela échangeaient un sourire entendu quand Damien frappa à la porte entrouverte.

— C'est l'heure des visites ? Quelqu'un a très envie de voir Stark.

Il regarda par-dessus son épaule et fit signe à celui qui se trouvait derrière lui de ne pas bouger. Un petit aboiement lui répondit. Stark grimaça et tourna brusquement la tête vers le mur.

— Ne la laissez pas entrer ! Vous pouvez dire à Jack qu'elle lui appartient désormais.

— Non, lançai-je alors que Damien faisait mine de s'en aller. Demande-lui de venir avec Duchesse.

— Zoey, non, commença Stark. Je...

Je l'interrompis d'un geste.

— Tu as confiance en moi ?

Il me considéra pendant un long moment ; son regard trahissait sa vulnérabilité et son chagrin. Néanmoins, il finit par acquiescer.

— Oui, Zoey.

— Vas-y, Damien.

Damien recula, murmura quelque chose, puis s'écarta. Jack, son petit ami, apparut sur le seuil. Il avait les joues rouges, et ses yeux brillaient d'une lueur suspecte. Il fit quelques pas puis agita la main.

— Viens ! Tout va bien. Il est là.

Le labrador blond pénétra dans la pièce avec une discrétion étonnante pour un chien aussi gros. Il s'arrêta près de lui et le regarda en remuant la queue.

— Tout va bien, répéta Jack en lui souriant avant d'essuyer les larmes qui coulaient sur ses joues. Il va mieux maintenant.

Il désigna le lit, et Duchesse posa les yeux sur Stark. Le chien et son maître se contemplèrent un long moment. Nous retenions tous notre souffle.

— Salut, ma jolie, fit Stark d'une voix émue.

Duchesse dressa les oreilles et pencha la tête sur le côté. Stark lui fit signe d'approcher.

— Viens là, Duch.

Comme si un barrage venait de se rompre en elle, la chienne se précipita, folle de joie. Elle gémissait, aboyait et se tortillait dans tous les sens – bref, elle se comportait comme un chiot, malgré sa bonne quarantaine de kilos.

— Non ! professa Darius. Pas sur le lit.

Obéissante, Duchesse se contenta de glisser son museau sous l'aisselle de Stark, son corps tout secoué de soubresauts. Stark, radieux, la caressait en lui répétant qu'elle était une bonne chienne et qu'elle lui avait beaucoup manqué.

Damien me tendit un mouchoir, et je me rendis compte que je pleurais à chaudes larmes.

— Merci, marmonnai-je en m'essuyant le visage.

Il me fit un petit sourire, puis passa le bras autour des épaules de Jack, et il lui donna à lui aussi un mouchoir.

— Viens, on va dans la chambre que les sœurs nous ont préparée, lui dit-il. Tu as besoin de te reposer.

Entre deux reniflements, Jack hocha la tête et se laissa entraîner vers la porte.

— Attends, Jack ! lança Stark, qui grattait le cou de Duchesse. Merci de t'être occupé de Duch pendant mon... absence.

— Ça a été un plaisir. Je n'avais jamais eu de chien auparavant, et j'ignorais à quel point c'était génial.

Sa voix se brisa. Il se racla la gorge et continua :

— Je... je suis content que tu ne sois plus, euh, méchant et affreux, tout ça, et qu'elle puisse retourner avec toi.

— À ce propos, je ne suis pas redevenu moi-même à cent pour cent et, même quand ce sera le cas, je ne sais pas quel va être mon emploi du temps. Alors, tu me ferais une grande faveur en acceptant de partager la garde de Duchesse avec moi.

Le visage de Jack s'illumina.

— Vraiment ?

Stark hocha la tête d'un air las.

— Vraiment. Vous pourriez peut-être l'emmener avec vous dans votre chambre et revenir avec elle un peu plus tard ?

— Bien sûr ! s'exclama Jack. Enfin, ça ne pose aucun problème...

— Tant mieux, fit Stark en prenant le museau de

Duchesse dans sa main pour qu'elle le regarde dans les yeux. Je vais bien maintenant, ma jolie. Tu vas aller avec Jack le temps que je me remette complètement.

Malgré la souffrance que ce mouvement devait lui causer, il s'assit et embrassa Duchesse, qui lui lécha le visage.

— Gentille chienne... C'est ma belle fifille, ça ! Allez, va avec Jack, maintenant. File !

Elle lui lécha une dernière fois la joue, poussa un petit gémissement réticent, puis trotta jusqu'à Jack en remuant la queue et se frotta contre lui, tandis qu'il essuyait ses yeux d'une main et la caressait de l'autre.

— Je vais bien m'occuper d'elle et je te la ramènerai dès que le soleil sera couché, d'accord ?

— D'accord. Merci, Jack.

Stark sourit avant de s'écrouler sur ses oreillers.

— Il doit se reposer, déclara Darius.

— Zoey, viens m'aider à conduire ta grand-mère dans sa chambre, me demanda sœur Marie Angela. La nuit a été longue pour nous tous.

Je regardai tour à tour Stark et ma grand-mère, les deux personnes auxquelles je tenais tant, aussi inquiète pour l'un que pour l'autre.

— Hé ! fit Stark. Prends soin de ta grand-mère. Je sens que le soleil va bientôt se lever. Je vais m'endormir comme une masse.

— Euh... d'accord.

Je m'approchai de son lit et restai plantée là, un peu gênée. Qu'étais-je censée faire ? L'embrasser ? Saisir sa main ? Lever le pouce en lui faisant un sourire idiot ? Il n'était pas mon petit ami ; ce que nous partagions

26

allait plus loin que ça. Perturbée et mal à l'aise, je lui effleurai l'épaule du bout des doigts.

— Merci de m'avoir sauvé la vie, murmurai-je.

Il me regarda dans les yeux, me faisant oublier tout le reste.

— Je protégerai toujours ton cœur, même si, pour cela, il faut que le mien s'arrête de battre.

Je l'embrassai sur le front.

— On va faire en sorte que cela n'arrive pas, d'accord ?

— D'accord, chuchota-t-il.

— On se revoit au coucher du soleil, dis-je avant de me précipiter vers ma grand-mère.

Sœur Marie Angela et moi l'aidâmes à se lever, puis nous la portâmes presque dans son lit. Elle me paraissait fragile et minuscule : L'angoisse me tordait le ventre.

— Arrête de te faire du souci, *u-we-tsi-a-ge-ya*, dit-elle alors que la sœur lui glissait un oreiller sous la tête.

— Je vais chercher vos médicaments et m'assurer que les stores sont fermés et les rideaux tirés dans la chambre de Stark, comme ça, vous aurez deux minutes pour discuter. À mon retour, il faudra avaler vos cachets contre la douleur et dormir.

— Vous êtes un vrai tyran, Marie Angela, plaisanta Grand-mère.

— Si vous le dites..., fit la nonne avant de quitter la pièce.

Grand-mère me sourit et tapota le lit.

— Viens t'asseoir près de moi, *u-we-tsi-a-ge-ya*.

Je m'exécutai et repliai les jambes sous moi, m'efforçant de ne pas trop la bousculer. L'airbag qui lui avait sauvé la vie lors de l'accident avait meurtri et brûlé son visage. Elle avait des points de suture sur la lèvre et sur la joue, un bandage sur la tête, et son bras était pris dans un gros plâtre.

— C'est bizarre, non ? Mes blessures paraissent terribles, et pourtant elles sont beaucoup moins douloureuses et profondes que celles que tu portes en toi.

J'allais lui répondre que j'allais bien, mais ce qu'elle ajouta ensuite me fit taire.

— Depuis combien de temps sais-tu que tu es la réincarnation d'A-ya ?

CHAPITRE QUATRE

Zoey

— J'ai été attirée par Kalona dès la première fois où je l'ai vu, avouai-je.

Je ne voulais pas mentir à ma grand-mère, mais ces confidences n'en étaient pas moins difficiles.

— Remarque, repris-je, presque tous les novices, et même les vampires, ont ressenti la même chose. On aurait dit qu'il leur avait jeté un sort.

— C'est ce que m'a raconté Lucie. Mais avec toi, c'était différent, n'est-ce pas ? Il y avait plus que son charme surnaturel ?

— En fait, je n'étais pas réellement sous son charme. Je n'ai jamais cru qu'il était Érebus revenu sur terre, et je savais qu'il était de mèche avec Neferet. Je voyais très bien son côté sombre. Et pourtant, j'avais envie d'être avec lui – pas seulement parce que je me disais qu'il pouvait encore choisir le bien, mais parce que je le désirais, même si je savais que c'était mal.

— Tu as combattu ce désir, *u-we-tsi-a-ge-ya*. Tu as choisi ton propre chemin, celui du bien et de ta déesse.

C'est cela qui t'a permis de bannir cette créature. Tu as choisi l'amour. Que cette pensée soit un baume sur la plaie qu'il a laissée dans ton âme.

Le sentiment de panique qui m'enserrait la poitrine commença à s'atténuer.

— Oui, c'est ça, mon chemin, affirmai-je avec plus de conviction que je n'en avais ressentie depuis que j'avais compris que j'étais la réincarnation d'A-ya.

Puis je fronçai les sourcils. Je ne pouvais nier qu'elle et moi étions liées. Quelque chose – mon essence, mon âme ou mon esprit, j'ignorais quoi précisément – me connectait à un être immortel que la terre avait emprisonné pendant des siècles.

— Je ne suis pas A-ya, mais mon histoire avec Kalona n'est pas terminée. Que dois-je faire, Grand-mère ?

Elle prit ma main.

— Rien d'autre que suivre ta voie. Pour l'instant, elle va te conduire dans un lit bien chaud pour une bonne journée de sommeil.

— Une crise à la fois, c'est ça ?

— Une *chose* à la fois.

— Il est temps que vous suiviez vos propres conseils, Sylvia ! lança sœur Marie Angela en faisant irruption dans la pièce, un verre d'eau dans une main, des pilules dans l'autre.

Grand-mère lui sourit d'un air las. Je remarquai que ses doigts tremblaient lorsqu'elle plaça les cachets sur sa langue.

— Grand-mère, je vais te laisser te reposer maintenant.

— Je t'aime, *u-we-tsi-a-ge-ya*. Tu as fait du bon travail aujourd'hui.

— Je n'y serais pas arrivée sans toi. Je t'aime aussi, Grand-mère.

Je l'embrassai sur le front ; puis, tandis qu'elle fermait les yeux et se calait sur ses oreillers avec un sourire satisfait, je suivis la nonne dans le couloir. Je me mis aussitôt à la bombarder de questions.

— Avez-vous trouvé de la place pour loger tout le monde ? Est-ce que les novices rouges vont bien ? Savez-vous si Lucie a envoyé Erik, Heath et je ne sais qui inspecter les alentours ? Ça ne craint plus rien dehors ?

La nonne leva la main pour interrompre ce flot de paroles.

— Mon enfant, respire, et laisse-moi parler.

Elle m'expliqua que les nonnes avaient aménagé une sorte de dortoir confortable pour les novices rouges au sous-sol, Lucie leur ayant dit qu'ils seraient plus à l'aise sous terre. Ma bande était à l'étage, dans les chambres réservées aux invités et, oui, les garçons avaient inspecté les lieux et n'avaient trouvé aucun Corbeau Moqueur.

— Vous êtes géniale ! m'écriai-je alors que nous faisions halte devant une porte au bout d'un long couloir. Merci.

— Je t'en prie. Voici l'escalier qui mène au sous-sol. Presque tous les jeunes gens s'y trouvent déjà.

— Zoey ! Te voilà ! Il faut que tu voies ça. Tu ne croiras jamais ce que Lucie a fait ! souffla Damien, qui remontait l'escalier quatre à quatre.

— Quoi ? demandai-je, affolée, en me précipitant à sa rencontre. Qu'est-ce qui ne va pas ?

Il me fit un grand sourire.

— Tout va bien. C'est incroyable !

Il me prit la main et m'entraîna.

— Damien a raison, dit la nonne, qui nous emboitait le pas. Cependant, « incroyable » n'est pas le terme qui convient.

— « Horrible » ou « affreux » serait mieux ? suggérai-je.

— Arrête d'être aussi pessimiste ! protesta Damien. Tu as vaincu Neferet et Kalona ; tout ira bien désormais.

Je me forçai à lui sourire et à prendre un air détaché, alors que je savais, au fond de mon cœur, au fond de mon âme, que ce qui s'était passé cette nuit n'était pas une conclusion, ni même une victoire, mais un terrible début.

— Waouh ! lâchai-je, incrédule.

— Waouh au carré, même ! dit Damien.

— C'est vraiment Lucie qui a fait ça ?

— D'après Jack, oui.

Debout côte à côte, nous scrutions le tunnel obscur creusé sous l'abbaye.

— C'est flippant, commentai-je, pensant à voix haute.

Damien me regarda d'un drôle d'air.

— Pourquoi ?

— Eh bien !...

Je m'interrompis, ne sachant trop quoi dire. Ce boyau me mettait vraiment mal à l'aise.

— Euh... C'est... c'est très sombre.

Il rit.

— Bien sûr que c'est sombre ! Normal pour un trou dans la terre.

— Moi, je trouve cet endroit rassurant, déclara sœur Marie Angela en nous rejoignant. C'est peut-être son odeur.

Nous reniflâmes tous. C'était une odeur de... de terre, quoi.

— Oui, une senteur riche et saine, précisa Damien.

— Comme un champ fraîchement labouré, enchaîna la nonne.

— Tu vois, ce n'est pas flippant, Zoey. Je n'hésiterais pas à m'abriter là-dedans en cas de tornade.

J'expirai longuement, me sentant hypersensible et un peu bête, et m'efforçai de considérer le tunnel avec un œil nouveau.

— Ma sœur, pourrais-je vous emprunter votre lampe torche un petit instant ?

— Bien sûr.

Elle me tendit la grosse lampe carrée bien solide qu'elle avait apportée dans cet endroit à l'écart du sous-sol principal, qu'elle appelait leur « cave à légumes ». La tempête de glace qui avait frappé Tulsa ces derniers jours avait causé une coupure d'électricité dans toute la ville. Heureusement, les nonnes possédaient des géné-rateurs à gaz, si bien que quelques lampes étaient allumées dans la partie principale de l'abbaye, pour compléter les milliers de bougies qu'elles affection-naient tant. Je braquai le faisceau lumineux sur le boyau.

La Maison de la Nuit

Il n'était pas très large : on pouvait facilement toucher les deux parois en écartant les bras. Je levai les yeux en l'air : il n'y avait qu'une trentaine de centimètres entre le sommet de mon crâne et le plafond. Je reniflai de nouveau, essayant de trouver le réconfort que Damien et sœur Marie Angela semblaient éprouver. Je plissai le nez : ça puait l'humidité, les racines et d'autres choses encore, des choses qui, je le craignais, rampaient et couraient dans l'obscurité. Je frémis. J'avais la chair de poule.

Alors, je me secouai. Qu'est-ce qui me répugnait autant ? Ce n'était qu'un tunnel ! Or, j'avais une affinité avec la terre ; je pouvais m'en servir. Je n'avais aucune raison d'avoir peur.

Les dents serrées, je fis un pas dans l'obscurité, puis un autre et encore un autre.

— Euh... Zoey, ne va pas trop loin, lâcha Damien. C'est toi qui tiens l'unique source de lumière, et je ne voudrais pas que sœur Marie Angela reste dans le noir. Elle risquerait d'avoir peur.

Je secouai la tête, me retournai, illuminant le visage inquiet de mon ami et celui, serein, de la nonne.

— Tu ne voudrais pas qu'*elle* ait peur ?

Il passa d'un pied sur l'autre, penaud. Sœur Marie Angela posa la main sur son épaule.

— C'est gentil de penser à moi, Damien, mais je n'ai pas peur du noir.

Je lançais à mon copain un regard qui voulait dire : « Arrête de faire la mauviette ! » lorsqu'une impression étrange m'envahit. Derrière moi, l'atmosphère changea. Je savais que je n'étais plus seule. Un frisson glacé remonta le long de ma colonne vertébrale, et j'eus une envie irrésistible de partir en courant, de ficher le camp aussi vite que possible et de ne jamais revenir ici.

Et c'est ce que j'aurais fait si je ne m'étais pas surprise moi-même en me mettant en colère. Je venais d'affronter un immortel déchu – une créature à laquelle mon âme était liée – et je ne m'étais pas enfuie ! Alors, il n'était pas question que je me dérobe maintenant. Je fis volte-face.

— Zoey ? Que se passe-t-il ? demanda Damien, dont la voix me parut très lointaine.

Soudain, une lumière vacillante apparut dans l'obscurité. On aurait dit l'œil luisant d'un monstre souterrain. À moitié aveuglée, je crus voir une créature à trois têtes, avec une crinière ondulée, et des épaules grotesques.

Alors, je fis ce qu'aurait fait à ma place n'importe quelle adolescente normale : j'inspirai et je poussai mon plus beau cri de fille, qui fut aussitôt repris par les trois bouches du monstre cyclope. Damien se mit lui aussi à hurler, et la nonne émit un petit hoquet étonné. J'allais faire exactement ce que je m'étais promis de ne pas faire – fuir à toutes jambes – lorsque l'une des têtes cessa de crier et pénétra dans le faisceau de lumière.

— Bon sang, Zoey ! C'est quoi, ton problème ? C'est seulement moi et les Jumelles. Tu nous as foutu les jetons !

— Aphrodite ? soufflai-je, la main sur la poitrine, essayant de calmer les battements de mon cœur.

— Bien sûr que c'est moi, fit-elle en me rejoignant. Reprends-toi !

Les Jumelles n'avaient pas bougé. Erin tenait un cierge et le serrait si fort qu'elle avait les phalanges toutes blanches. Shaunee pressait son épaule contre la sienne, l'air effrayé.

— Euh... salut, lâchai-je. Je ne savais pas que vous étiez là.

Shaunee réagit la première. Elle passa sa main tremblante sur son front et se tourna vers Erin.

— Sans blague ! Jumelle, est-ce que je suis devenue blanche de peur ?

Erin dévisagea sa meilleure amie, les paupières plissées.

— Là, tu rêves ! Tu as toujours ton sublime teint cappuccino.

Elle tâta ses épais cheveux blonds.

— Et moi, elle ne m'a pas donné d'hideux cheveux blancs, j'espère ?

Je leur fis les gros yeux.

— Je vous signale que c'est vous qui m'avez filé une sacrée frousse !

— Écoute, la prochaine fois que tu veux faire fuir Neferet et Kalona, crie comme ça, lança Erin.

— Oui, on aurait dit que tu avais complètement pété les plombs.

Sur ce, elles me dépassèrent en haussant les épaules.

Je les suivis dans la cave à légumes, où Damien, l'air plus gay que jamais, s'éventait frénétiquement. La nonne, elle, finissait de se signer. Je posai la lampe torche sur une table encombrée de bocaux en verre.

— Bon, sérieusement, qu'est-ce que vous faisiez là-dedans ? demandai-je.

— Dallas nous a dit que c'était par là qu'ils étaient arrivés de la gare, répondit Shaunee.

— D'après lui, le tunnel était cool. C'est Lucie qui l'a creusé elle-même, ajouta Erin.

— Alors, on a voulu juger par nous-mêmes.

— Et toi ? Pourquoi tu étais avec elles, Aphrodite ?

— Nos deux héroïnes avaient besoin de protection. Alors, tout naturellement, elles se sont adressées à moi.

— Comment avez-vous fait pour apparaître comme ça, d'un seul coup ? fit Damien avant qu'elles ne commencent à se chamailler.

— Fastoche ! déclara Erin en retournant dans le tunnel, à l'endroit où nous nous étions trouvées. Il y a un virage serré à gauche, juste là.

Elle fit un pas sur le côté, et la lumière de sa bougie disparut, avant de réapparaître.

— C'est pour ça qu'on ne s'est vues qu'au tout dernier moment, conclut-elle.

— Quand je pense que Lucie a fait ça toute seule ! dit Damien. C'est extraordinaire.

Je remarquai qu'il ne s'était toujours pas approché du tunnel, restant près de la lampe. Sœur Angela s'avança vers l'entrée et toucha la paroi fraîchement creusée.

— En effet. Cependant elle a bénéficié de l'intervention divine.

— Vous faites référence à votre théorie, selon laquelle la Vierge Marie n'est qu'une autre version de Nyx ? demanda soudain Lucie dans notre dos.

Cela nous fit tous sursauter.

— Oui, mon enfant.

— Je ne veux pas vous offenser, mais c'est la chose la plus bizarre que j'aie jamais entendue, dit Lucie en nous rejoignant.

Je la trouvai un peu pâle, et son odeur me parut étrange. Il suffit pourtant qu'elle sourie pour redevenir l'adorable Lucie que je connaissais.

— Zoey, c'est toi qui as hurlé comme ça ? voulut-elle savoir.

— Euh... oui, avouai-je, gênée. Je ne m'attendais pas à tomber sur les Jumelles et Aphrodite dans le tunnel.

— Je te comprends. Dans le genre monstre, Aphrodite a de quoi faire peur.

J'éclatai de rire et en profitai pour changer de sujet.

— En parlant de monstres : avez-vous trouvé des Corbeaux Moqueurs dehors ?

Elle détourna le regard.

— Aucun. Ne te fais pas de souci.

— C'est une bonne nouvelle ! s'écria la sœur en frémissant. Ces créatures, mélange d'homme et de bête, sont de véritables abominations. Je suis soulagée que nous en soyons débarrassés.

— Ce n'est pourtant pas leur faute, répliqua Lucie d'un ton brusque.

— Pardon ? dit la nonne, déstabilisée.

— Ils n'ont pas demandé à naître comme ça, déformés par la haine et le viol. En réalité, ce sont des victimes.

— Ils ne m'inspirent aucune pitié, dis-je, étonnée qu'elle défende ces horreurs.

Damien frissonna.

— On est obligés de parler de ça ?

— Non, pas du tout, répondit Lucie en toute hâte.

— Tant mieux. Au fait, si j'ai amené Zoey ici, c'est pour lui montrer ton tunnel, Lucie. Laisse-moi te dire que je le trouve fabuleux.

— Merci, Damien ! J'étais trop contente quand je me suis aperçue que j'étais capable de faire ça.

Elle passa devant moi et entra dans la bouche du tunnel. Elle leva les bras et appuya ses paumes contre les parois. Cela me rappela soudain une scène de *Samson et Dalila*, un vieux film que j'avais regardé avec Damien un ou deux mois auparavant, dans lequel Dalila conduisait un Samson aveugle entre deux piliers qui soutenaient le toit du palais où s'étaient rassemblés ses ennemis. Il retrouvait alors sa force et écartait les piliers, produisant un effondrement, dans lequel il trouvait la mort, lui aussi.

— Pas vrai, Zoey ?

— Hein ?

Je battis des paupières, perturbée par la scène de destruction que j'avais revécue dans mon esprit.

— Je disais que c'est Nyx qui m'avait donné la force de creuser ce tunnel. Ma parole, tu ne m'écoutes pas du tout !

Lucie avait baissé les bras et me regardait d'un air qui semblait dire : « Mais qu'est-ce qui se passe encore dans ta tête ? »

Elle se tourna vers sœur Marie Angela.

— La Vierge Marie n'a rien à voir là-dedans. Je ne veux pas vous blesser, ma sœur, mais c'est la vérité.

— Tu as droit d'avoir ta propre opinion, Lucie,

répondit la nonne, avec calme. Néanmoins, tu dois savoir que même si tu ne crois pas en quelque chose, cela ne rend pas pour autant son existence impossible.

— J'y ai un peu réfléchi, intervint Damien, et personnellement, cette hypothèse ne me paraît pas aussi saugrenue que ça. N'oubliez pas que dans le *Manuel du novice*, Marie est représentée comme l'un des nombreux visages de Nyx.

— Ah... ah bon ? fis-je.

Il me lança un regard sévère qui me reprochait clairement de ne pas être une élève plus studieuse, et continua de sa plus belle voix de professeur.

— Oui. Selon de nombreuses sources, lors de la propagation du christianisme en Europe, les lieux saints liés à Gaïa ou à Nyx ont été alloués à Marie, et ce, bien avant que les gens ne se convertissent à la nouvelle...

Bercée par le fond sonore de l'interminable monologue de Damien, je scrutais l'obscurité profonde du tunnel en imaginant des formes cachées derrière Lucie. Quelqu'un, ou quelque chose, rôdait peut-être à quelques pas de nous... Je frissonnai.

« C'est ridicule ! me dis-je. Ce n'est qu'un tunnel. » Pourtant, cette peur irrationnelle ne voulait pas me lâcher, ce qui me mit en colère et me poussa à me rebiffer. Alors, telle l'héroïne naïve d'un film d'horreur, je fis un pas de plus dans l'obscurité. Puis un autre...

Les ténèbres m'entourèrent d'un coup.

Je savais que je ne me trouvais qu'à quelques petits mètres de mes amis. J'entendais Damien, qui pérorait toujours. Mais ma raison n'avait aucun pouvoir contre la terreur qui m'enserrait la poitrine. Mon cœur, mon

esprit, mon âme – appelez ça comme vous voudrez –
me hurlaient de m'enfuir en courant.

Je sentais la pression de la terre, comme si le boyau
se rétrécissait pour m'étouffer. Je commençai à suffo-
quer.

Je voulais reculer et ne réussis qu'à trébucher. Mes
pieds ne m'obéissaient plus ! Des points lumineux dansaient devant mes yeux... Je tombai de tout mon long.

CHAPITRE CINQ

Zoey

L'obscurité profonde me privait de l'usage de tous mes sens. Je battais des bras, essayant de trouver quelque chose, n'importe quoi, que je pourrais toucher, entendre, ou sentir, et qui me donnerait une prise sur la réalité. En vain : je n'avais aucune sensation. Il n'y avait que ce cocon de ténèbres et les palpitations de mon cœur affolé.

Étais-je morte ?

Non, je ne le pensais pas. Je me rappelais m'être aventurée dans le tunnel creusé sous l'abbaye bénédictine, à quelques mètres de mes amis.

J'avais eu peur. Je me souvenais d'avoir eu très peur.

Ensuite, il n'y avait rien eu d'autre que ce noir complet.

Que m'était-il arrivé ? « Nyx ! hurlait mon esprit. Déesse, aidez-moi ! Je vous en prie, montrez-moi la lumière ! »

« Écoute avec ton âme... »

Je poussai un soupir de soulagement en entendant la voix rassurante de la déesse, mais elle fut suivie d'un silence implacable.

J'essayai de me calmer et je tendis l'oreille.… Autour de moi régnait un silence total, noir, qui semblait dévorer mon être. Je n'avais jamais rien vécu de tel. Je ne savais pas ce qu'il fallait faire…

Soudain, je pris conscience qu'une partie de moi avait déjà connu quelque chose de semblable.

Je ne voyais rien, je ne sentais rien. Je ne pouvais rien faire d'autre que regarder en moi, en quête de cette réminiscence qui pourrait m'aider à comprendre et à me sortir de cette situation.

Mes souvenirs se réveillèrent ; ils m'emportèrent loin dans le passé, effaçant les années en même temps que ma résistance.

Soudain, je perçus un roulement de tambour, auquel se mêlaient de lointaines voix de femme. Puis je reconnus les relents humides du tunnel. Finalement, je sentis la terre contre mon dos nu. Je n'eus qu'un moment pour passer en revue ce flot de sensations avant que le reste de ma conscience ne revienne au galop. Je n'étais pas seule ! J'étais dans les bras de quelqu'un !

Alors, il parla.

« Oh, déesse, non ! Vous ne pouvez pas permettre ça ! »

C'était la voix de Kalona ! Ma première réaction fut de pousser un cri et de me débattre, mais je ne contrôlais pas mon corps, et les mots qui sortaient de ma bouche n'étaient pas les miens.

— Chut ! Ne désespère pas, je suis avec toi, mon amour.

— Tu m'as piégé !

Alors même qu'il lançait cette accusation, ses bras se refermaient sur moi. Je reconnus la passion froide de son étreinte immortelle.

— Je t'ai sauvé, m'entendis-je répondre, pendant que je me blottissais contre lui. Tu n'étais pas fait pour vivre sur cette

terre. *Voilà pourquoi tu étais aussi malheureux, aussi insatiable.*

— *Je n'avais pas le choix ! Les mortels ne comprennent pas.*

Je glissai les doigts dans ses cheveux doux et épais.

— *Moi, je comprends. Tu seras en paix ici, avec moi. Oublie tes inquiétudes et ta tristesse. Je te réconforterai.*

Je sentis qu'il cédait avant même qu'il ne l'admette.

— *Oui, murmura-t-il. Je partagerai ma peine avec toi, et mon désir désespéré sera enfin assouvi.*

— *Oui, mon amour, mon consort, mon combattant... oui...*

Alors, je me perdis en A-ya. Je ne savais plus où finissait son désir, ni où commençait le mien. Si j'avais encore le choix, je n'en voulais pas. J'étais à ma place : dans les bras de Kalona.

Ses ailes nous recouvrirent, me protégeant de la brûlure glacée de sa peau. Ses lèvres trouvèrent les miennes. Nous nous explorâmes lentement, avec un sentiment d'émerveillement et d'abandon. Quand nos corps se mirent à bouger de concert, j'éprouvai une joie absolue.

Soudain, je commençai à me dissoudre.

— *Non !*

Je ne voulais pas partir ! Je voulais rester avec lui.

Mais, cette fois encore, je ne contrôlais rien. Je me sentis disparaître, rejoindre la terre, tandis qu'A-ya sanglotait, sa voix brisée répétant sans cesse dans ma tête : SOUVIENS-TOI...

Une gifle me brûla la joue. Je pris une grande inspiration, qui chassa les dernières traces d'obscurité de mon esprit. J'ouvris les yeux, et la lumière de la lampe torche me fit battre des paupières.

— Je me souviens, dis-je d'une voix aussi rouillée que mes pensées.

— Tu es sûre, ou tu veux que je te gifle encore ? demanda Aphrodite.

Mon cerveau fonctionnait au ralenti, refusant d'être arraché à mon rêve. Je secouai la tête pour éclaircir mes pensées.

— Non !

J'avais crié avec une telle violence qu'Aphrodite bondit en arrière.

— D'accord, tu me remercieras plus tard.

Sœur Marie Angela se pencha sur moi à son tour et écarta les cheveux collés par la sueur sur mon visage glacé.

— Zoey, tu es avec nous ?

— Oui, répondis-je d'une voix brisée.

— Que s'est-il passé ? Pourquoi as-tu perdu conscience ?

— Tu ne te sens pas malade, hein ? demanda Erin d'une voix tremblante.

— Tu ne vas pas cracher un poumon ou un truc du genre ? enchaîna Shaunee, la mine inquiète.

Lucie repoussa les Jumelles pour s'approcher de moi.

— Parle-moi, Zoey. Tu es sûre que ça va ?

— Oui. Je ne suis pas en train de mourir.

Mes pensées s'étaient remises en place, même si je n'arrivais pas à me débarrasser des vestiges du désespoir d'A-ya. J'avais conscience que mes amis craignaient que mon corps n'ait commencé à rejeter la Transformation. Je me forçai donc à me concentrer sur l'instant présent et tendis la main à Lucie.

— Aide-moi à me relever. Je me sens mieux.

Elle me maintint pendant que je titubais, essayant de recouvrer l'équilibre.

— Que t'est-il arrivé, Zoey ? demanda Damien, l'air angoissé.

Que pouvais-je lui répondre ? Devais-je avouer à mes amis que j'avais revécu un épisode d'une vie antérieure, dans lequel je m'étais donnée à notre pire ennemi ? Je n'avais même pas eu le temps d'explorer le labyrinthe d'émotions que ce souvenir avait créé en moi. Comment serais-je capable de les expliquer à mes amis ?

— Dis-nous tout, mon enfant, intervint sœur Marie Angela. La vérité est toujours moins effrayante que les suppositions.

— J'ai eu peur du tunnel, prétendis-je.

— Peur ? Tu veux dire qu'il y a quelque chose à l'intérieur ? souffla Damien, qui avait enfin arrêté de me dévisager et scrutait l'ouverture sombre avec nervosité.

Les Jumelles reculèrent de quelques pas.

— Non, il n'y a rien. Enfin… je ne pense pas. De toute façon, ce n'est pas ça qui m'a effrayé.

— Tu essaies de nous faire croire que tu es tombée dans les pommes parce que tu as eu peur du noir ? lança Aphrodite.

Je me raclai la gorge pour répondre, mais Lucie me devança.

— Hé, vous savez quoi ? Peut-être que Zoey n'a pas envie de parler de ça.

En écoutant ma meilleure amie, je me rendis compte que si je gardais pour moi sur ce qui venait de m'arriver, je ne me sentirais pas le droit de la pousser à me raconter ce qu'elle me cachait.

— Tu as raison. Je n'ai pas envie d'en parler, mais vous méritez de connaître la vérité. Ce tunnel m'a fait cet effet parce que mon âme l'a reconnu. Je me suis rappelée avoir été piégée sous terre avec Kalona.

— Parce qu'il y a vraiment un peu d'A-ya en toi ? fit Damien d'une voix douce.

Je hochai la tête.

— Je suis moi, mais je suis aussi, d'une certaine manière, une partie d'elle.

— Intéressant…, commenta-t-il.

— Bon, mais tu en es où, du coup, avec Kalona ? voulut savoir Aphrodite.

— Je n'en sais rien ! Je n'en sais rien ! Je n'en sais rien ! explosai-je, stressée et confuse. Je n'ai aucune réponse. Je n'ai que des souvenirs, et je n'ai pas eu une seconde pour les analyser. Vous pourriez me lâcher un peu et me laisser remettre de l'ordre dans mes pensées ?

Ils acquiescèrent tous en marmonnant. Ils passaient d'un pied sur l'autre et me fixaient comme si j'avais perdu la tête. Je les ignorai, ainsi que les questions sur Kalona qui m'assaillaient, presque tangibles, et me tournai vers Lucie.

— Explique-moi exactement comment tu t'y es prise pour faire ce tunnel.

Elle sursauta, l'air troublé. Je n'avais pas parlé comme la fille qui s'était évanouie et qui essayait de changer de sujet parce qu'elle avait honte d'être la réincarnation de quelqu'un, mais comme une grande prêtresse.

— Oh, tu sais, ce n'était pas sorcier, fit-elle, visiblement mal à l'aise, comme si elle essayait de paraître nonchalante alors que c'était tout le contraire. Hé, tu es sûre que ça va ? On devrait peut-être remonter au rez-de-chaussée pour te trouver un soda. Si tu as des *flash-backs* ici, ce ne serait pas une mauvaise idée d'aller parler ailleurs.

— Je vais bien. Pour l'instant, je veux juste en savoir plus sur ce tunnel, déclarai-je en la regardant droit dans les yeux. Alors, tu vas me dire comment tu l'as creusé.

Je sentais la curiosité mêlée de perplexité de mes amis et de la nonne, mais je ne lâchais pas Lucie des yeux.

— Bon, d'accord. Tu sais que les souterrains datant de la prohibition courent sous presque tout le centre-ville ?

— Oui.

— Et tu te souviens que j'avais fait un peu de reconnaissance pour savoir où ils menaient ?

— Je m'en souviens, oui.

— Bon, eh bien, j'ai trouvé l'entrée à moitié effondrée du souterrain dont Ant nous avait parlé l'autre jour.

Je hochai la tête avec impatience.

— Elle était pleine de terre, mais j'ai réussi à agrandir le trou qui restait au milieu, puis j'ai passé le bras à l'intérieur et senti un courant d'air. J'en ai déduit qu'il continuait de l'autre côté. Alors, j'ai poussé avec mes mains, appelant à l'aide mon élément. Et la terre a répondu.

— Répondu ? Tu veux dire qu'elle a remué ?

— Oui, je voulais qu'elle le fasse. Ce n'est pas facile

à expliquer. Le tas de pierres qui bouchait l'entrée s'est
effondré, et j'ai pu me glisser dans un tunnel très ancien.

— Et ce vieux tunnel n'était pas en béton, comme
ceux qu'on trouve sous la gare et le centre-ville, c'est
ça ? se renseigna Damien.

Lucie acquiesça. Ses boucles blondes rebondirent sur
ses épaules.

— Exactement !

— Et il menait jusqu'ici ? enchaînai-je.

Je tentai d'estimer sa longueur, mais j'étais incapable
de faire le calcul, vu que je suis nulle en maths. En tout
cas, ça faisait une bonne trotte.

— Il commence bien au même endroit que les autres,
mais il ne part pas en direction du centre-ville. Je
trouvais ça bizarre et intrigant, et...

— Comment tu as su où il allait ? l'interrompit
Damien.

— Fastoche ! Je trouve toujours les points cardinaux
de mon élément. Alors, pour me repérer...

— Je vois.

— Et ensuite ? la pressai-je. Continue !

— Ensuite, il s'est arrêté. Alors, je me suis arrêtée
aussi, décidant de reprendre mon exploration un autre
jour. Quand tu m'as donné rendez-vous ici, j'y ai tout
de suite repensé. Je me suis rappelée que le tunnel allait
justement vers l'abbaye. J'y suis donc retournée, je me
suis concentrée sur l'endroit où je voulais aller, et puis
j'ai poussé, comme je l'avais fait la première fois, mais
encore plus fort. Et, hop ! la terre a obéi, et maintenant
nous sommes là ! conclut-elle avec un large sourire en
faisant une petite révérence.

Sœur Marie Angela rompit le silence qui suivit cette déclaration d'un ton complètement normal, qui ne la rendit que plus chère à mon cœur.

— Remarquable, n'est-ce pas ? Lucie, toi et moi ne sommes peut-être pas d'accord sur l'origine de ton pouvoir, mais son étendue n'en finit pas de m'impressionner.

— Merci, ma sœur ! Je vous trouve super, vous aussi, surtout pour une nonne !

— Comment arriviez-vous à voir là-dedans ? les coupai-je.

— Je n'ai pas de problème avec ça ; pour les autres, c'est plus difficile. Alors, j'avais apporté des lampes à huile, expliqua-t-elle.

— N'empêche que ça fait une sacrée distance à parcourir, remarqua Shaunee.

— C'est clair, enchérit Erin. Ça devait être flippant.

— Non, être sous terre ne me fait pas peur, et aux novices rouges non plus. Je vous assure qu'il n'y a pas de quoi en faire un plat. À vrai dire, c'était même super facile.

— Et tu as réussi à les emmener tous avec toi ? demanda Damien.

— Ouaip !

— Lesquels ? fis-je.

— Comment ça, lesquels ? Qu'est-ce que tu racontes, Zoey ? J'ai emmené tous les novices rouges, que tu connais, plus Erik et Heath.

Elle se mit à rire nerveusement en évitant mon regard. Mon ventre se serrait. Lucie me mentait encore !

— Je pense que Zoey s'embrouille parce qu'elle est

épuisée, ce qui est compréhensible après ce qu'elle a vécu ce soir, dit la nonne en posant sa main chaude sur mon épaule avant de sourire à mes amis. Nous sommes tous fatigués. L'aube ne va plus tarder. Allez-vous coucher. Tout vous paraîtra plus clair quand vous vous serez reposés.

Je secouai la tête, lasse, et suivis la sœur dans l'escalier, imitée par mes amis. Cependant, au lieu de remonter au rez-de-chaussée, elle ouvrit une porte sur le palier que je n'avais pas remarquée avant. Un autre escalier, plus court, menait dans un grand sous-sol en ciment qui faisait office de laverie et qui pour l'occasion avait été transformé en dortoir. Des lits de camp étaient alignés le long des murs. Avec leurs couvertures épaisses et leurs oreillers, ils semblaient très confortables.

Quelqu'un était allongé sur l'un d'eux. Voyant la touffe de cheveux roux qui dépassaient de la couverture tirée sur sa tête, je déduisis qu'Elliot s'était déjà écroulé. Les autres novices rouges étaient assis autour des machines à laver et des sèche-linge sur ces chaises pliantes métalliques. Ils fixaient l'écran plat perché sur l'un des appareils en bâillant, ce qui confirmait que l'aube était proche, mais semblaient néanmoins hypnotisés par le programme. Je jetai un coup d'œil sur la télé et ne pus m'empêcher d'éclater de rire.

— *La Mélodie du bonheur* ? Ils regardent *La Mélodie du bonheur* !

Sœur Marie Angela haussa un sourcil.

— C'est l'un de nos DVD préférés. Je me suis dit que ça allait leur plaire.

— C'est un classique, déclara Damien, tandis que les Jumelles couraient se joindre aux spectateurs.

— Et tout le monde aime Julie Andrews, dit Lucie.

— Elle ferait mieux de leur donner des paires de claques, à ces gosses gâtés, lança Kramisha avant d'adresser un sourire fatigué à la nonne. Excusez-moi, ma sœur, mais ce sont vraiment de sales gamins.

— Ils ont juste besoin d'amour, d'attention et de compréhension, comme tous les enfants.

— Non, mais franchement, quelle horreur ! lança Aphrodite. Avant que vous ne vous mettiez à entonner les chansons du film en chœur et que je ne sois tentée de me trancher les veines, je vais aller chercher ma chambre – et Darius.

Sur ce, elle se dirigea vers la sortie en tortillant des fesses.

— Aphrodite ! la rappela sœur Marie Angela. Je pense que Darius est encore avec Stark. Quand tu lui auras souhaité une bonne nuit, tu iras au troisième étage, où tu trouveras la chambre que tu partageras avec Zoey !

— Génial, murmurai-je, m'attendant à une crise d'hystérie.

Or, Aphrodite se contenta de lever les yeux au ciel.

— Pourquoi est-ce que ça ne me surprend pas ? marmonna-t-elle avant de partir.

— Désolée, Zoey, dit Lucie, j'aurais aimé partager ta chambre, mais je pense qu'il vaut mieux que je reste ici. Je ne me sens bien que sous terre quand le soleil est levé, et puis il ne faut pas que je m'éloigne de mes novices.

— Pas de problème, fis-je un peu trop hâtivement.

« Alors, maintenant je n'ai même plus envie de me retrouver seule avec ma meilleure amie ? »

— Tous les autres sont là-haut ? demanda Damien en regardant autour de lui.

Il cherchait certainement Jack. Quant à moi, je me moquais bien de savoir où étaient mes petits amis. À vrai dire, après le ridicule affrontement de tout à l'heure, la perspective de me retrouver célibataire me paraissait très tentante.

Sans parler de Kalona et du souvenir que j'aurais préféré ne jamais avoir...

— Oui, tout le monde est là-haut, à la cafétéria, ou déjà couché. Hé ho, la Terre à Zoey ! Regarde, les nonnes ont un stock de chips ! Je t'ai même dégoté un soda plein de sucre et de caféine, lança Heath en sautant les trois dernières marches de l'escalier.

CHAPITRE SIX

Zoey

— **M**erci, Heath.

Je réprimai un soupir quand il s'approcha de moi, un grand sourire aux lèvres, et me tendit des Doritos au fromage et une canette de coca.

— Zoey, si tu es certaine que ça va, j'aimerais aller retrouver Jack, m'assurer que Duchesse va bien, et ensuite dormir pendant une petite éternité, dit Damien.

— Pas de problème, Damien, répondis-je aussitôt, ne voulant pas qu'il parle de mon souvenir d'A-ya devant Heath.

— Où est Erik ? demanda Lucie alors que je buvais mon soda.

— Il est encore dehors, à jouer le maître des lieux ! ricana Heath.

— Vous avez trouvé quelque chose après mon départ ? lâcha-t-elle d'une voix si aiguë que plusieurs novices rouges détachèrent leur regard de l'écran.

— Non, il vérifie seulement ce que Dallas et moi avons déjà vérifié, cet abruti.

Dallas releva les yeux en entendant son nom. Elle lui fit signe d'approcher, et il se précipita vers nous.

— Quelle est la situation ? chuchota-t-elle.

— Je t'ai déjà tout dit tout à l'heure, fit-il, ses yeux rivés sur la télé.

Elle lui mit une tape sur le bras.

— Hé ! Tu pourrais lâcher ce film ? Tout à l'heure, c'était tout à l'heure, et maintenant, c'est maintenant. Je t'écoute.

Dallas soupira et lui sourit avec indulgence.

— D'accord, puisque tu le demandes aussi gentiment.

Elle fronça les sourcils, et il se hâta de continuer.

— Erik, Johnny B., Heath et moi avons tout inspecté, pendant que tu t'occupais de ton secteur. Ça n'a pas été une partie de plaisir, entre le verglas et ce froid de canard ! Au bout d'un moment, on s'est tous rejoints à la Grotte de Marie, et pour t'annoncer qu'on avait trouvé trois cadavres au coin de Lewis et de la 21ᵉ. Quand tu es partie, on s'en est débarrassés. Ensuite on est rentrés se sécher, manger et regarder la télé. Seul Erik est resté.

— Pourquoi ? demanda-t-elle d'une voix perçante.

Il haussa les épaules.

— Peut-être parce que ce type est vraiment un abruti...

— Des cadavres ? répéta la nonne.

— Oui, nous avons trouvé trois Corbeaux Moqueurs criblés de balles, sans doute descendus en plein vol par Darius.

— Et qu'en avez-vous fait ? demanda-t-elle plus bas.

— On les a mis dans les bennes à ordures derrière l'abbaye. Il gèle dehors ; ils vont bien se conserver. Tant mieux, car aucun camion poubelle ne passera avant un bon moment, vu l'état des routes.

— Oh ! Oh, mon Dieu ! s'exclama la sœur, livide.

— Vous les avez mis dans des bennes à ordures ? s'écria Lucie. Je ne vous ai jamais dit de faire ça !

La nonne nous fit signe de la suivre, et nous mena dans l'escalier, puis dans le hall de l'abbaye.

— Dallas, je n'arrive pas à croire que vous ayez fait ça ! s'emporta Lucie dès qu'elle fut sûre que les autres ne pouvaient pas nous entendre.

— Que voulais-tu qu'on fasse ? Qu'on leur creuse une tombe dans ce sol gelé et qu'on dise la messe ? répliqua-t-il. Désolé, ma sœur, je ne voulais pas blasphémer. Ma famille est catholique.

— Je suis sûre que tu ne pensais pas à mal, mon petit, dit la nonne d'une voix mal assurée. Des cadavres… Je… je n'y avais pas pensé.

— Ne vous inquiétez pas pour ça, ma sœur, intervint Heath en lui tapotant maladroitement le bras. Vous n'aurez pas à vous en occuper. Je comprends ce que vous ressentez : l'homme ailé, Neferet, les Corbeaux Moqueurs, tout ça, c'est dur de…

— Ils ne peuvent pas rester dans ces bennes ! lâcha Lucie comme si elle ne l'avait pas entendu. Ce n'est pas bien.

— Pourquoi ? demandai-je calmement.

Je n'avais rien dit jusque-là, me contentant d'observer Lucie, dont l'agitation allait grandissant.

Cette fois, elle n'évita pas mon regard.

— Parce que ce n'est pas bien, voilà pourquoi, répéta-t-elle.

— C'étaient des monstres à moitié immortels, qui n'auraient pas hésité une seconde à nous tuer si Kalona le leur avait ordonné.

— À moitié immortels, et à moitié quoi ? me défia Lucie.

Je fronçai les sourcils. Heath répondit avant moi.

— À moitié oiseaux ?

— Non, déclara-t-elle, les yeux fixés sur moi, humains ! Humains, Zoey ! J'ai de la pitié pour cette moitié-là et, pour cela, je pense qu'ils méritent mieux que d'être balancés aux ordures.

Il y avait quelque chose dans son regard, dans sa voix, qui me perturbait profondément. Je lui dis la première chose qui me passa par la tête.

— Un simple accident sanguin ne suffit pas à éveiller ma pitié.

Elle tressaillit comme si je l'avais giflée.

— Il faut croire que c'est ça, la différence entre toi et moi.

Soudain, je compris pourquoi elle réagissait ainsi. D'une manière tordue, elle devait se voir en eux. Elle était morte ; puis, suite à ce qu'on aurait pu appeler un « accident », elle était revenue à la vie, dépourvue de la plus grande partie de son humanité. Ensuite, après un autre « accident », elle l'avait retrouvée. Oui, les Corbeaux Moqueurs lui inspiraient de la pitié parce qu'elle savait ce que c'était d'être moitié monstre, moitié humain.

— Hé, dis-je doucement, regrettant que nous ne soyons plus chez nous, à la Maison de la Nuit, et que nous ne puissions pas discuter comme autrefois. Un accident qui fait que quelqu'un naît complètement déformé n'a rien à voir avec un événement terrible se produisant *après* la naissance !

— Quoi ? fit Heath.

— Je crois que ce que Zoey essaie de dire, intervint sœur Marie Angela, c'est qu'elle comprend pourquoi Lucie compatit avec les Corbeaux Moqueurs tués, même si, en réalité, elle n'a rien de commun avec eux, expliqua la nonne. Et elle a raison. Ces créatures sont des êtres maléfiques, et quand bien même leur mort me déconcerterait, je pense qu'il fallait qu'ils meurent.

— Vous avez tort toutes les deux ! lança Lucie. Je ne suis pas d'accord avec vous, mais je ne veux plus en parler.

Sur ce, elle s'éloigna en courant.

— Lucie ! l'appelai-je.

— Je vais chercher Erik, m'assurer que tout va bien dehors, et le renvoyer à l'intérieur, dit-elle sans se retourner. On se voit plus tard.

Elle ouvrit une porte qui devait mener à l'extérieur et la claqua derrière elle.

— Elle n'est pas comme ça, d'habitude, lâcha Dallas.

— Je vais prier pour elle, murmura sœur Marie Angela.

— Ne vous en faites pas, dit Heath. Elle ne va pas tarder à rentrer. Le soleil se lève bientôt.

Je me passai la main sur le visage. J'aurais dû suivre Lucie, la prendre entre quatre yeux et la forcer à me dire ce qui se passait. Seulement, je ne pouvais pas m'attaquer à un autre problème. Je n'avais même pas encore résolu celui du souvenir d'A-ya. Je le sentais qui attendait au fond de mon esprit, tel un secret coupable.

— Zo, tu vas bien ? On dirait que tu as besoin de dormir, comme nous tous, fit Heath en bâillant.

Je battis des paupières et lui souris d'un air las.

— Oui, c'est vrai. Je vais aller me coucher. Mais, d'abord, je veux passer voir comment va Stark.

— En coup de vent, alors, dit sœur Marie Angela.

Je hochai la tête.

— Bon, eh bien, euh… On se voit dans huit ou neuf heures, fis-je sans regarder Heath.

— Bonne nuit, mon enfant, murmura la nonne en me serrant dans ses bras.

Je lui rendis son étreinte.

— Merci pour tout, ma sœur.

Quand je m'écartai, Heath me surprit en m'attrapant le bras. Je lui lançai un regard interrogateur.

— Je t'accompagne jusqu'à la porte de Stark.

Je haussai les épaules, résignée, et nous partîmes, main dans la main. Nous marchions sans rien dire. Sa paume était chaude et familière, et je commençais tout juste à me détendre quand il se racla la gorge.

— Euh… Je voulais m'excuser pour ce qui s'est passé tout à l'heure avec Erik. C'était stupide. J'aurais dû l'ignorer.

— En effet, mais il peut être très agaçant.

Il me fit un grand sourire.

— À qui le dis-tu ! Tu vas bientôt le larguer, j'espère ?

— Heath, je n'ai pas l'intention de parler de ça avec toi.

Son sourire s'élargit. Je levai les yeux au ciel.

— Tu ne m'auras pas comme ça, je te connais trop bien ! Tu ne supportes pas les mecs autoritaires.

— Tais-toi et marche.

Cependant, je pressai sa main, et il pressa la mienne. Il avait raison : je n'aimais pas les mecs autoritaires, et il me connaissait très, très bien.

Nous arrivâmes à une niche, où se trouvait une grande fenêtre panoramique, ainsi qu'un banc rembourré, qui paraissait idéal pour lire. Une magnifique statue en porcelaine de la Vierge était posée sur le rebord de la fenêtre, entourée de plusieurs cierges allumés. Nous nous arrêtâmes.

— Que c'est joli ! dis-je tout bas.

— Oui, je n'avais jamais fait trop attention à Marie, mais c'est vrai que c'est chouette. Tu crois que la nonne a raison, et que Marie pourrait être Nyx, et Nyx, Marie ?

— Je n'en ai aucune idée.

— Ah bon ? Je croyais que Nyx te parlait.

— Oui, de temps en temps, mais ce sujet n'est jamais venu sur le tapis.

— La prochaine fois, demande-lui.

— Peut-être.

Nous observions les flammes jaunes qui dansaient autour de la statue luisante, et j'imaginais comme il serait agréable que ma déesse évoque autre chose que des questions de vie et de mort.

— Alors, il paraît que Stark est devenu ton combattant et qu'il t'a juré fidélité ? dit Heath tout à coup.

60

Je le dévisageai, cherchant des signes de colère ou de jalousie, mais je ne vis que de la curiosité dans ses yeux bleus.

— Oui, c'est vrai.

— J'ai entendu dire que c'était un engagement très spécial.

— En effet.

— C'est lui, le mec qui ne rate jamais sa cible quand il tire à l'arc ?

— C'est ça.

— Donc, c'est un peu comme si tu étais protégée par Terminator ?

Je souris.

— Il n'est pas aussi costaud qu'Arnold, mais à part ça, oui, c'est une bonne comparaison.

— Est-ce qu'il est amoureux de toi, lui aussi ?

Prise de court, je ne savais pas quoi dire. Cependant, comme toujours, il trouva les mots justes.

— Je veux seulement la vérité.

— Oui, je crois qu'il m'aime.

— Et toi ?

— Peut-être, répondis-je à contrecœur. Mais ça ne change pas ce que je ressens pour toi.

— Alors, on en est où, du coup, toi et moi ?

Cette question rappelait étrangement celle qu'Aphrodite m'avait posée sur Kalona et moi. Malheureusement, je ne pouvais répondre ni à l'une ni à l'autre… Je frottai ma tempe droite, où je sentais poindre la migraine.

— Imprimés, et bien embêtés, je suppose.

Il resta silencieux. Néanmoins, son regard doux et

triste en disait long sur le mal que je lui faisais, et cela me brisait le cœur.

— Heath, je suis vraiment désolée. C'est juste... juste... C'est juste que je ne sais pas quoi faire, dans tous les domaines.

— Moi, je sais.

Il s'assit sur le banc et me tendit les bras.

— Zo, viens là.

Comme je restais plantée là, confuse, il me prit les mains, m'attira sur ses genoux et m'enlaça. Je me raidis, mais je ne résistai pas. Il posa sa joue sur le sommet de mon crâne, comme il le faisait depuis qu'il m'avait dépassée en taille, en quatrième. Le visage contre son cou, je respirais son odeur. C'était le parfum de mon enfance – des longues soirées d'été passées dans le jardin, près de la lampe antimoustiques, à écouter de la musique et à discuter –, des fêtes d'après-match, où je restais à côté de lui tandis que des filles (et même des mecs) le complimentaient sur les super passes qu'il avait faites – des longs baisers que nous échangions pour nous souhaiter bonne nuit, et le frisson de la passion qui accompagne la découverte de l'amour.

Cette odeur synonyme de sécurité et de familiarité me détendit. Je soupirai et me blottis contre lui.

— Ça va mieux ? murmura-t-il.

— Oui. Heath, je ne sais vraiment pas...

— Chut..., dit-il en me serrant plus fort. Pour l'instant, ne t'en fais ni pour moi, ni pour Erik, ni pour le nouveau. Pense simplement à ce qu'il y a entre nous depuis des années. Je suis là pour toi, Zo. Malgré toutes ces histoires que je ne comprends pas, je suis là. Nous sommes faits l'un pour l'autre. C'est mon sang qui me le dit.

— Pourquoi ? Pourquoi tu as encore envie d'être avec moi ?

— Parce que je t'aime. Je t'ai aimée, dès que je t'ai vue pour la première fois, et je t'aimerai toute ma vie.

Des larmes me piquaient les yeux ; je battis des cils pour les retenir.

— Mais, Heath, Stark ne va pas disparaître ! Et je ne sais pas ce que je vais faire d'Erik.

— Je m'en doute.

Je pris une grande inspiration.

— Et, tout au fond de moi, je suis liée à Kalona, et je n'y peux rien.

— Pourtant tu lui as dit non, et tu l'as chassé.

— Oui, mais je... Des souvenirs persistent dans mon âme, des souvenirs de la personne que j'ai été dans une autre vie, celle où j'étais avec Kalona.

Au lieu de me poser des milliers de questions, ou de me repousser, il resserra son étreinte.

— Tout va s'arranger, affirma-t-il avec conviction. Tu vas trouver une solution.

— Pas sûr ! Je ne sais même pas ce que je vais faire de toi.

— Tu n'as rien à faire de moi. Je suis avec toi, et puis c'est tout.

Il se tut un instant, comme pour se donner du courage.

— Si je dois te partager avec des vampires, je le ferai, ajouta-t-il tout bas.

Je me penchai en arrière et le fixai dans les yeux.

— Heath, tu es beaucoup trop jaloux ! Tu n'arriveras pas à me faire croire que ça ne te dérangerait pas que je sois avec quelqu'un d'autre.

— Je n'ai jamais dit que ça ne me dérangerait pas. Je n'aimerais pas ça, mais je le supporterais, car je ne veux pas te perdre, Zoey.

— C'est trop bizarre !

— Oui, c'est bizarre. Mais la vérité, c'est que tant qu'il y aura cette Empreinte entre nous, nous vivrons quelque chose d'unique. Je peux t'offrir ce dont aucun de ces aspirants Dracula ne dispose, aussi fort soit-il. Je peux t'offrir ce à quoi même un immortel n'a pas accès.

Ses yeux luisaient de larmes. Il paraissait tellement plus vieux qu'un garçon de dix-huit ans que c'en était presque effrayant.

— Je ne veux pas te faire de la peine, dis-je. Je ne veux pas gâcher ta vie.

— Dans ce cas, arrête d'essayer de m'éloigner de toi. Nous sommes destinés l'un à l'autre.

Au lieu de lui expliquer qu'il n'y avait pas de chance que ça marche entre nous, je me laissai aller dans ses bras. Oui, c'était égoïste de ma part, mais je m'abandonnai à lui, à mon passé. La façon dont il me tenait tout contre lui était parfaite. Il n'essayait pas de profiter de la situation. Il ne me proposa pas de se couper pour que je puisse boire son sang, ce qui aurait automatiquement libéré une pulsion, nous faisant perdre tout contrôle. Il se contentait de m'étreindre avec douceur et de me murmurer à quel point il m'aimait, de me dire que tout irait bien. Je sentais son cœur qui battait au rythme du mien, le sang riche et chaud qui courait

64

là, si près de moi. Mais à cet instant précis, plus que
de son sang, j'avais besoin de notre complicité, de notre
passé commun, et de sa compréhension.

C'est à ce moment-là que Heath Luck, mon amour
de jeunesse, devint vraiment mon consort.

CHAPITRE SEPT

Lucie

Se sentant comme une parfaite imbécile, Lucie claqua la porte de l'abbaye et s'enfonça dans la nuit glaciale. Elle n'en voulait pas vraiment à Zoey, ni à cette nonne, hyper gentille, quoiqu'un peu fêlée. À vrai dire, elle n'en voulait qu'à elle-même.

— Mince alors ! Je déteste ça ! s'écria-t-elle.

Comment allait-elle se sortir de cette situation pourrie ? Zoey n'était pas bête : elle savait que quelque chose ne tournait pas rond, c'était évident. Mais par où commencer à lui révéler la vérité ? Il y avait tant de choses à expliquer ! Et elle n'avait pas voulu tout ça ! Surtout pas le Corbeau Moqueur. Elle n'aurait jamais cru qu'une telle chose pourrait arriver. Si quelqu'un lui avait dit autrefois qu'elle ferait une folie pareille, elle se serait esclaffé : « Alors là, ça ne risque pas ! »

Et pourtant.

Tout en arpentant le parc silencieux de l'abbaye pour retrouver ce casse-pieds d'Erik, avant qu'il ne découvre son dernier secret, le plus terrible, et mette le bazar, elle essayait de comprendre comment elle s'était débrouillée pour se fourrer dans un tel pétrin. Pourquoi avait-elle sauvé cet oiseau de malheur ? Pourquoi n'avait-elle pas appelé Dallas et les autres pour qu'ils lui règlent son compte ?

Pourquoi ? Parce qu'il avait parlé. Il lui avait paru si humain qu'elle n'avait pas été capable de le tuer.

— Erik ! Erik, où es-tu ?

Où était-il passé, bon sang ? Elle plissa les yeux en regardant vers l'est, et il lui sembla que le ciel commençait à prendre la couleur d'une prune mûre, annonciatrice de l'aube.

— Erik ! Il est temps de rentrer !

Elle s'arrêta et scruta les alentours. Son regard glissa sur la serre, transformée en écurie temporaire pour les chevaux que Zoey et la bande avaient montés quand ils s'étaient échappés de la Maison de la Nuit, et se posa sur le petit abri de jardin, sans fenêtre, d'allure innocente, qui le jouxtait. La porte n'était même pas fermée à clé. Elle le savait, puisqu'elle y était entrée peu de temps auparavant.

— Hé, qu'est-ce qui ne va pas ? Tu as vu quelque chose par là-bas ?

— Oh, merde ! s'écria-t-elle en sursautant avant de faire volte-face.

Son cœur cognait si fort qu'elle ne pouvait presque plus respirer.

— Erik ! Tu m'as fait une peur bleue ! Tu n'aurais pas pu faire un peu de bruit pour annoncer ton arrivée ?

— Je te signale que tu m'as appelé !

Elle repoussa une mèche blonde derrière son oreille

d'une main tremblante. Décidément, elle n'était pas douée pour faire des cachotteries à ses amis… Néanmoins, elle releva le menton et tenta de se calmer. Pour ce faire, le plus simple était encore de se défouler sur cet abruti d'Erik.

— Oui, je t'ai appelé, parce que tu devrais être rentré avec les autres ! Qu'est-ce que tu fiches encore dehors ? Zoey te cherchait. Comme si elle avait besoin d'un souci de plus en ce moment !

— Zoey me cherchait ?

Elle se retint de lever les yeux au ciel. Il était tellement énervant ! Petit ami idéal, il pouvait se transformer d'un seul coup en crétin arrogant. Elle allait devoir en parler à Zoey – si celle-ci voulait bien l'écouter… Elles n'étaient pas très proches, ces derniers temps. Trop de secrets… trop de problèmes mettant à mal leur relation.

— Lucie ! Tu m'écoutes quand je te parle ? Tu dis que Zoey me cherchait ?

— Tu es censé être à l'intérieur, avec Heath, Dallas et tous les autres. Elle voulait savoir où tu étais.

— Si elle était aussi inquiète que ça, elle n'avait qu'à venir elle-même.

— Je n'ai jamais dit qu'elle était inquiète ! s'emporta Lucie, excédée par son égocentrisme. Elle n'a pas de temps à perdre en baby-sitting.

— Je n'ai pas besoin d'une baby-sitter.

— Ah oui ? Alors pourquoi a-t-il fallu que je te courre après à travers tout le parc ?

— À toi de me le dire ! J'allais rentrer. Je voulais juste faire une dernière vérification. Je me suis dit que

ce ne serait pas idiot de repasser dans les endroits ins-
pectés par Heath. Tu sais bien que les humains ne voient
que dalle, la nuit.

— Johnny B. était avec lui, et il n'est pas humain,
soupira-t-elle. Rentre maintenant. Trouve-toi quelque
chose à manger et des vêtements secs. Les bonnes sœurs
t'indiqueront ta chambre. Je vais faire un dernier tour
dans le parc avant que le soleil ne se lève.

— S'il se lève…, dit-il en observant l'épaisse couche
de nuages.

Elle suivit son regard et observa que le ciel crachait
encore de la pluie givrante.

— Il ne manquait plus que ça ! maugréa-t-elle.

— Au moins, ça recouvrira peut-être les traces de
sang des Corbeaux Moqueurs.

Elle lui lança un coup d'œil. Mince ! Elle n'avait pas
pensé à ça. Y avait-il des traînées rouges menant à l'abri
de jardin ? Elle aurait aussi bien pu planter une pancarte
proclamant : « *Hé, ho, je suis là !* »

— Euh… oui, tu as raison, lâcha-t-elle, se rendant
compte qu'Erik attendait qu'elle dise quelque chose. Je
vais cacher les plus grosses avec des plaques de glace et
des branches cassées, ajouta-t-elle avec une nonchalance
feinte.

— Tu veux un coup de main ?

— Non, répondit-elle trop rapidement avant de
hausser les épaules. Avec mes super pouvoirs de vampire
rouge, ça ne me prendra qu'une seconde.

— Bon, d'accord. Tu auras du boulot du côté des
arbres qui séparent le parc de la route. Il y a des traces
dégoûtantes par là-bas.

— OK, je vois de quel endroit tu parles.

« Et pour cause ! » songea-t-elle.

— Tu as dit que Zoey était où, déjà ?

— Je ne crois pas l'avoir dit.

Il fronça les sourcils ; puis, comme Lucie continuait à le dévisager en silence, il finit par demander :

— Alors, où est-elle ?

— La dernière fois que je l'ai vue, elle discutait avec Heath et sœur Marie Angela dans le hall. Depuis, elle a dû aller rendre visite à Stark et se coucher. Elle avait l'air complètement crevée.

— Stark…, lâcha Erik.

Sur ce, il se dirigea vers l'abbaye en marmonnant quelque chose dans sa barbe.

Lucie se maudit d'avoir mentionné ses deux rivaux

— Erik ! le rappela-t-elle.

Il lui jeta un coup d'œil par-dessus son épaule.

— En tant que meilleure amie de Zoey, je me permets de te donner un conseil : vu la nuit qu'elle a passée, elle n'a sûrement pas envie de s'occuper de ses histoires de cœur. Si elle est avec Heath, c'est parce qu'elle veut s'assurer qu'il va bien – pas pour flirter. Pareil pour Stark.

— Et ?… fit-il, impassible.

— Et tu ferais mieux de manger quelque chose, te changer et te mettre au lit, plutôt que de lui courir après pour l'embêter.

— Nous sommes ensemble, Lucie. Je ne vois pas en quoi le fait que son petit copain veuille la voir pourrait l'embêter.

Elle réprima un sourire : Zoey n'allait faire qu'une

bouchée de ce petit présomptueux ! Elle haussa les épaules.

— Comme tu voudras. C'était juste un conseil.

— C'est ça. À plus tard ! lança Erik avant de s'éloigner d'un pas lourd.

— Pour un mec intelligent, il fait des choix plutôt stupides, murmura Lucie en le suivant des yeux. Évidemment, si ma mère était là, elle dirait que c'est l'hôpital qui se fout de la charité.

Elle soupira en fixant la rangée de grandes poubelles à moitié camouflées par l'auvent pour voitures. Elle détourna aussitôt le regard : non, elle ne voulait pas penser aux corps entassés là-dedans.

— Avec les ordures, souffla-t-elle en secouant la tête.

Elle devait admettre que Zoey et sœur Marie Angela avaient eu en partie raison quand elles en avaient parlé, mais ce qu'elles avaient dit n'en était pas moins agaçant.

Bien sûr, elle avait eu une réaction exagérée, mais ce n'était pas seulement à cause de lui : elle pensait qu'il ne fallait pas dévaluer la vie – n'importe quelle vie. Il était dangereux de se prendre pour Dieu et de décider qui méritait de vivre ou non. Lucie le savait mieux que la nonne ou que Zoey. Non seulement une grande prêtresse qui se prenait pour une déesse avait joué avec sa vie – enfin, avec sa mort –, mais elle-même s'était aussi crue autorisée à tuer des gens, au gré de ses caprices ou de ses pulsions. Le seul souvenir de la violence et de la colère dont elle avait été prisonnière lui donnait la nausée. Cette période sombre était derrière elle : elle avait choisi le bien, la lumière et Nyx, et elle comptait bien rester sur ce chemin. Alors, entendre quelqu'un déclarer qu'une vie n'avait aucune valeur la bouleversait.

Elle reprit sa ronde. « Ne craque surtout pas... Ne craque pas... » ne cessait-elle de se répéter en passant le fossé et le bosquet d'arbres. Elle se dirigeait vers les taches qu'elle ne se rappelait que trop bien. Une fois sur place, elle avisa une grosse branche cassée, qu'elle souleva sans mal, se félicitant de la force supplémentaire due à son nouveau statut de vampire rouge adulte. Elle s'en servit comme d'un balai, ensuite elle recouvrit de glace et de branches de houx les traces cramoisies gênantes.

Ayant fini, elle se rendit à l'endroit où elle avait trouvé le Corbeau Moqueur blessé, et où s'étalait une grosse flaque de sang.

Elle se mit à chanter un air de country pour se donner du courage et s'employa à la faire disparaître avant de s'attaquer à celles qui menaient au petit abri de jardin.

Elle fixa longuement la porte, soupira, puis se dirigea vers la serre. Elle y entra et inspira profondément ; les odeurs de terre et de végétation, mêlées à celles des trois chevaux qu'on avait enfermés là, apaisèrent ses sens. Cependant, elle ne s'autorisa pas à se reposer : elle avait des affaires à régler et ne disposait que de très peu de temps. Même si le ciel était chargé de nuages de grêle, il n'était jamais agréable pour un vampire d'être surpris dehors pendant la journée, exposé et vulnérable.

Elle ne mit pas longtemps à trouver ce dont elle avait besoin. Elle remplit un seau avec de l'eau fraîche à l'un des nombreux robinets, attrapa une louche, quelques serviettes propres dénichées sur une étagère, puis elle s'arrêta devant un plateau de mousse qui lui fit penser à un épais tapis vert. Elle se mordit la lèvre, indécise, son instinct lui soufflant qu'elle pourrait lui être utile. Finalement, elle en arracha une longue bande et, en se demandant comment elle savait ce qu'elle savait, elle quitta la serre.

Devant la porte de l'abri de jardin, elle se concentra, mobilisant sa prodigieuse capacité de prédateur à voir, sentir, deviner un éventuel espion. Rien. Il n'y avait personne dehors. Les vampires et les novices devaient déjà dormir, bien au chaud dans leur lit.

— Enfin, tous ceux qui ont un minimum de jugeote... grommela-t-elle.

Quand aux bénédictines, elles ne risquaient pas de s'aventurer dehors par un temps aussi exécrable.

Lucie regarda une dernière fois autour d'elle, puis posa la main sur la poignée. « Allez, débarrasse-toi de ça. Peut-être qu'il est mort et que tu n'auras pas à assumer les conséquences de la nouvelle grosse erreur que tu as commise. »

Elle ouvrit la porte et fronça le nez, choquée par la différence entre l'odeur simple de terre qui emplissait la serre, et celle-ci, mélange de gaz, d'huile, de moisi et du sang du Corbeau Moqueur.

Elle l'avait laissé tout au fond de l'abri, derrière le motoculteur et les étagères où étaient rangés les cisailles, le fertilisant et des pièces de l'arroseur. Elle tendit l'oreille, mais n'entendit rien d'autre que la grêle qui tambourinait sur le toit.

Redoutant la confrontation, elle se força à entrer et

referma la porte derrière elle. Elle contourna les étagères et s'approcha de la créature.

Celle-ci ne semblait pas avoir changé de position depuis que Lucie l'avait à moitié traînée, à moitié portée, puis littéralement jetée là quelques heures plus tôt. Elle était repliée sur elle-même en position fœtale. La balle avait traversé le côté droit de sa poitrine et, en ressortant, avait déchiré son immense aile noire, qui tombait désormais sur le côté, ensanglantée. Lucie soupçonnait également qu'une de ses chevilles était cassée, tant elle était enflée. Même dans la pénombre, elle voyait qu'elle avait bleui. En réalité, tout le corps du Corbeau Moqueur était dans un sale état, ce qui n'avait rien de surprenant. On lui avait tiré dessus alors qu'il était en plein ciel, et si, grâce aux grands chênes qui bordaient l'abbaye et qui avaient amorti sa chute, il n'était pas mort sur le coup, elle n'avait aucun moyen de connaître la gravité de ses blessures. Elle se doutait cependant que ses organes internes étaient abîmés ! Elle se pencha : la poitrine de la créature ne bougeait pas. Elle était probablement morte. Lucie continuait de l'observer, incapable de faire demi-tour et de s'en aller.

« Quelle idiote ! » se reprocha-t-elle. Pourquoi n'avait-elle pas pris le temps de réfléchir avant de l'emmener ici ? Il n'était pas humain. Ce n'était même pas un animal. Le laisser mourir n'aurait pas été se prendre pour Dieu : il n'aurait jamais dû voir le jour.

Lucie frémit, réalisant l'horreur de ce qu'elle avait fait. Que diraient ses amis s'ils découvraient qu'elle avait caché un Corbeau Moqueur ? Zoey la rejetterait sûrement ! Et quelles répercussions aurait sa présence sur les novices rouges, *tous* les novices rouges ? Comme s'ils n'avaient pas assez de problèmes...

La nonne avait raison ; elle ne devait pas avoir pitié de lui. Elle allait rapporter les serviettes dans la serre, rentrer à l'abbaye, dire à Darius qu'il y avait un Corbeau Moqueur dans l'abri de jardin. Ensuite, elle le laisserait faire son travail. S'il n'était pas déjà mort, Darius y remédierait. À vrai dire, ce serait lui rendre service que d'abréger ses souffrances. Elle expira longuement, soulagée d'avoir enfin pris une décision.

Alors, les yeux rouges s'ouvrirent et croisèrent les siens.

— Finissons-en...

La voix du Corbeau était faible, altérée par la douleur, mais absolument, indéniablement humaine.

Il n'en fallut pas plus. Lucie comprit pourquoi elle n'avait pas appelé Dallas et les autres quand elle l'avait trouvé. En lui demandant de l'achever, il s'était exprimé comme un homme blessé, abandonné, apeuré. Elle n'avait pas été capable de le tuer, tout comme elle était incapable de l'abandonner maintenant. Même si cet être n'aurait pas dû exister, il parlait comme quelqu'un de désespéré, à l'agonie, qui s'attendait au pire.

Sauf que, lui, non seulement il s'attendait au pire, mais il l'espérait. Ce qu'il avait vécu était si horrible qu'il ne voyait pas d'autre issue que la mort. Aux yeux de Lucie cela le rendait très humain. Elle était passée par là. Elle comprenait cette détresse absolue.

CHAPITRE HUIT

Lucie

L ucie regarda la créature droit dans ses yeux rouges, étrangement humains.

— Réfléchis ! Si j'avais voulu te tuer, je ne t'aurais pas traîné jusque-là.

— Pourquoi refuses-tu de m'achever ?

C'était un murmure d'agonisant, mais Lucie n'eut aucun mal à le comprendre.

— À vrai dire, répondit-elle en soutenant son regard, ça a plus à voir avec moi qu'avec toi, et tout t'expliquer serait trop long et trop compliqué. Disons que je ne sais pas vraiment pourquoi, si ce n'est que j'ai tendance à faire les choses à ma manière, et que tuer n'est pas trop mon truc.

Il la fixa pendant un long moment, ce qui la mit mal à l'aise.

— Tu devrais, pourtant, finit-il par dire.

— Je devrais quoi ? Savoir, t'expliquer, ou te tuer ? Il va falloir être plus précis ! Essaie aussi d'être moins autoritaire. Tu n'es pas en position de me dicter ma conduite.

Une émotion transforma l'expression du Corbeau, mais son visage était tellement étrange, tellement différent de tout ce qu'elle connaissait, qu'elle ne parvint pas à la déchiffrer. Il ouvrit son bec noir, comme s'il allait dire quelque chose... Puis il frissonna, les paupières crispées, et poussa un gémissement de douleur parfaitement humain.

Elle fit un pas vers lui. Il rouvrit ses yeux écarlates et les planta dans les siens. Elle se figea.

— Bon, voilà ce que je te propose, dit-elle lentement. Je t'ai apporté de l'eau et de quoi te faire un bandage. Le problème, c'est que je n'ai pas trop confiance... Tu me donnes ta parole que tu ne tenteras rien qui pourrait me déplaire ?

— Je ne peux pas bouger, lui fit-il remarquer d'une voix hachée.

— Alors, tu promets de ne pas me mordre ou un truc du genre ?

— Oui, répondit-il d'une voix gutturale, pas franchement rassurante.

Néanmoins, Lucie hocha la tête comme si de rien n'était.

— Parfait ! Maintenant, voyons ce que je peux faire pour que tu te sentes mieux.

Sur ce, elle le rejoignit, laissa tomber les serviettes et la mousse par terre et posa le seau rempli d'eau à côté.

Elle avait oublié à quel point il était grand. Ou, plutôt, elle avait refoulé ce détail, car l'« oublier » n'aurait pas été facile. Elle en avait suffisamment bavé pour le traîner jusqu'ici sans que personne ne le voie, même si, tout compte fait, il n'était pas très lourd, contrairement à ce que sa carrure laissait croire.

— De l'eau, croassa-t-il.

— Oh, oui, bien sûr !

Elle prit la louche, les mains tremblantes, et la plongea dans le seau. Il remua faiblement, essayant de se relever, mais cet effort le fit juste gémir de nouveau. Son bras, aussi inutile que son aile, reposait le long de son corps. Sans y réfléchir, Lucie se pencha pour le redresser légèrement, et approcha la louche de son bec. Il but avidement.

Lorsqu'il se fut désaltéré, elle l'aida à s'allonger après avoir placé une serviette sous sa tête.

— Bon, je n'ai que de l'eau pour nettoyer tes blessures, mais je vais faire de mon mieux. Oh, et j'ai aussi apporté des bandes de mousse. Ça les aidera à cicatriser.

Elle ne lui expliqua pas qu'elle ne savait pas vraiment pourquoi elle avait la certitude que la mousse aurait un tel effet ; c'était le genre d'information qu'elle recevait de temps en temps, sans connaître sa provenance. Elle aurait aimé croire que c'était Nyx qui lui soufflait ces conseils à l'oreille, comme elle le faisait pour Zoey...

— Tout ce que tu as à faire, c'est de choisir le bien, marmonna-t-elle en déchirant une serviette en plusieurs morceaux.

Le Corbeau Moqueur lui lança un regard interrogateur.

— Oh, ne fais pas attention, je parle toute seule ! C'est ma thérapie à moi. Je te préviens, ça va faire mal. Tu es dans un état épouvantable.

— Vas-y, chuchota-t-il.

— D'accord. C'est parti !

Elle se mit à l'œuvre aussi délicatement que possible. Le trou dans sa poitrine était horrible. Elle le rinça avec de l'eau et en ôta le maximum de brindilles et de saletés. Les plumes ne lui facilitaient pas la tâche. Il y avait de la peau dessous, mais c'était quand même trop bizarre !

Elle jeta un coup d'œil à son visage. La tête rejetée en arrière, les yeux fermés, il haletait.

— Désolée, je ne peux pas faire autrement.

Pour seule réponse, il poussa un grognement, qui le fit paraître encore plus viril. Peut-être parce que, comme chacun sait, le grognement est l'un des modes de communication majeurs des garçons…

— OK. Je pense qu'on peut mettre ce truc…

Elle parlait plus pour calmer sa propre nervosité que pour lui. Elle détacha un peu de mousse, qu'elle posa avec précaution sur la blessure.

— Ce n'est plus aussi moche, maintenant que ça ne saigne plus, continua-t-elle. Attends, je vais devoir te pousser un peu.

Elle le fit rouler sur le ventre. Il pressa son visage contre la serviette et étouffa un autre grognement.

— Le trou qu'a fait la balle en ressortant dans ton dos est gros, ajouta Lucie pour couvrir ce bruit, mais moins sale, alors ça ira plus vite.

Quand elle eut terminé, elle passa à ses ailes. La gauche était repliée contre son dos et paraissait intacte. Pour la droite, en revanche, c'était une autre histoire… Brisée, ensanglantée, elle pendait, inerte, le long de son corps.

— Bon, je ne vais pas te mentir, je suis un peu désemparée, déclara Lucie. Les autres plaies n'étaient pas jolies à voir, mais au moins je savais quoi faire – enfin, presque… Par contre, là, je n'en ai pas la moindre idée.

— Attache-la à mon flanc avec des bandes de tissu, dit-il d'une voix râpeuse sans la regarder. Comme ça, j'aurai moins mal.

Elle s'exécuta en essayant d'ignorer ses gémissements pendant qu'elle le soulevait avec délicatesse pour passer le bandage improvisé autour de son torse et fixer l'aile ensanglantée.

Quand elle eut fini, il s'écroula, tremblant de tout son corps.

— Maintenant, la cheville, fit Lucie, épuisée par l'effort. Je pense qu'elle est cassée, elle aussi.

Il acquiesça. Elle banda l'articulation, comme le faisait autrefois son entraîneur de volley-ball, au lycée d'Henrietta.

— As-tu d'autres blessures ? demanda-t-elle ensuite.

Il secoua la tête dans un mouvement saccadé.

— Dans ce cas, je vais arrêter de t'embêter. Le plus gros est fait.

Elle s'assit par terre et s'essuya les mains avec une serviette. Puis elle resta là à le regarder, ne sachant ce qu'elle allait bien pouvoir faire désormais.

— Tu veux que je te dise ? J'espère ne plus jamais avoir à attacher une aile brisée.

Il ouvrit les yeux.

— C'était vraiment affreux ! Ça fait plus mal que si c'était un bras ou une jambe, pas vrai ?

Elle poursuivait son monologue, nerveuse, ne s'attendant pas à ce qu'il lui réponde.

— En effet, fit-il, ce qui la surprit.

— C'est ce que je pensais, dit-elle, comme s'il s'agissait d'une conversation banale entre deux personnes normales.

La voix du Corbeau Moqueur était encore faible, mais il avait moins de difficulté à parler. L'immobilisation de son aile devait avoir calmé sa douleur.

— J'ai soif.

— Oh, bien sûr !

Elle se leva, attrapa la louche, contente que ses mains se soient arrêtées de trembler. Cette fois, il réussit à se redresser tout seul et à pencher la tête en arrière. Elle n'eut plus qu'à verser l'eau dans sa bouche. Enfin, dans son bec...

Ensuite, elle ramassa les lambeaux de serviettes souillées et les fourra dans un sac poubelle. Elle ne voulait pas que ses relents nauséabonds attirent des vampires rouges, qui possédaient un odorat très développé.

Il restait trois serviettes propres ; elle les déplia et les étala sur le Corbeau Moqueur.

— Tu es la Rouge ?

Cette question la fit sursauter. Il avait été si calme pendant qu'elle rangeait qu'elle pensait qu'il s'était endormi. Or, ses yeux étaient braqués sur elle.

— Je suis un vampire rouge, si c'est que ce que tu veux savoir. Le premier du genre.

Elle pensa brièvement à Stark et à ses tatouages complets, qui faisaient de lui le second vampire rouge, et se demanda comment il allait s'intégrer dans leur monde, mais elle n'avait pas l'intention d'en parler au Corbeau Moqueur.

— Tu es la Rouge.

— Bon, d'accord, si tu veux.

— Mon père a dit que la Rouge était puissante.

— Je suis puissante, confirma-t-elle. Ton père ? Tu veux dire Kalona ?

— Oui.

— Il est parti, tu sais.

— Je sais, lâcha-t-il en détournant le regard. Je devrais être avec lui.

— Sans vouloir te vexer, tu n'as rien à regretter. Ce n'est pas franchement un chic type. Quant à Neferet, elle est devenue complètement dingue ! Ils sont copains comme cochons, ces deux-là.

— Tu parles beaucoup, fit-il remarquer en grimaçant de douleur.

— Oui, c'est une habitude.

« Quand je suis nerveuse », compléta-t-elle mentalement.

— Maintenant, il faut que tu te reposes, reprit-elle. Moi, je dois rentrer ; le soleil se lève. Si le ciel n'était pas aussi nuageux, je ne pourrais même pas mettre un pied dehors.

Elle poussa vers lui le seau et la louche pour qu'il puisse se servir – à supposer qu'il en soit capable.

— Bon, alors, au revoir. Je reviens plus tard.

Elle se détournait quand sa voix l'arrêta.

— Qu'est-ce que tu vas faire de moi ?

— Pour l'instant, je n'en sais rien, avoua-t-elle, dans

un soupir. Je pense que tu seras en sécurité ici pendant au moins une journée. La tempête n'a pas l'air de se calmer, alors les nonnes ne vont pas traîner dans le coin. Quant aux novices, ils vont dormir jusqu'au coucher du soleil. À ce moment-là, j'aurai pris une décision à ton sujet, j'espère.

— Je ne comprends pas pourquoi tu leur as caché ma présence.

— Eh bien, comme ça, on est deux ! Allez, essaie de te reposer. À plus !

Alors qu'elle mettait la main sur la poignée, elle l'entendit dire :

— Je m'appelle Rephaïm.

Elle lui sourit par-dessus son épaule.

— Moi, c'est Lucie. Ravie de t'avoir rencontré, Rephaïm.

*
* *

Rephaïm regarda la Rouge s'en aller, puis il compta jusqu'à cent, et s'assit tant bien que mal. Maintenant qu'il était conscient, il voulait faire l'inventaire de ses blessures.

Sa cheville n'était pas cassée. Bien qu'elle soit douloureuse, il pouvait la bouger. Ses côtes le faisaient souffrir, mais il ne pensait pas non plus qu'elles soient fêlées. Sa blessure à la poitrine n'était pas belle à voir, cependant la Rouge avait fait le nécessaire : si elle ne s'infectait pas, il guérirait. Le bras gauche, faible et raide, était mobile.

Il restait le plus grave. Il ferma les yeux et tâtonna son dos avec son esprit, suivant les tendons et les ligaments, les muscles et les os jusqu'au bout de son aile brisée. Il eut un coup au cœur quand il comprit l'étendue des dégâts causés par la balle et sa terrible chute.

Il ne volerait plus jamais.

Ce constat était trop terrible pour qu'il puisse l'assimiler. Il préférait penser à la Rouge et essayer de se rappeler tout ce que Père lui avait dit de ses pouvoirs. Peut-être trouverait-il ainsi un indice lui permettant de comprendre son comportement étrange. Pourquoi ne l'avait-elle pas tué ? Comptait-elle le faire plus tard – ou, du moins, révéler sa présence à ses amis ?

Si tel était son destin, il l'accepterait. La vie telle qu'il l'avait connue était terminée pour lui. Il accueillerait avec joie cette occasion de mourir en combattant ceux qui voudraient le retenir prisonnier.

Sauf qu'elle n'avait pas l'air de vouloir l'emprisonner... Il se creusa les méninges malgré la douleur, l'épuisement et le désespoir. *Lucie...* Dans quel but l'avait-elle sauvé, sinon pour se servir de lui, pour le torturer et le forcer à leur raconter tout ce qu'il savait sur Père. Il ne voyait pas d'autre explication. Il aurait fait la même chose s'il avait été à sa place.

« Ils vont se rendre compte qu'il n'est pas facile de briser le fils d'un immortel ! » songea-t-il.

La tension eut raison de sa grande force : il s'écroula. Il tenta de trouver une position qui ne le ferait pas trop souffrir ; en vain. Seul le temps pourrait soulager ses maux physiques. En revanche, rien ne soulagerait la douleur morale de ne plus jamais pouvoir voler – de ne plus jamais être entier.

« Elle aurait dû me tuer ! pensa-t-il avec véhémence. Je l'y pousserai si elle revient seule. Par contre, si elle et ses alliés essaient de m'extorquer les secrets de mon père par la torture, je ne serai pas le seul à hurler de douleur. »

Il gémit :

— Père ! Où es-tu ? Pourquoi ne m'as-tu pas emmené avec toi ?

CHAPITRE NEUF

Zoey

— Zo, tu te souviens que tu as promis à la nonne d'aller te coucher ? Et je suis quasiment sûr qu'elle ne te demandait pas de dormir dans son lit à lui, dit Heath en désignant la porte de la chambre de Stark.

Je le regardai en haussant les sourcils. Il soupira.

— Je t'ai dit que je te partagerais avec ces stupides vampires s'il le fallait, pas que ce serait de gaieté de cœur.

— Tu ne me partageras avec personne ce soir. Je vais juste aller voir comment va Stark, et ensuite dodo ! Toute seule. Compris ?

— Compris. À plus tard, Zo.

Il me sourit et m'embrassa doucement.

— À plus, Heath.

Il s'éloigna dans le couloir. Il était grand, musclé : l'image du parfait footballeur. L'année prochaine, il irait à l'université d'Oklahoma grâce à une bourse d'études, et après il deviendrait policier ou pompier. Quoi qu'il choisisse, une chose était sûre : il ferait partie des types bien.

Mais pourrait-il suivre sa route en étant le consort d'une grande prêtresse vampire ?

Oui. Oh que oui ! Je ferai en sorte qu'il ait l'avenir dont il rêvait et qu'il préparait depuis son enfance. Évidemment, certaines choses seraient différentes : ni lui ni moi n'avions prévu que je deviendrais une vampire... Mais je tenais trop à lui pour le forcer à sortir de ma vie et pour gâcher la sienne. Nous trouverions un moyen pour que ça marche. Point final.

— Tu comptes entrer ou tu préfères rester là à stresser ?

— Crotte, Aphrodite ! Ça t'amuse de jouer à me faire peur ?

— D'abord, personne ne joue à te faire peur, et, ensuite, c'est un juron, « crotte » ? Si c'est le cas, je vais devoir appeler la police des Gros mots pour qu'on vienne t'arrêter.

Darius, qui l'accompagnait, lui lança un regard qui semblait dire : « Sois gentille. » Elle soupira.

— Bon. Stark n'est pas encore mort.

— Super, merci du renseignement. Je me sens beaucoup mieux, lâchai-je d'un ton sarcastique.

— Ne commence pas à me chercher alors que j'essaie d'être sympa.

Je me tournai vers Darius, le seul adulte responsable à se trouver dans les parages.

— Il a besoin de quelque chose ?

Il eut une infime hésitation, qui ne m'échappa pas.

— Non. Il va bien. Je pense qu'il se remettra.

Je me demandai ce qui se passait vraiment. Les blessures de Stark étaient-elles plus graves que ce que Darius voulait bien admettre ?

— Bon, je vais aller le voir en vitesse, et puis je file au lit. Je te rappelle que nous sommes camarades de chambre, Aphrodite. Darius est avec Damien et Jack, ce qui veut dire que tu ne pourras pas...

— Stop ! me coupa-t-elle. Je n'ai pas besoin que tu me fasses la morale ! Comme si je ne savais pas me tenir ! Tu oublies que mes parents ont acheté la dignité de cette ville ? Mon père est le maire. Je n'en reviens pas que j'aie à endurer ces conneries !

Nous la dévisagions, muets, alors qu'elle piquait sa crise.

— J'ai entendu cette fichue nonne, reprit-elle. Et puis, laisse-moi te dire que cette abbaye n'est pas franchement romantique. Toutes ces prières... Déesse ! Je vais péter les plombs si je reste ici un jour de plus !

Elle s'interrompit pour reprendre son souffle, et j'en profitai pour intervenir.

— Je n'insinuais pas que tu ne savais pas te tenir. Je voulais juste te rafraîchir la mémoire.

— C'est ça, oui ! Tu mens mal, Zoey !

Sur ce, elle s'approcha de Darius et l'embrassa passionnément.

— À plus tard, mon amant. Mon lit sera bien vide sans toi.

Elle me lança un regard de défi.

— Toi, va dire « bonne nuit » au petit ami n° 3 et ramène tes fesses en vitesse ! Je n'aime pas qu'on me

réveille une fois que je me suis retirée dans mon bou-
doir.

Elle rejeta ses sublimes cheveux blonds en arrière et
s'éloigna en balançant les hanches.

— Elle est incroyable ! lâcha Darius, qui la regardait
avec adoration.

— Si, pour toi, incroyable est synonyme d'insupportable, je suis tout à fait d'accord.

Je levai la main pour l'empêcher de prendre sa
défense.

— Je n'ai pas envie de parler de ta petite amie. Je
veux savoir comment va Stark.

— Il se remet.

— Mais…, l'incitai-je à poursuivre.

— Mais rien. Il se remet.

— Pourquoi ai-je l'impression que tu me caches
quelque chose ?

Il m'adressa un sourire penaud.

— Peut-être parce que tu es très intuitive.

— Que se passe-t-il ?

— C'est une question d'énergie, d'esprit et de sang.
Ou plutôt des carences de Stark en la matière.

Je clignai plusieurs fois des yeux, essayant de comprendre ce qu'il racontait. Soudain, une ampoule
s'alluma au-dessus de mon crâne, et je retins mon souffle, me sentant idiote de ne pas y avoir pensé plus tôt.

— Il est blessé, comme je l'ai été, et il a besoin de
sang pour guérir, comme moi. Pourquoi tu ne m'en as
pas parlé tout de suite ? Mince ! Je n'ai pas spécialement
envie qu'il morde Aphrodite, mais…

— Non ! m'interrompit-il, l'air énervé à cette idée.

À cause de son Empreinte avec Lucie, le sang d'Aphrodite répugne les autres vampires.

— Zut ! Alors, il faut qu'on en trouve une poche, ou je ne sais quoi. Sinon, je pourrais lui trouver un humain…

Je me tus. Penser que Stark puisse boire le sang de quelqu'un d'autre me faisait horreur. J'avais déjà dû supporter ses écarts en la matière avant qu'il ne se transforme et devienne mon combattant. J'avais espéré que l'époque où il mordait les filles comme Becca était derrière lui. Je l'espérais encore. Mais je n'étais pas égoïste au point de l'empêcher de recevoir ce dont il avait besoin pour rester en vie.

— Je lui ai déjà donné le sang que les sœurs conservaient dans de la glace à l'infirmerie, dit Darius. Il n'est pas en danger de mort. Il s'en sortira.

— Mais…, fis-je de nouveau, excédée qu'il n'aille jamais au bout de ses phrases.

— Mais quand un combattant est au service d'une grande prêtresse, un lien très spécial se crée entre eux.

— Oui, je suis au courant.

— C'est plus qu'un simple serment de fidélité. Depuis toujours, Nyx bénit ses grandes prêtresses et les combattants qui les servent. Stark et toi êtes liés par la bénédiction de la déesse. Ainsi, il connaît intuitivement des choses sur toi qui l'aident à te protéger.

— Intuitivement ? Comme dans une Empreinte ? Déesse ! Avais-je imprimé avec deux garçons ?

— Une Empreinte et ce qui existe entre un combattant et sa prêtresse possèdent certaines similarités. Mais l'Empreinte est un lien plus brut.

— Plus brut ? Comment ça ?

— Même si elle se produit souvent entre un vampire et un humain à qui il tient beaucoup, c'est un attachement né dans le sang, régi par nos ressentis les plus forts : la passion, la luxure, la faim, la souffrance.

Il hésita, cherchant les mots justes.

— Tu as expérimenté certaines de ces émotions avec ton consort, je suppose.

Je hochai la tête avec raideur, les joues rouges.

— Compare-les avec ce qui te relie à Stark.

— Avec Stark, c'est très récent. Je n'en sais pas grand-chose.

Mais alors même que je prononçais ces mots, j'eus la certitude que ma relation avec Stark dépassait la simple envie de boire son sang. D'ailleurs, je n'avais jamais vraiment pensé à le faire – tout comme je n'avais pas imaginé Stark le faire.

— Avec le temps, tu comprendras mieux la nature de votre engagement. Il est possible qu'il développe la capacité de percevoir ce que tu ressens. Par exemple, quand une grande prêtresse se trouve en danger, son combattant perçoit sa peur et peut remonter cette piste émotionnelle jusqu'à elle et la protéger face à la menace.

— Je... je l'ignorais, bafouillai-je, nerveuse.

Il m'adressa un petit sourire ironique.

— Je déteste parler comme Damien, mais il faudrait vraiment que tu trouves le temps de lire le *Manuel du novice.*

— Oui, oui, ce sera ma priorité, dès que mon univers aura cessé de voler en éclats. Bon ; donc, Stark serait capable de sentir mes peurs. Quel rapport avec sa blessure ?

— Votre lien n'est pas aussi simple que ça. C'est tout autant une question d'énergie et d'esprit. Plus il passera de temps à ton service, plus ton combattant pourra ressentir tes émotions fortes, et pas seulement la peur.

Au souvenir de l'expérience intense que j'avais partagée avec A-ya mon ventre se serra.

— Continue.

— Un combattant peut absorber les émotions de sa prêtresse, ainsi que la force de l'esprit, surtout si elle possède une affinité puissante avec cet élément. Il peut alors s'en servir.

— Mais qu'est-ce que ça veut dire, Darius ?

— Ça veut dire qu'il peut littéralement puiser dans l'énergie présente dans ton sang.

— Tu suggères que c'est moi qu'il doit mordre ? soufflai-je, mon cœur battant la chamade.

J'étais déjà hyper attirée par Stark, et je me doutais que lui donner mon sang serait une expérience très, très troublante.

Sauf que cela briserait le cœur d'Heath. Et si laisser Stark boire mon sang lui donnait accès à mon esprit, et qu'il découvrait mes souvenirs d'A-ya ? Non ! Non ! Non !

— Attends une seconde ! Tu prétends qu'il ne peut pas mordre Aphrodite, parce qu'elle a imprimé avec quelqu'un d'autre. Vu que j'ai imprimé avec Heath, mon sang aussi doit être répugnant, non ?

— Non, l'Empreinte ne modifie que le sang des humains.

— Alors, le mien serait bon pour Stark ?

— Oui, il l'aiderait sans aucun doute à guérir, et il le sait. Voilà pourquoi je prends le temps de t'expliquer tout ça, répondit Darius, sans remarquer que j'étais en train de faire une mini crise de nerfs. Cela dit, il refuse de boire ton sang.

— Quoi ? Il refuse ?

Bien sûr, j'avais peur de ce qui risquait d'arriver s'il me mordait, mais je n'avais pas envie qu'il me rejette pour autant !

— Tu viens juste de te remettre de l'agression du Corbeau Moqueur. Cette créature a failli te tuer, Zoey. Stark ne veut pas prendre le risque de t'affaiblir. S'il buvait ton sang, il absorberait ton énergie et l'esprit qui y circule. Or nous ignorons où sont partis Neferet et Kalona, et quand nous devrons les affronter à nouveau. Tu as besoin de toutes tes forces.

— Mon combattant aussi.

Il soupira et hocha lentement la tête.

— C'est vrai, mais il peut être remplacé. Toi, non.

— Il ne peut pas être remplacé ! m'écriai-je.

— Je ne veux pas paraître insensible, mais tu dois faire preuve de sagesse – dans *toutes* tes décisions.

— Stark ne peut pas être remplacé, m'entêtai-je.

— Comme tu voudras, prêtresse.

Il inclina légèrement la tête et changea brusquement de sujet.

— Maintenant que tu connais les différentes ramifications du serment du combattant, je voudrais te demander l'autorisation de m'engager à mon tour.

J'avalais ma salive bruyamment.

— Euh... Darius, je t'aime beaucoup, et tu t'es super bien occupé de moi, mais cela me mettrait mal à l'aise d'avoir deux vampires à mon service.

Comme si je n'avais pas assez de problèmes de cœur !

Il sourit et secoua la tête. J'eus la nette impression qu'il se retenait de se moquer de moi.

— Tu m'as mal compris. Je compte rester à tes côtés et diriger ceux qui te protègent, mais j'aimerais prêter serment à Aphrodite, avec ta permission.

— Tu veux être lié à Aphrodite ?

— Oui. Je sais qu'il est inhabituel qu'un Fils d'Érebus se mette au service d'une humaine, mais Aphrodite n'est pas une humaine comme les autres.

— À qui le dis-tu !... marmonnai-je.

— C'est une vraie prophétesse, continua-t-il comme s'il ne m'avait pas entendue, ce qui la place dans la catégorie des grandes prêtresses de Nyx.

— Son Empreinte avec Lucie ne va pas poser un problème ?

— On verra bien, répondit-il en haussant les épaules. Je suis prêt à prendre le risque.

— Tu l'aimes, n'est-ce pas ?

Son sourire se fit plus chaleureux.

— Oui.

— Elle est très pénible.

— Elle est unique. Et elle a besoin de ma protection, étant donné ce qui nous attend.

— Tu n'as pas tort, sur ce coup-là. D'accord, tu as ma permission. Mais tu ne pourras pas dire que je ne t'ai pas prévenu.

— Certainement pas. Merci, prêtresse. N'en parle

pas à Aphrodite, s'il te plaît. J'aimerais lui faire ma demande en privé.

— Mes lèvres sont scellées, fis-je en faisant mine de verrouiller ma bouche et de jeter la clé.

— Dans ce cas, je te souhaite une bonne nuit.

Il posa le poing sur son cœur, s'inclina et s'en alla.

CHAPITRE DIX

Zoey

J e restai un moment dans le couloir, essayant de mettre de l'ordre dans mes pensées.

Waouh ! Darius allait demander à Aphrodite d'accepter son serment de combattant. Ça alors ! Un guerrier vampire et une prophétesse humaine de la déesse. On aurait tout vu...

Une autre nouvelle, aussi perturbante : Stark pouvait ressentir mes émotions les plus fortes. Cela n'allait pas être facile... Soudain, je me rendis compte que cette idée me rendait très nerveuse, et qu'il devait probablement le sentir ; je tentai donc de faire taire mes sentiments, ce qui me stressa encore plus. « Si je continue comme ça, je vais devenir dingue ! » pensai-je.

Réprimant un soupir, j'ouvris doucement la porte. La pièce était éclairée par un seul cierge, orné d'images religieuses. Il n'était pas trop moche : rose, avec un dessin de Marie, il diffusait une odeur agréable.

Je m'approchai du lit sur la pointe des pieds.

Stark n'avait pas bonne mine, mais il était moins

pâle. Il semblait dormir – en tout cas, il avait les yeux fermés –, sa respiration était régulière, et il paraissait détendu. Il ne portait pas de tee-shirt ; le drap coincé sous ses bras laissait apparaître le haut de l'immense bandage qui recouvrait sa poitrine. En repensant à son horrible brûlure, je me demandai si, malgré les risques, je ne ferais pas mieux de m'entailler le poignet, comme Heath l'avait fait pour moi, et de le coller contre sa bouche. Il l'agripperait sans doute automatiquement et, sans réfléchir, boirait ce dont il avait besoin pour guérir. Mais ne se mettrait-il pas en colère quand il réaliserait ce que j'avais fait ? Probablement. En tout cas, Heath et Erik, eux, l'auraient très mal pris.

Mince ! Erik. Encore un problème à régler.

— Arrête de stresser.

Je sursautai. Stark me regardait avec une expression mi-amusée, mi-sarcastique.

— Et toi, arrête d'épier mes pensées, lançai-je.

— Je n'épie rien du tout ! J'ai juste vu que tu te mordais la lèvre. Bon, je suppose que Darius t'a parlé.

— Oui. Tu savais tout ça quand tu m'as prêté serment ?

— Oui, dans les grandes lignes. Je l'avais appris en cours de sociologie des vampires et dans des livres. Cela dit, c'est différent de le vivre.

— Tu ressens vraiment mes émotions ? demandai-je avec hésitation, presque aussi effrayée de connaître la vérité que de l'ignorer.

— Ça commence, oui. Mais je ne peux pas lire dans tes pensées, ni rien de ce genre. Parfois, je perçois des choses, et je sais qu'elles ne viennent pas de moi. Les premières fois, je les ai ignorées, mais quand j'ai compris ce qui se passait, j'y ai prêté attention.

Il sourit malicieusement.

— Stark, je dois avouer que ça me donne l'impression d'être espionnée.

Son visage redevint sérieux.

— Je ne t'espionne pas, Zoey. Ce n'est pas comme si je te poursuivais avec mon esprit. Je ne compte pas envahir ton intimité ; je veux seulement te protéger. Je pensais que tu...

Il s'interrompit et détourna le regard.

— Laisse tomber ! Ça n'a aucune importance. Je veux juste que tu saches que je ne vais pas me servir de ça pour te harceler.

— Tu pensais que quoi ? Finis ta phrase !

Il poussa un grand soupir exaspéré et me fixa dans les yeux.

— Je pensais que tu me faisais plus confiance que ça. C'est l'une des raisons pour lesquelles j'ai décidé de te prêter serment. En fait, tu étais la seule à me faire confiance.

— C'est toujours le cas !

— Et pourtant tu penses que je pourrais t'espionner. Ce n'est pas logique.

Formulé de cette façon, je comprenais son point de vue ; je me détendis un peu.

— Même sans le faire exprès, si tu es assailli par mes émotions, tu n'aurais aucun mal à...

Je me tus et m'agitai, affreusement gênée.

— À quoi ? À t'espionner ? Non, ça n'arrivera pas.

Voilà ce que je te propose : je me concentrerai sur ta peur, et j'ignorerai tout le reste.

Je lus dans ses yeux que je l'avais blessé. Zut ! Je ne voulais pas lui faire de la peine.

— Tu le promets ? demandai-je doucement.

Il hocha la tête, ce qui le fit grimacer de douleur.

— Je retiendrai seulement ce que j'ai besoin de savoir pour te protéger, répondit-il.

Sans un mot, je lui pris la main. Il ne la retira pas, mais ne dit rien, lui non plus.

— Écoute, cette conversation n'est pas partie sur de bonnes bases. Je te fais confiance. J'ai simplement été surprise quand Darius m'a parlé de ce... phénomène psychique.

— Surprise ? fit-il avec l'ombre d'un sourire.

— Bon, d'accord, complètement flippée. Avec tout ce qui se passe en ce moment, je dois stresser un peu.

— Plus qu'un peu, oui. Et quand tu dis « Tout ce qui se passe », tu fais allusion à ces deux mecs, Heath et Erik ?

— Malheureusement, oui, soupirai-je.

Il glissa ses doigts entre les miens.

— Ils ne changent rien à ce qu'il y a entre nous. Mon serment nous lie d'une façon particulière.

On aurait cru entendre Heath ! Je me retins de gigoter nerveusement.

— Je n'ai pas envie de parler d'eux, là, tout de suite.

« Ni jamais », pensai-je.

— Ça tombe bien ; moi non plus ! C'est des minables ! Tu ne veux pas t'asseoir à côté de moi un petit moment ? ajouta-t-il en me tirant par la main.

Je me perchai avec précaution sur le bord du lit, ne voulant pas le bousculer.

— Je ne vais pas me casser, dit-il avec un petit sourire insolent.

— Tu as pourtant failli...

— Peut-être ; mais tu m'as sauvé. Et je vais me remettre.

— Tu souffres beaucoup ?

— Bof... Je me suis déjà senti mieux. Mais cette espèce de crème que les nonnes ont donnée à Darius pour l'étaler sur ma brûlure m'a soulagé.

Cependant, il n'arrêtait pas de remuer, comme s'il n'arrivait pas à trouver une position confortable. Avant que je ne puisse lui poser d'autres questions sur son état de santé, il changea brusquement de sujet.

— Comment ça se passe, dehors ? Les Corbeaux Moqueurs sont tous partis avec Kalona ?

— Je pense que oui. Lucie et les garçons ont trouvé trois cadavres.

Je me tus, me rappelant l'étrange réaction de Lucie quand Dallas lui avait dit qu'ils avaient jeté les corps dans la benne à ordures.

— Qu'y a-t-il ? voulut savoir Stark.

— Je ne sais pas trop, répondis-je en toute honnêteté, certaines choses m'inquiètent chez Lucie.

— Par exemple ?

Je regardai nos doigts joints. Pouvais-je me confier à lui ?

— Je suis ton combattant. Tu as remis ta sécurité entre mes mains. Tu peux me confier tes secrets, dit-il en me souriant gentiment. Le serment qui nous attache l'un à l'autre est plus fort qu'une Empreinte ; plus fort même que l'amitié. Je ne te trahirai jamais, Zoey. Jamais.

L'espace d'un instant, je fus tentée de lui parler d'A-ya, mais je me ravisai.

— Je pense que Lucie cache des novices rouges. Des novices rouges dangereux.

Son sourire disparut, et il voulut se rasseoir. Il devint tout blanc.

— Non ! Ne te lève pas ! m'écriai-je en appuyant sur ses épaules.

— Il faut que tu le dises à Darius, lâcha-t-il, les dents serrées.

— Je vais commencer par Lucie.

— Je ne crois pas que ce soit...

— Je suis sérieuse ! Je dois parler à Lucie, répétai-je avant de reprendre sa main, en espérant que ce contact lui transmettrait ma conviction. C'est ma meilleure amie.

— Tu lui fais confiance ?

— Je veux lui faire confiance, comme avant. Mais, si elle refuse de me dire la vérité, j'irai voir Darius.

— Il faut que je sorte de ce foutu lit pour m'assurer que tu n'es pas entourée d'ennemis !

— N'importe quoi ! Lucie n'est pas mon ennemie.

Je priai silencieusement Nyx de ne pas me tromper.

— Écoute, j'ai déjà caché des choses à mes amis, continuai-je. Des choses graves. Toi, par exemple.

— Ce n'est pas pareil, déclara-t-il avec un petit sourire.

— Non, en effet, répondis-je sans me laisser amadouer.

— OK, je comprends ce que tu dis, mais je ne suis pas d'accord avec toi. Je suppose que tu n'acceptes pas d'avoir cette conversation avec elle dans cette chambre ?

— Non, sûrement pas.

— Dans ce cas, promets-moi d'être prudente et de ne pas t'éloigner avec elle.

— Elle ne me ferait jamais de mal !

— Elle en serait probablement incapable, vu que tu contrôles tous les éléments, et qu'elle n'en contrôle qu'un seul. Mais tu ne sais pas quels pouvoirs possèdent ceux qu'elle cache, ni combien ils sont. Et je m'y connais en novices rouges teigneux ! J'en étais un. Alors, jure-moi de faire attention.

— Bon, d'accord. Juré !

— Bien.

Il se détendit un peu. Je lui touchai l'épaule.

— Hé, je ne veux pas que tu te fasses de souci pour moi pour le moment. Tu ne dois penser qu'à guérir.

J'inspirai à fond et je pris mon courage à deux mains.

— Je crois qu'il serait bon que tu boives mon sang.

— Non.

— Écoute, tu veux être en mesure de me protéger ?

— Oui.

— Dans ce cas, il faut que tu te rétablisses vite. Tu es d'accord avec moi ?

— Oui.

— Et tu guériras plus rapidement si tu bois mon sang. Je ne vois pas ce qui t'en empêche.

— Tu t'es regardée dans un miroir ces derniers temps ? demanda-t-il tout à coup.

— Quoi ?

— As-tu idée à quel point tu as l'air fatiguée ?

Je me sentis rougir.

— Tu m'excuseras, je n'ai pas eu la tête à me maquiller ni à me coiffer, avec ce qui se passait, répliquai-je.

— Je ne parle pas de ça, mais de ta pâleur, et des cernes noirs sous tes yeux.

Son regard descendit sur mon tee-shirt, qui dissimulait la longue cicatrice s'étendant en travers de ma poitrine.

— Comment va ta blessure ?

— Bien.

Je fis mine de remonter mon haut, même si je savais qu'elle n'était plus visible sous mes nouveaux tatouages.

— Hé, je l'ai déjà vue, dit-il avec douceur. Tu t'en souviens ?

Oui, je m'en souvenais. En réalité, il m'avait vue tout entière. Nue. Je virai au cramoisi.

— Je ne dis pas ça pour t'embarrasser, Zoey. Je veux juste te rappeler que, toi aussi, tu as failli mourir récemment. Tu dois être forte et en bonne santé. J'en ai besoin. Voilà pourquoi je ne te prendrai rien.

— Mais, moi aussi, j'ai besoin que tu sois fort.

— Ne t'en fais pas pour moi, j'irai mieux bientôt. Il faut croire qu'il est pratiquement impossible de me tuer, ajouta-t-il en m'adressant un sourire craquant.

— Tu pourrais ménager mon niveau de stress ? « Pratiquement impossible », ce n'est pas la même chose qu'« impossible ».

— Je vais essayer. Allonge-toi, et reste un petit moment comme ça. J'aime que tu sois tout près.

— Tu es sûr que je ne risque pas de te faire mal ?

— Je suis sûr que si, répondit-il d'un ton taquin, mais tant pis. Viens là !

Je me recroquevillai sur le côté, face à lui, et j'appuyai la tête sur son épaule. Il passa un bras autour de moi et me serra contre lui.

— Je t'ai dit que je n'allais pas me casser ! Alors, détends-toi.

Je soupirai et m'efforçai de me calmer. Je l'enlaçai avec précaution. Il ferma les yeux, et son visage pâle et crispé devint serein, tandis que sa respiration s'alourdissait. Je jure qu'en moins d'une minute il s'endormit.

C'était parfait pour ce que j'avais décidé de faire. J'inspirai à trois reprises, je me concentrai, puis murmurai :

— Esprit, viens à moi.

Je sentis aussitôt une réaction familière en moi, comme si je venais d'élucider un mystère merveilleux, alors que mon âme répondait à l'afflux du cinquième élément.

— Maintenant, tout doucement, va rejoindre Stark. Aide-le. Remplis-le sans interrompre son sommeil.

Je chuchotais, croisant les doigts pour qu'il ne se réveille pas. Quand l'esprit me quitta, le corps de Stark se raidit pendant une seconde ; puis il trembla et poussa un long soupir, apaisé par l'esprit qui, je l'espérais, allait le renforcer. Je restai un moment à le regarder ; puis, avec délicatesse, je me dégageai de son étreinte et, après avoir demandé au plus puissant des éléments de l'accompagner, je sortis sur la pointe des pieds.

Je n'avais fait que quelques pas quand je me rendis compte que je ne savais pas du tout où aller. Je m'arrêtai, perplexe. Une nonne, qui marchait tête baissée, sursauta en m'apercevant au dernier moment.

— Sœur Bianca ?

— Oh, Zoey, c'est toi ! Il fait si sombre dans ce couloir que j'ai failli ne pas te voir.

— Ma sœur, je crois que je suis perdue. Pourriez-vous m'indiquer la direction de ma chambre ?

Son sourire bienveillant me rappela celui de sœur Marie Angela, même si Bianca était beaucoup plus jeune.

— Continue par là jusqu'à l'escalier, puis monte au dernier étage. La chambre que tu partages avec Aphrodite a le numéro 13.

— 13 ? Décidément, ce n'est pas mon jour de chance...

— Ne crois-tu pas que nous créons notre propre chance ?

Je haussai les épaules.

— À vrai dire, ma sœur, je suis trop fatiguée pour croire quoi que ce soit.

— Alors, va vite au lit, fit-elle en me tapotant le bras. Je dirai une prière pour toi.

— Merci ! lançai-je en me dirigeant vers l'escalier.

Quand j'arrivai au dernier étage, je soufflais comme une vieille femme, et ma cicatrice me brûlait et palpitait au rythme effréné de mon cœur. Je m'appuyai contre le mur pour reprendre mon souffle. Je me frottai la poitrine sans y penser et fis la grimace : elle me faisait très mal. J'écartai mon tee-shirt, espérant que cette fichue plaie ne s'était pas rouverte, et je fixai le nouveau tatouage qui ornait la ligne rouge et enflée.

— J'avais complètement oublié..., chuchotai-je.

— C'est incroyable !

Je poussai un petit couinement et bondis en arrière si brusquement que je me cognai la tête contre le mur.

— Erik !

CHAPITRE ONZE

Zoey

— J e pensais que tu m'avais vu. Je n'essayais pas de me cacher.

Erik était affalé à un mètre de moi, à côté d'une porte qui affichait le numéro 13 en cuivre. Il se leva et, arborant son fameux sourire de star de cinéma, s'approcha de moi d'un pas nonchalant.

— Bon sang, Zoey, ça fait des heures que je t'attends !

Il se pencha vers moi et, avant que je ne puisse dire un mot, planta un baiser sur mes lèvres.

Je fis un pas en arrière pour éviter qu'il me prenne dans ses bras.

— Erik, je ne suis pas vraiment d'humeur à t'embrasser.

Il haussa un sourcil.

— Ah bon ? C'est aussi ce que tu as dit à Heath ?

— Je n'ai pas envie de me lancer dans cette discussion maintenant.

— Quand, alors ? La prochaine fois que je devrai te regarder boire le sang de ton petit ami humain ?

— Tu sais quoi ? Tu as raison ! On va en parler tout de suite.

Je sentais la colère monter en moi, et ce n'était pas seulement à cause de ma fatigue, du stress, et de l'égoïsme d'Erik. J'en avais ras-le-bol de sa possessivité.

— Heath et moi avons imprimé. Que tu l'acceptes ou non, c'est comme ça. Et c'est la dernière fois que nous abordons ce sujet.

Je vis la fureur tordre son visage, mais, chose bizarre, il se maîtrisa. Ses épaules s'affaissèrent, et il poussa un long soupir, qui se transforma en un rire amer.

— Tu parles comme une grande prêtresse !

— Ce n'était pas mon intention.

— Hé, je suis désolé, dit-il en effleurant mes cheveux. Alors, comme ça, Nyx t'a donné de nouveaux tatouages ?

Machinalement, j'agrippai le bord de mon tee-shirt et je m'appuyai contre le mur pour me mettre hors de sa portée.

— Oui, quand Kalona a été banni.

— Tu veux bien me les montrer ? demanda-t-il d'une voix basse et séduisante.

Avant qu'il puisse s'approcher de moi, se croyant autorisé à regarder sous mes vêtements, je levai la main comme un panneau « stop ».

— Pas maintenant. Je veux dormir, Erik.

Il se figea et plissa les yeux.

— Alors, comment va Stark ?

— Il est blessé. Gravement. Mais, d'après Darius, il va se remettre.

Je m'exprimais avec méfiance : son attitude me mettait sur la défensive.

— Et tu sors juste de sa chambre, je suppose ?

— Oui.

L'air frustré, il passa la main dans ses épais cheveux sombres.

— C'en est trop !

— Quoi ?

Il lança ses bras sur le côté dans un geste théâtral.

— Tous ces autres types ! Je dois supporter Heath, parce qu'il est ton consort, et quand j'essaie de m'y faire, il y a ce Stark qui se pointe.

Il cracha son nom d'un ton méprisant.

— Erik, je...

— Oui, il a juré d'être ton combattant, continua-t-il, comme si je n'avais rien dit. Je sais ce que ça signifie ! Il sera toujours collé à toi.

J'essayai à nouveau de parler ; en vain : il beuglait toujours.

— Du coup, il va falloir que je le tolère, lui aussi ! Et, comme si ça ne suffisait pas, il se passe de toute évidence quelque chose entre toi et Kalona. Non, mais franchement ! Tout le monde a remarqué la façon dont il te regardait. Comment veux-tu que ça ne me fasse pas penser à Blake ?

La colère et l'irritation qui s'étaient accumulées en moi explosèrent à la mention de Kalona.

— Ça suffit, Erik, fis-je tout bas.

Cependant, l'esprit emplit ces mots d'une telle puissance qu'Erik recula, les yeux écarquillés.

— On va régler ça une bonne fois pour toutes, continuai-je. Tu n'auras plus à supporter aucun autre type, car à partir de maintenant toi et moi ne sommes plus ensemble.

— Hé, j'en...

— Non ! C'est mon tour de parler. C'est fini, Erik. Tu es trop possessif, et même si je n'étais pas épuisée et stressée comme une malade – ce dont tu te fiches complètement – je n'accepterais pas ce comportement.

— Après tout ce que tu m'as fait subir, tu crois que tu peux me quitter comme ça ? siffla Erik.

L'esprit tourbillonnait autour de moi, et je me servis de sa force alors que je m'approchais de lui, l'obligeant à reculer.

— Non. Je ne crois rien du tout, *je sais* que c'est ce qui va se passer. Nous deux, c'est terminé. Maintenant, je te conseille de partir avant que je ne fasse quelque chose que je pourrais regretter.

Repoussé par mon élément, il trébucha. Son visage était blême.

— Mais... qu'est-ce qui t'arrive ? Toi qui étais si gentille... Tu es devenue un monstre ! J'en ai assez que tu me trompes avec tout ce qui bouge. Vas-y, sors avec Heath et Stark et Kalona ! Tu ne mérites pas mieux !

Il se dirigea vers l'escalier d'un pas furieux et le dévala avec bruit. Tout aussi en colère, je fonçai vers la porte numéro 13 et l'ouvris à toute volée.

Aphrodite faillit s'écrouler sur moi.

— Oups ! fit-elle en passant les doigts dans ses cheveux parfaits. Je... j'étais en train de...

— D'écouter cette superbe scène de rupture ?

— Euh... oui, un truc comme ça. Et laisse-moi te

dire que je te comprends. Il raconte n'importe quoi cet idiot ! Tu ne le trompes pas avec tout ce qui bouge ! Darius et toi, vous êtes seulement amis. Sans parler de Damien et Jack... Enfin, ça ne compte pas vraiment, vu que vous avez les mêmes goûts dans ce domaine. N'empêche, c'était une exagération ridicule.

— Tu ne me remontes pas franchement le moral ! fis-je en m'affalant sur le lit.

— Désolée. Remonter le moral, ce n'est pas trop ma spécialité.

— Alors, tu as tout entendu ?

— Ouaip.

— Même le passage sur Kalona ?

— Oui, et je répète : c'est un sacré idiot ! Ce n'était pas cool de sa part, de mettre l'autre sur le tapis ! Il avait assez d'excuses pour justifier sa jalousie avec Heath et Stark ; il n'avait pas besoin d'évoquer l'homme ailé.

— Je ne suis pas amoureuse de lui.

— Encore heureux que tu ne sois pas amoureuse de ce crétin ! Tu t'es détachée de lui. Maintenant, je te conseille de dormir un peu. Ça me gêne beaucoup de te l'apprendre, mais tu as une sale gueule.

— Merci, Aphrodite. Ça m'aide drôlement de savoir que je suis aussi moche que je me sens mal, raillai-je, m'abstenant de préciser que, en disant que je n'étais pas amoureuse, je ne pensais pas à Erik...

— Je t'en prie, je suis là pour ça.

Je cherchais une réplique sarcastique lorsque je remarquai ce qu'elle avait sur le dos, et un petit rire m'échappa. Aphrodite, la reine de la mode, portait une chemise de nuit en coton qui lui tombait aux chevilles et remontait jusqu'au cou. On aurait dit une Amish !

— Euh… Très joli, ton déguisement !

— Toi, commence pas ! C'est l'idée que les pingouins se font d'une tenue de nuit. Cela dit, je peux presque comprendre. En mettant cette horreur pour aller au lit, elles n'ont aucun mal à honorer leur vœu de chasteté ! Tu te rends compte ? Ça arrive presque à me rendre moche !

— Presque ? gloussai-je.

— Oui, grosse maligne, presque. Et ne jubile pas trop ! Le machin qui est plié sur ton lit n'est pas un drap supplémentaire, mais bien ta propre chemise de nuit griffée « bénédictine ».

— Au moins, ça a l'air confortable.

— Le confort, c'est pour les chochottes et les gens peu séduisants.

Alors qu'elle se recouchait d'un air hautain, je me dirigeai vers le petit lavabo installé dans un coin de la pièce et me lavai le visage. Puis je défis l'emballage de l'une des brosses à dents pour invités.

— Euh, je peux te demander quelque chose ? lançai-je de ma voix la plus nonchalante.

— Vas-y, dit Aphrodite en tapotant ses oreillers.

— C'est une question sérieuse.

— Et alors ?

— Et alors, j'ai besoin d'une réponse sérieuse.

— Oui, bon, si tu veux. Vas-y, dit-elle avec désinvolture.

— Tu m'as dit un jour que tu savais qu'Erik était trop possessif.

— Ce n'est pas une question, fit-elle observer.

Je haussai les sourcils en la regardant dans le miroir. Elle soupira.

— Bon, d'accord. Erik était un crampon de première.

— Hein ?

Elle soupira.

— Un crampon. Un pot de colle, quoi.

— Aphrodite, tu parles en quelle langue ?

— En américain adolescent, classes supérieures. Tu pourrais le parler aussi, avec un peu d'imagination et de vrais jurons.

— Déesse, venez-moi en aide ! marmonnai-je à mon reflet. Bon, alors, Erik était trop possessif avec toi aussi ?

— C'est ce que je viens de dire.

— Et ça t'énervait ?

— Oui, carrément. D'ailleurs, c'est pour ça qu'on s'est séparés.

Je mis du dentifrice sur ma brosse à dents.

— Je vois. Vous vous êtes séparés, et pourtant tu… Euh, tu continuais à…, commençai-je en me mordillant la lèvre. Je t'ai vue avec lui, et tu étais, euh…

— Oh, bon sang ! Crache-le morceau, ça ne va pas te tuer ! Tu m'as vu lui faire un gros câlin.

— Euh… oui, répondis-je, mal à l'aise.

— Ça non plus, ce n'est pas une question.

— OK ! La voilà : tu as rompu, parce que c'était un imbécile possessif, et pourtant tu voulais quand même rester avec lui, au point que tu étais même prête à faire ça. Pourquoi ?

Je fourrai la brosse à dents dans ma bouche. Je vis ses joues virer au rose vif. Elle rejeta ses cheveux en arrière, se racla la gorge, puis me regarda dans les yeux.

— Ce n'était pas tant que je voulais Erik. C'était pour garder le contrôle.

— Comment ça ?

— Les choses avaient changé pour moi à l'école, avant même que tu ne débarques.

Je crachai puis me rinçai et j'essuyai la bouche.

— C'est-à-dire ?

— Je savais que Neferet manigançait quelque chose. Ça m'inquiétait. Je trouvais ça bizarre.

Je me débarrassai de mes chaussures, me déshabillai, j'enfilai la chemise de nuit, douce et chaude, et je me couchai, ce qui me permit de réfléchir à la façon de formuler les pensées qui tourbillonnaient dans mon esprit. Cependant, Aphrodite continua d'elle-même.

— Tu te souviens que je ne parlais jamais de mes visions à Neferet ?

— Oui, et des humains sont morts à cause de ça.

— C'est vrai. Sauf que Neferet s'en fichait, je le voyais bien. C'est à ce moment-là que j'ai commencé à avoir une drôle d'impression, et ma vie s'est mise à se dégrader. Or, je voulais rester la garce au pouvoir, qui deviendrait un jour grande prêtresse et qui, de préférence, dirigerait le monde. Ainsi, j'aurais pu dire à ma mère d'aller se faire voir – et j'aurais peut-être été assez puissante pour lui faire peur, comme elle le mérite.

Elle poussa un long soupir.

— Ça ne s'est pas passé comme ça.

— Parce que tu as écouté Nyx, dis-je doucement.

— D'abord, j'ai tout fait pour rester la reine de mon royaume pourri. Et sortir avec le mec le plus canon de l'école, même si c'était un idiot possessif, faisait partie de mon plan.

— Logique.

— Ça me rend malade d'y repenser.

— De l'avoir fait avec Erik ?

Ses lèvres se relevèrent et elle secoua la tête en riant.

— Déesse, qu'est-ce que tu peux être prude ! Pour tout dire, ce n'était pas mal du tout. Non, ce qui me rend malade, c'est de n'avoir rien dit sur mes visions et d'avoir piétiné les principes de Nyx.

— Depuis, tu t'es bien rattrapée. Et je ne suis pas prude !

Elle renifla d'un air méprisant.

— Tu es vraiment moche quand tu fais ça, lançai-je.

— Je ne suis jamais moche. Tu as terminé avec tes questions sérieuses qui ne sont pas des questions ?

— Je crois, oui.

— Bien. Maintenant, à moi. As-tu réussi à parler avec Lucie en tête à tête ?

— Non, pas encore.

— Mais tu vas le faire ?

— Oui, oui.

— Bientôt ?

— Qu'est-ce que tu sais, Aphrodite ?

— Elle te cache des trucs, c'est certain.

— Genre des novices rouges ? C'est déjà ce que tu me disais la dernière fois.

Aphrodite ne répondit pas, et mon estomac fit un bond.

— Alors ? insistai-je. Quoi ?

— J'ai l'impression que ça va plus loin que te cacher l'existence de quelques novices rouges.

Je ne voulais pas la croire, et pourtant mon instinct

et ma raison me soufflaient qu'elle disait la vérité. À cause de l'Empreinte qui la liait à Lucie, elle savait des choses sur elle que tous ignoraient.

— Tu ne peux rien me dire de plus précis ? demandai-je.

Elle secoua la tête.

— Non. Elle est complètement fermée.

— Fermée ? Comment ça ?

— Tu sais bien comment est ta meilleure amie, en temps normal ! « Hé, tout le monde ! Regardez comme je suis gentille et mignonne et innocente ! Youpi ! » L'incarnation de la bonne volonté, de la gaieté et des bonnes manières, quoi !

L'imitation de l'accent de Lucie était un peu trop outrancière à mon goût, et je lui fis les gros yeux.

— Oui, elle est honnête et ouverte, si c'est ça que tu essayais d'expliquer.

— Bon, eh bien, elle ne l'est plus du tout, déclara Aphrodite. Tu peux me croire ! Elle te cache quelque chose de beaucoup plus grave que quelques novices.

— Mince.

— Oui. Mais comme pour l'instant tu ne peux rien y faire, dors. Tu auras encore l'occasion de sauver le monde demain.

— Super.

— Oh, en parlant de ça, comment va ton petit ami ?

— Lequel ? demandai-je d'un air sombre.

— Monsieur le Casse-pieds à la flèche.

Je haussai les épaules.

— Il va s'en sortir, je pense.

— Il ne l'a pas mordue, j'espère ?

— Non, soupirai-je.

— Darius a raison, tu sais. Même si tu ne parais pas très qualifiée, c'est toi la grande prêtresse maintenant, aussi vexant que cela puisse être pour certains d'entre nous.

— Je me sens tout de suite mieux ! Merci, Aphrodite.

— Je t'en prie. Écoute, ce que j'essaie de te dire, c'est que tu dois être en pleine forme, pas vidée comme les bouteilles de Martini pendant les brunchs de ma mère au country club.

— Parce que ta mère boit du Martini à midi ?

— Bien sûr, dit-elle en secouant la tête d'un air dégoûté. Ne sois pas aussi naïve ! Bref, ne va pas faire quelque chose de stupide sous prétexte que tu t'es entichée de Stark et que tu te sens d'humeur généreuse.

— Lâche-moi un peu, OK ? Je ne ferai rien de stupide !

Sur ce, je soufflai la bougie posée sur la table de nuit, entre nos deux lits, ce qui plongea la pièce dans une obscurité réconfortante. Alors que je commençais à me laisser gagner par le sommeil, la voix d'Aphrodite me ramena brusquement à la réalité.

— On rentre à la Maison de la Nuit demain ?

— Je crois qu'il le faut. Quoi qu'il arrive, c'est chez nous, et les novices et vampires qui y vivent sont des nôtres. Nous devons les retrouver.

— Dans ce cas, tu ferais mieux de dormir. Demain, tu vas débarquer dans un sacré merdier !

Encore une fois, aussi agaçante soit-elle, elle avait raison.

CHAPITRE DOUZE

Zoey

Après la prédiction sinistre, et sans doute juste, d'Aphrodite, je pensais ne pas pouvoir m'endormir, mais l'épuisement l'emporta. Je fermai les yeux et, pendant un moment, ce fut un néant bienfaisant. Malheureusement, dans ma vie, le bonheur ne durait jamais longtemps...

Dans mon rêve, l'île était d'un bleu et d'une beauté éblouissants. Je regardai autour de moi... Je me trouvais sur le toit d'un château, l'un de ces monuments anciens bâtis en gros blocs de pierre brute. L'endroit était magnifique : entouré de ces espèces de créneaux qui ressemblent à des dents de géant, il débordait de plantes. Je remarquai des citronniers et des orangers en pot, dont les branches ployaient sous le poids de fruits à l'odeur délicieuse. Au milieu se dressait une fontaine représentant une femme nue superbe, les bras levés au-dessus de la tête ; de ses mains en coupe coulait de l'eau cristalline. Cette statue me rappelait quelque chose, mais je ne m'attardai pas sur elle, mon regard étant attiré par la vue extraordinaire qui s'offrait à moi.

Retenant mon souffle, je m'approchai du bord et regardai, bien plus bas, le bleu scintillant de la mer, dont la splendeur dépassait l'entendement. C'était la couleur des rêves, du rire, et de la perfection des cieux d'été. Quant à l'île, elle était toute en montagnes déchiquetées, couvertes de pins qui ressemblaient à des parapluies gigantesques. Le château se trouvait au sommet de la plus haute de ces montagnes. Au loin, j'apercevais de gracieuses villas et une jolie petite ville.

Le bleu de la mer conférait à tout le paysage une aura magique. J'inspirai ; l'air sentait le sel et les oranges. C'était une journée ensoleillée : il n'y avait aucun nuage dans le ciel ; pourtant la lumière ne me faisait pas du tout mal aux yeux. Il faisait un peu frais, et il y avait beaucoup de vent, mais je m'en moquais. J'appréciais le piquant de la brise sur ma peau. À cet instant, l'île avait la teinte de l'aigue-marine, mais j'imaginais que, au crépuscule, le bleu s'approfondirait, s'assombrirait, et deviendrait saphir.

Je souris. Saphir… L'île prendrait la couleur exacte de mes tatouages. Je penchai la tête en arrière et j'écartai les bras, embrassant la beauté de cet endroit sorti de mon imagination.

— C'est à croire que je ne peux t'échapper, même quand je fuis ta présence, dit quelqu'un derrière moi.

Kalona ! Sa voix me caressa le dos, remonta sur mes épaules, s'enroula autour de mon corps… Lentement, mes bras retombèrent.

— C'est vous qui vous introduisez dans les rêves des autres, pas moi, fis-je sans me retourner.

À ma grande satisfaction, mon ton était calme, parfaitement maîtrisé.

— Tu refuses toujours d'admettre que tu es attirée par moi ? demanda-t-il tout bas.

— Je n'ai pas essayé de vous retrouver ! Tout ce que je voulais, quand j'ai fermé les yeux, c'était dormir.

Je m'exprimais presque automatiquement, évitant de répondre à sa question et m'efforçant d'oublier son étreinte avec A-ya.

— De toute évidence, tu dors seule. Si tu étais avec quelqu'un, j'aurais beaucoup plus de mal à t'atteindre.

Je réprimai le désir confus que sa voix éveillait en moi et j'enregistrai cette information : dormir avec quelqu'un était un bon moyen d'éviter qu'il entre dans mes rêves, ce qui confirmait ce que Stark m'avait dit la veille.

— Ce ne sont pas vos affaires, répliquai-je.

— Tu as raison. Tout ces fils d'homme qui te tournent autour, qui veulent jouir de ta présence, ne méritent pas que je m'attarde sur eux.

Je ne pris pas la peine de lui faire remarquer qu'il déformait mes propos. J'étais trop occupée à garder mon calme et à tenter de me réveiller.

— Tu me chasses, et pourtant tu me rends visite dans tes rêves. Comment dois-je le comprendre, A-ya ?

— Ce n'est pas mon nom ! Pas dans cette vie !

— « Pas dans cette vie », dis-tu ? Tu as donc accepté la vérité ! Tu sais que tu es la réincarnation de la femme créée par les Ani Yunwiya afin qu'elle m'aime. Peut-être est-ce pour cette raison que tu ne cesses de venir à moi, parce que, même si ta conscience résiste, ton âme, ton essence même se languissent d'être avec moi.

Il avait utilisé le terme ancien désignant le peuple cherokee – le peuple de ma grand-mère, et le mien. Je connaissais la légende. Un superbe immortel ailé était venu vivre avec les Cherokees, mais, au lieu d'agir comme un dieu bienveillant, il s'était révélé cruel. Il avait abusé des femmes et exploité les hommes. Finalement, les Femmes sages de plusieurs tribus, qu'on appelait aussi les Ghigua, s'étaient réunies et avaient façonné avec de la terre une magnifique jeune fille, A-ya. Elles lui avaient insufflé la vie et l'avaient pourvue de nombreux talents. Utilisant le goût de Kalona pour la luxure, elle devait l'attirer dans une grotte et l'y piéger. Leur plan avait fonctionné. Il n'avait pas pu lui résister et était resté emprisonné sous terre – jusqu'à ce que Neferet le libère.

Depuis que j'avais revécu un souvenir d'A-ya, je ne savais que trop bien que cette histoire était vraie.

« La vérité ! me dis-je. Sers-toi de la force de la vérité pour le combattre. »

— Oui, admis-je. Je sais que je suis la réincarnation d'A-ya.

J'inspirai profondément et je lui fis face.

— Néanmoins, aujourd'hui, je fais mes propres choix, et j'ai décidé de ne pas être avec vous.

— Et pourtant tu continues de venir à moi dans tes songes.

Je voulais nier, répondre quelque chose d'intelligent, digne d'une grande prêtresse, mais tout ce que je pouvais faire, c'était le dévisager. Il était tellement beau ! Comme toujours, il était à peine vêtu, pour ne pas dire dévêtu. Il portait un jean et rien d'autre. Sa peau bronzée était parfaite, si lisse sur ses muscles saillants ! J'avais envie de la toucher. Dans ses yeux ambrés, lumineux, je lisais une chaleur et une tendresse qui me coupaient le souffle. On lui aurait donné dix-huit ans, mais quand il souriait, il paraissait plus jeune encore, plus accessible. Bref, il avait tout du garçon super canon dont j'aurais pu être folle !

Mais c'était une imposture ! En réalité, Kalona était effrayant et hyper dangereux, et je devais ne jamais l'oublier – malgré les apparences, malgré les souvenirs ancrés tout au fond de mon âme.

— Ah, tu daignes enfin me regarder !

— Puisque vous refusez de partir, autant être polie, dis-je avec une fausse nonchalance.

Il rejeta la tête en arrière et éclata d'un rire chaleureux, séduisant, contagieux. Je ressentis une terrible envie de me rapprocher de lui et de rire librement, moi aussi. Alors que je m'apprêtais à faire un pas en avant, ses ailes remuèrent. Elles frémirent, puis s'ouvrirent à moitié, si bien que le soleil fit luire leurs sombres profondeurs, révélant l'indigo et le violet qui étaient habituellement invisibles.

À leur vue, j'eus l'impression d'avoir heurté un mur de verre à pleine vitesse. Je me souvins de ce qu'il était : un immortel déchu et malfaisant qui voulait me priver de mon libre arbitre et, au final, de mon âme.

— Je ne vois pas ce qu'il y a de drôle ! lançai-je. Je vous regarde par politesse, mais je préférerais que vous vous envoliez et que vous me laissiez rêver en paix.

— Oh, mon A-ya, dit-il en redevenant sérieux. Je ne pourrai jamais te laisser en paix ! Nous sommes liés, toi et moi. Si nous ne trouvons pas le salut l'un en l'autre, nous courons à notre perte.

Il fit un pas vers moi, et je reculai.

— Alors ? demanda-t-il. Salut ou perte ?

— Je ne peux parler que pour moi, répondis-je d'une voix calme, teintée de sarcasme.

La fraîcheur des pierres de la balustrade contre mon dos me donnait l'impression d'être en prison.

— En réalité, repris-je, aucun des deux ne me tente beaucoup. Le salut ? Beurk, ça me rappelle le Peuple de la Foi, qui, soit dit en passant, vous considérerait comme un ange *déchu*. Vous n'êtes pas franchement expert en la matière... La perte ? On croirait encore les entendre ! Quand êtes-vous devenu un fanatique religieux barbant, au juste ?

En une seconde, il fut tout près de moi. Ses bras m'enfermèrent tels les barreaux d'une geôle. Ses ailes s'ouvrirent, éclipsant le soleil. Je sentis le froid, terrible et merveilleux, qui émanait de son corps. Il m'attirait irrésistiblement. J'avais envie de me presser contre lui et de me laisser emporter par la douleur délicieuse dont je gardais le souvenir au fond de moi.

— Barbant ? Petite A-ya, mon cher amour, au fil des siècles, les mortels m'ont qualifié de bien des manières, mais jamais ainsi.

Il avança encore. Je frissonnai : cette peau nue... Je parvins toutefois à détacher mes yeux de sa poitrine et à le dévisager. Il me souriait, détendu, parfaitement à l'aise. Il était magnifique ! J'avais du mal à respirer. Bien sûr, Stark, Heath et Erik étaient très mignons, mais ce n'était rien comparé à la beauté immortelle de Kalona. C'était un chef-d'œuvre, la statue d'un dieu qui incarnait la perfection physique, mais en plus séduisant, puisqu'il était vivant. Et il était juste là – il était là pour moi.

— Je... je vous demande de reculer.

Cette fois, malgré tous mes efforts, ma voix tremblait.

— Est-ce réellement ce que tu veux, Zoey ?

Le fait qu'il m'appelle par mon prénom me secoua, beaucoup plus que s'il m'avait appelée « A-ya ». Je m'agrippai de toutes mes forces au parapet en pierre, luttant pour ne pas succomber à son charme. J'inspirai à fond. J'allais prétendre que oui, c'était bel et bien ce que je voulais, quand les mêmes mots que tout à l'heure s'insinuèrent dans mon esprit : « Sers-toi du pouvoir de la vérité. »

Quelle était la vérité ? Que je me retenais de me jeter dans ses bras ? Que je ne pouvais m'empêcher de penser à ce qu'avait ressenti A-ya lors de leur étreinte ? Ou alors que j'aurais tout donné pour être une ado comme les autres avec, comme soucis majeurs, les devoirs et les rivalités stupides du lycée ?

« Dis la vérité », entendis-je encore.

Je plissai les yeux et lançai :

— Là, tout de suite, ce que je veux vraiment, c'est dormir. Sinon, je veux être normale. Avoir des problèmes de lycéenne, me demander comment payer l'assurance de ma voiture et râler contre le prix de l'essence. Et j'apprécierais que vous m'écoutiez.

Je soutins son regard, puisant de la force dans ma sincérité. Il m'adressa un sourire d'enfant malicieux.

— Pourquoi ne viens-tu pas à moi, Zoey ?

— Parce que, voyez-vous, c'est le contraire de ce que j'ai mentionné.

— Je pourrais te donner tellement plus que ces banalités !

— Je n'en doute pas, mais ce serait tout sauf *normal*. Or il n'y a rien que je désire plus en ce moment qu'une bonne dose de normalité.

Il me fixait avec intensité, et je devinai qu'il attendait que je flanche, que je perde les pédales, que je bégaye, ou, pire, que je panique. Cependant, je lui avais dit la vérité, et cette petite victoire sur moi-même me donnait de la force. Il détourna les yeux le premier, et soudain sa voix se fit hachée, mal assurée.

— Si tu étais à mes côtés, je pourrais choisir un autre chemin.

Je m'efforçai de ne pas montrer le flot d'émotions que ses mots avaient déclenché en touchant cette partie de moi qu'A-ya avait réveillée.

« Trouve la vérité », insista mon esprit et, de nouveau, je la trouvai.

— J'aimerais vous croire, mais ce n'est pas le cas. Aussi splendide et magique que vous soyez, vous êtes un menteur. Je ne vous fais pas confiance.

— Pourtant, tu devrais.

— Non, répondis-je honnêtement. Je ne pense pas.

— Essaie. Donne-moi une chance. Viens à moi et laisse-moi faire mes preuves. Mon amour, tu n'as qu'un mot à dire !

Il se pencha vers moi dans un mouvement gracieux et séduisant et murmura à mon oreille :

— Donne-toi à moi, et je te promets de réaliser tes rêves les plus secrets.

Des frissons traversèrent mon corps. Je n'avais qu'une envie : dire « oui ». Je savais ce qui se passerait alors. J'avais déjà vécu un tel abandon par l'intermédiaire d'A-ya.

Il rit avec assurance.

— Vas-y, mon amour perdu ! Un seul mot, et ta vie changera pour toujours.

Ses lèvres n'étaient plus collées à mes oreilles. Il me regardait dans les yeux en souriant. Il était jeune et parfait, puissant et bon.

J'étais tellement tentée de céder que j'avais peur d'ouvrir la bouche.

— Aime-moi, murmura-t-il. N'aime que moi.

Au-delà de mon désir pour lui, mon esprit analysa ce qu'il venait de dire, et je trouvai enfin une réponse appropriée.

— Neferet.

Il fronça les sourcils.

— Que vient-elle faire là-dedans ?

— N'aimer que vous ? Vous n'êtes même pas libre ! Vous êtes avec Neferet.

Il perdit un peu de son assurance.

— Tu n'as pas à te préoccuper d'elle.

À ses mots, mon cœur se serra, et je réalisai au fond de moi j'avais espéré qu'il nierait leur relation – qu'il dirait que tout était fini entre eux. La déception me fortifia.

— Au contraire, elle est au centre de mes préoccupations. La dernière fois que je l'ai vue, elle a essayé de

me tuer ! Si je vous dis « oui », elle va devenir folle !
Et c'est encore moi qui vais payer.

— Oublie-la ! Elle n'est pas ici. Regarde la beauté
qui nous entoure ! Imagine-toi en train de gouverner cet
endroit à mes côtés, de m'aider à réinstaurer les coutumes
d'antan dans ce monde beaucoup trop moderne.

En disant cela, il me caressait le bras du bout des
doigts. J'ignorai les sensations que ce contact éveillait
en moi, et le signal d'alarme qui avait retenti dans mon
esprit quand il avait mentionné les « coutumes
d'antan » et pris une voix d'adolescente pleurnicharde.

— Sérieusement, Kalona, je n'ai pas envie de me
prendre la tête avec Neferet ! Je ne pourrais pas le supporter.

Il leva les mains en l'air, exaspéré.

— Pourquoi t'obstines-tu à parler de la Tsi Sgili ?
Elle ne représente rien pour nous.

Dès que ses bras m'eurent libérée, je me glissai sur
le côté pour mettre de la distance entre nous. J'avais
besoin de réfléchir ; or, tant qu'il se tenait tout près de
moi, c'était impossible.

Il me suivit, et m'accula contre la partie basse des
créneaux, qui ne m'arrivaient qu'à hauteur des genoux.
Le vent frais soufflait dans mon dos et faisait voler mes
cheveux. Je n'avais pas besoin de regarder derrière moi
pour savoir que la chute serait vertigineuse.

— Tu ne peux pas m'échapper ! souffla Kalona, les
yeux plissés, alors que la colère commençait à percer
sous son expression charmeuse. Je gouvernerai très bientôt ce monde. Je rétablirai les coutumes d'antan et, ce
faisant, je séparerai le bon grain de l'ivraie. Le bon grain

poussera et prospérera pour me nourrir ; l'ivraie sera brûlée et réduite à néant.

Ces mots me plongèrent dans un terrible désespoir. Malgré leur poésie, je n'avais aucun doute qu'ils décrivaient la fin de mon monde, et la mort de milliers de gens – vampires, novices et humains. Prise de nausée, je lui lançai un regard délibérément idiot.

— Le bon grain ? L'ivraie ? Désolée, mais je suis larguée, là. Ça veut dire quoi, en clair ?

Il ne dit rien pendant un long moment, se contentant de m'observer. Puis, un léger sourire étirant ses lèvres, il caressa ma joue.

— Tu joues à un jeu dangereux, mon amour perdu.

Je me figeai. Sa main passa de ma joue à mon cou, laissant une traînée de chaleur froide sur ma peau.

— Si tu crois que tu peux te faire passer pour une petite lycéenne qui ne comprend rien à rien et ne pense qu'à des bêtises, tu me sous-estimes. Je te connais, A-ya. Je te connais trop bien !

Sa main continua de descendre, et je retins mon souffle, choquée, lorsqu'elle s'arrêta sur mon sein. Le désir me secoua ; je ne pouvais m'empêcher de trembler, prise au piège de ce contact hypnotique. Je sus alors avec une affreuse certitude que ce n'était pas seulement les souvenirs d'A-ya qui m'attiraient vers lui. C'était *moi* – *mon* cœur – *mon* âme – *mon* corps.

— Non ! S'il vous plaît, arrêtez, réussis-je à dire d'un filet de voix.

— Que j'arrête ? ricana-t-il. Tu t'éloignes de la vérité ! Tu ne souhaites pas que j'arrête. Ton corps se languit de moi, n'essaie pas de le nier. Cesse de résister bêtement. Accepte-moi, accepte ta place à mes côtés. Ensemble, nous créerons un monde nouveau.

Tendue vers lui, titubante, je parvins quand même à lui répondre.

— Je ne peux pas.

— Si tu refuses de t'allier à moi, tu seras mon ennemie, et tu brûleras avec l'ivraie.

Tout en parlant, il posa son autre main sur ma poitrine. Son regard ambré, devenu vague, s'était adouci alors qu'il me caressait, provoquant des vagues d'une chaleur glaciale dans mon corps et un terrible malaise dans mon cœur, mon esprit et mon âme.

— C'est un rêve... Ce n'est qu'un rêve. Ce n'est pas réel, dis-je d'une voix tremblante, voulant m'en convaincre moi-même.

Son désir pour moi le rendait encore plus séduisant. Il me fit un sourire complice.

— En effet, tu rêves. Cependant, Zoey, tu es libre de céder à toutes tes envies.

« Ce n'est qu'un rêve, me répétais-je. Je vous en prie, Nyx, faites que le pouvoir de la vérité me réveille. »

— C'est vrai, j'ai envie d'être avec vous.

Il m'adressa un sourire victorieux, mais, avant qu'il ne me prenne dans ses bras, je m'empressai de continuer.

— Seulement, aussi fort que je vous désire, je reste Zoey Redbird, pas A-ya, et dans cette vie j'ai choisi de suivre le chemin de Nyx. Je ne trahirai pas ma déesse en me donnant à vous, Kalona.

Je criai ces derniers mots, puis reculai et chutai dans le vide alors que Kalona hurlait mon nom.

CHAPITRE TREIZE

Zoey

Je me redressai brusquement dans mon lit, hurlant comme si on venait de me jeter dans une fosse remplie de serpents. Malgré ma panique, je me rendis compte que je n'étais pas la seule à crier. Scrutant l'obscurité, je me forçai à me taire et à reprendre mes esprits. Où étais-je ? Au fond de la mer ? Morte, écrasée sur les rochers de l'île ?

Non... Non... J'étais à l'abbaye bénédictine... dans la chambre de dortoir que je partageais avec Aphrodite. Aphrodite qui, à ce moment précis, vociférait comme une démente dans l'autre lit.

— Aphrodite ! Arrête ! Tout va bien.

Elle se tut et haleta :

— De la lumière ! J'ai besoin de voir !

On l'aurait crue en pleine crise d'angoisse.

— OK, OK ! Un instant.

Je me souvins qu'il y avait une bougie sur la table de nuit, et tâtonnai à la recherche d'un briquet. Mes mains tremblaient tellement que je dus m'y prendre à cinq fois pour allumer la mèche. La lueur éclaira le visage d'un blanc fantomatique d'Aphrodite et ses yeux injectés de sang.

— Oh, déesse ! Tes yeux !

— Je sais ! Je sais ! Merde ! Merde ! Merde ! Je ne vois toujours rien, gémit-elle.

Je sautai sur mes pieds.

— Ne t'inquiète pas, je vais aller te chercher une serviette humide et un verre d'eau, comme la dernière fois, et...

Je m'interrompis en comprenant ce qui se passait. Je me figeai.

— Tu as eu une autre vision, c'est ça ?

Sans répondre, elle se prit le visage entre les mains et hocha la tête en sanglotant.

— Ce n'est rien. Ça va aller, répétai-je en passant une serviette sous l'eau froide et en remplissant un verre.

Puis je me précipitai vers elle. Elle était assise au bord du lit. Ses sanglots hystériques s'étaient transformés en petits hoquets pitoyables. Je lui tendis le verre.

— Tiens, bois ça. Ensuite, je veux que tu te couches pour que je puisse te poser la serviette sur les yeux.

Elle allongea le bras à l'aveuglette et attrapa le verre. Je la regardai boire avec avidité.

— Maintenant, étends-toi, dis-je.

Elle s'appuya sur les oreillers, pâle à faire peur. Ses yeux ensanglantés étaient d'autant plus effrayants.

— Je vois un peu ton contour, dit-elle faiblement, mais tu es toute rouge, comme si tu saignais.

— Je ne saigne pas, je vais bien. Tu te rappelles, la dernière fois ; c'était déjà comme ça !

— Non, pas à ce point !

Je pliai la serviette et la posai délicatement sur ses paupières.

— Si, c'était à ce point, mentis-je en allant remplir le verre.

Elle tritura un moment la serviette puis reposa les mains sur le lit.

— C'était si terrible que ça ? demandai-je en observant son reflet dans le miroir.

Ses lèvres se mirent à trembler. Elle inspira par à-coups.

— Oui.

— Tu veux encore de l'eau ? demandai-je en retournant à son chevet.

Elle acquiesça.

— J'ai l'impression d'avoir couru un marathon dans un désert brûlant, lâcha-t-elle. Cela dit, je ne ferais jamais une chose pareille. Toute cette sueur ! C'est trop répugnant.

Heureuse de voir qu'elle redevenait elle-même, je souris et plaçai le verre entre ses mains. Puis je m'assis sur mon lit et j'attendis.

— Je sens que tu me regardes.

— Désolée. Tu veux que j'aille chercher Darius ? Ou Damien, peut-être ? Ou les deux ?

— Non ! s'écria-t-elle.

Elle déglutit plusieurs fois, puis reprit d'une voix plus calme :

— Reste près de moi un moment, s'il te plaît. Je ne veux pas être seule tant que je ne vois rien.

— D'accord. Je ne bouge pas d'ici. Tu as envie de me raconter ta vision ?

— Pas spécialement, mais je suppose qu'il le faut. J'ai vu sept femmes vampires. Elles avaient l'air important et puissant. Des grandes prêtresses, manifestement. Elles se trouvaient dans un endroit superbe, décoré avec goût.

Elle se tut un instant avant de poursuivre.

— Au début, je ne savais pas qu'il s'agissait d'une vision. Je pensais que c'était un rêve. Je regardais ces vampires assises dans des fauteuils qui ressemblaient à des trônes, et j'attendais qu'un truc hyper bizarre se produise, comme souvent dans les rêves, genre qu'elles se transforment en Justin Timberlake et se mettent à faire un strip-tease rien que pour moi en chantant un de ses tubes.

— Hum... Intéressant. Il est canon, même s'il commence à se faire vieux.

— Oh, arrête un peu ! Tu as déjà trop de garçons dans ta vie pour en rajouter un autre, même en rêve. Laisse-moi Justin. Bref, elles ne se sont pas transformées en Justin, et elles n'ont pas fait de strip-tease. Je me demandais ce qui se passait quand Neferet est entrée. À ce moment-là, j'ai compris que c'était une vision.

— Neferet !

— Oui. Kalona était avec elle. C'est elle qui a parlé tout du long, mais les vampires ne la regardaient pas. Elles ne pouvaient s'empêcher de fixer Kalona, bouche bée.

Comme je les comprenais…

— Neferet disait qu'il fallait accepter les changements qu'elle et Érebus allaient apporter, qu'il fallait tout remettre en place, restaurer les coutumes d'antan… blablabla.

— Érebus ! l'interrompis-je. Elle prétend encore que Kalona est Érebus ?

— Oui, et elle se faisait appeler Nyx incarnée, ou Nyx tout court. Je n'ai pas saisi tout ce qu'elle racontait, car à ce moment-là, plusieurs vampires se sont mis à brûler. C'était l'une des visions les plus étranges que j'aie jamais eues !

— Tu veux dire que les prêtresses ont pris feu, juste comme ça ?

— Oui, c'était trop bizarre ! J'avais compris qu'elles avaient des pensées négatives au sujet de Neferet, et l'instant d'après elles étaient en feu. Et elles n'étaient pas les seules.

Elle fit une pause et avala le reste de l'eau.

— Beaucoup d'autres gens brûlaient également. Des humains, des vampires, des novices. Tous se consumaient dans un champ qui semblait s'étendre jusqu'aux confins de l'univers.

— Quoi ?

— C'était horrible ! Je n'avais jamais vu de vampires mourir dans mes visions. Enfin, à part quand j'ai rêvé que tu mourais, mais tu n'es qu'une novice, alors ça ne compte pas.

Je m'abstins de lui faire les gros yeux, étant donné qu'elle ne voyait rien.

— As-tu reconnu quelqu'un d'autre que les prêtresses ? demandai-je.

Aphrodite ne répondit pas. Au bout d'un moment, elle retira la serviette et cligna des yeux. Le rouge commençait à s'effacer. Elle me regarda en plissant les paupières.

— C'est mieux. Je te vois presque bien maintenant. Bon, voici la fin de la vision : Kalona était là. Neferet, non : c'est toi qui étais à sa place. Avec lui. Et quand je dis avec lui, je dis bien *avec* lui. Il n'arrêtait pas de te tripoter, et tu avais l'air d'aimer ça. Beurk ! J'assistais à cette scène du point de vue des gens en train de rôtir, et il ne faisait aucun doute que la fin de notre monde était la conséquence de ta relation avec Kalona.

Je passai une main tremblante sur mon visage, comme si je pouvais effacer ainsi le souvenir d'A-ya dans les bras de l'immortel.

— Je ne serai jamais avec lui !

— Écoute, je vais dire quelque chose, et ce n'est pas parce que je suis une garce – du moins pas cette fois.

— Vas-y !

— Tu es la réincarnation d'A-ya.

— Là, tu ne m'apprends rien !

— Attends, ce n'est pas une accusation. C'est juste que cette Cherokee dont tu partages plus ou moins l'âme a été créée pour aimer Kalona. Tu es d'accord ?

— Oui, mais tu dois comprendre que je ne suis pas A-ya, martelai-je.

— Zoey, je le sais bien. Mais je sais aussi que tu es beaucoup plus attirée par Kalona que ce que tu veux bien te l'avouer. Tout à l'heure, dans le tunnel, tu as eu un souvenir d'A-ya tellement puissant que tu t'es évanouie. Et si tu n'es pas capable de contrôler ce que tu ressens pour lui, c'est parce que cette attirance est ancrée dans ton âme.

— Tu crois que je n'y ai pas déjà pensé ? Bon sang, Aphrodite, je garderai mes distances avec Kalona ! m'écriai-je, agacée. Je ne m'approcherai pas de lui. Comme ça, ta vision ne se réalisera pas.

— Ce n'est pas aussi simple. Ce n'est pas la seule vision que j'ai eue. À vrai dire, maintenant que j'y repense, c'était un peu comme celles qui montraient ta mort, où d'abord tu te faisais trancher la gorge, et ensuite je me noyais avec toi. Laisse-moi te dire que ce n'était pas très agréable.

— Bon, qu'est-ce qui s'est passé après ?

Elle me lança un regard exaspéré.

— Alors, vous étiez là à vous léchouiller et à faire des cochonneries. Oh, et je ressentais une douleur atroce, aussi.

— Normal, tu brûlais avec tout le monde ! répliquai-je, énervée qu'elle mette autant de temps à me raconter cette fichue vision.

— Non, c'était autre chose, qui, j'en suis quasiment certaine, n'avait rien à voir avec ça. Il y avait quelqu'un qui était manifestement à l'agonie…

— Ça devait être terrible, dis-je, le ventre noué.

— Oui, c'était franchement déplaisant. Bref, on en était là quand tout s'est transformé. Soudain, c'était une autre journée – dans un endroit différent. Les gens brûlaient toujours, et je ressentais encore cette terrible souffrance. Sauf que toi, au lieu de batifoler avec Kalona, tu te dégageais de ses bras. Mais tu ne t'éloignais pas beaucoup de lui. Et puis tu lui as dit quelque chose. Et c'est ça qui a tout changé.

— Je ne comprends pas ?

— Tu l'as tué, et le feu s'est éteint.

— J'ai tué Kalona ?

— Ouaip.

— Et qu'est-ce que j'ai pu lui dire qui lui fasse un tel effet ?

Elle haussa les épaules.

— Aucune idée ! Je ne t'entendais pas ; j'étais trop occupée à souffrir le martyre pour prêter attention à ce que tu racontais.

— Tu es sûre qu'il mourait ? Normalement, c'est impossible ! Il est immortel.

— C'est bien l'impression que j'ai eue. Ce que tu lui as balancé l'a fait se désintégrer.

— Il a disparu ?

— Non, il a plutôt explosé. C'est difficile à décrire parce que, d'une part, je me consumais et, d'autre part, il est devenu très, très brillant, à un tel point que j'avais du mal à voir ce qui lui arrivait. En tout cas, il a disparu, et aussitôt le feu s'est arrêté, et j'ai su que tout irait bien. Ensuite, tu as pleuré.

— Hein ?

— Oui, après avoir tué Kalona, tu as chialé comme une môme. Alors, la vision s'est terminée, et je me suis réveillée avec une migraine terrible, et les yeux qui me faisaient un mal de chien. Oh, et tu hurlais comme si tu avais perdu la tête. Tiens, tu peux me dire pourquoi ? demanda-t-elle en me dévisageant.

— J'ai fait un mauvais rêve.

— Kalona ?

— Je n'ai pas du tout envie d'en parler.

— Désolée, Zoey, il le faut. J'ai vu le monde prendre feu tandis que tu t'amusais avec lui. Avoue que c'est perturbant !

— Ça n'arrivera pas, je te dis. Et puis, tu m'as aussi vue le tuer.

— Que se passait-il dans ton rêve ? insista-t-elle.

— Il m'offrait le monde. Il disait qu'il allait rétablir les coutumes d'antan et qu'il voulait que je gouverne à ses côtés, des bêtises du genre, quoi. Je répondais non, sûrement pas. Il menaçait de mettre le feu à...

« Oh, ma déesse ! »

— Attends, fis-je, tu as vu les gens brûler dans un champ ; est-ce que ça aurait pu être un champ de blé ?

Elle haussa les épaules.

— Possible. Pour moi, tous les champs se ressemblent.

J'avais mal au ventre et à la poitrine.

— Kalona annonçait qu'il allait séparer le bon grain de l'ivraie et qu'il brûlerait l'ivraie.

— Et c'est quoi, l'ivraie, au juste ?

— Je ne sais pas exactement, mais je suis quasiment sûre que ça a un rapport avec le blé. Essaie de te souvenir ! Il y avait de hautes tiges dorées dans le champ ? Ou bien était-ce des trucs verts, comme du maïs ?

— C'était jaune. Peut-être du blé, oui.

— Alors, la menace que Kalona a proférée dans mon rêve s'est réalisée dans ta vision ?

— Sauf que dans ton rêve, tu ne faisais rien avec lui. À moins que...

— Non ! Je n'ai rien fait ! Je me suis jetée d'une falaise. C'est pour ça que je hurlais comme une cinglée.

Ses yeux teintés de rouges s'agrandirent.

— Sérieusement ? Tu as sauté d'une falaise ?

— En fait, j'ai sauté du toit d'un château, qui lui-même était bâti au sommet d'une falaise.

— Ça a dû être terrible.

— C'est la chose la plus effrayante que j'aie jamais vécue, mais ce n'était pas aussi horrible que de rester là-haut avec lui.

Je frissonnai, me souvenant de ces caresses et du désir déchirant qu'elles avaient éveillé en moi.

— Il fallait que je lui échappe, conclus-je.

— Oui, eh bien, tu seras obligée de revoir ta position à l'avenir.

— Hein ?

— Tu m'écoutes, oui ou non ? J'ai vu Kalona prendre le contrôle de la terre. Il tuait des gens, et par « gens » j'entends des humains *et* des vampires. Et tu l'as arrêté. Je suis persuadée que ma vision nous dit que tu es la seule personne capable de le vaincre. Alors tu ne peux pas le fuir. Zoey, tu vas te débrouiller pour trouver ce qu'il faut dire pour le tuer, et ensuite tu iras le rejoindre.

— Non ! m'écriai-je. Je ne veux pas le voir.

Elle m'adressa un regard plein de compassion.

— Tu dois combattre les effets de ta réincarnation et détruire Kalona une bonne fois pour toutes.

Alors que le désespoir m'envahissait, on frappa à la porte.

CHAPITRE QUATORZE

Zoey

— Zoey ! Tu es là ? Laisse-moi entrer !

En moins d'une seconde, je sautai du lit et j'ouvris la porte. J'écarquillai les yeux en découvrant Stark, qui s'appuyait lourdement contre le mur.

— Stark ? Qu'est-ce que tu fais debout ?

Il portait juste un pantalon d'hôpital. Son torse disparaissait sous un énorme pansement en gaze blanche. Il était livide, et la sueur perlait sur son front. Il prenait des inspirations courtes et irrégulières. On aurait dit qu'il allait s'écrouler d'un moment à l'autre.

Mais dans sa main droite, il tenait son arc et une flèche.

— Merde ! lança Aphrodite. Dégage le passage avant qu'il ne tombe dans les vapes. S'il s'affale, on n'arrivera jamais à le relever, il est bien trop lourd !

Je tentai d'empoigner Stark, mais il se libéra avec une force surprenante.

— Ça va ! lâcha-t-il.

Il entra dans la chambre et regarda dans tous les coins, comme s'il s'attendait à ce que quelqu'un en jaillisse.

— Je ne vais pas m'évanouir, ajouta-t-il.

Je me plantai devant lui pendant qu'il reprenait son souffle.

— Stark, il n'y a personne d'autre que nous. Qu'est-ce que tu fais là ? Tu ne devais pas sortir du lit, et encore moins monter l'escalier.

— J'ai ressenti tes émotions. Tu étais terrifiée ! Alors je suis venu.

— J'ai fait un mauvais rêve, c'est tout. Je n'étais pas en danger.

— Kalona ? Il était encore dans ton rêve ?

— Encore ? Depuis combien de temps rêves-tu de lui ? demanda Aphrodite.

— Kalona peut s'introduire dans tes rêves quand il veut, m'expliqua Stark, sauf si tu dors avec quelqu'un. Et je ne parle pas d'une camarade de chambre...

— Cool ! commenta Aphrodite.

— Ce ne sont que des rêves, fis-je.

Elle se tourna vers Stark.

— Est-ce qu'on en est sûr ?

C'est moi qui lui répondis.

— Je ne suis pas morte, alors ce n'était pas la réalité.

— Pas morte ? répéta Stark. Il faut que tu me racontes !

Sa respiration s'était calmée, et même s'il était toujours très pâle il s'exprimait comme n'importe quel combattant prêt à protéger sa grande prêtresse.

— Dans son rêve, Zoey s'est jetée du haut d'une falaise pour échapper à Kalona, me devança Aphrodite.

— Qu'est-ce qu'il t'a fait ? demanda Stark d'une voix basse, tendue par la colère.

— Rien ! répondis-je trop vite.

— Parce que tu as sauté avant qu'il ne puisse te faire quelque chose, me fit remarquer Aphrodite.

— Qu'est-ce qu'il voulait ?

— Comme d'habitude ! soupirai-je. Me contrôler. Il ne présente pas les choses comme ça, mais c'est de ça qu'il s'agit, et je ne le permettrai jamais.

Il serra les dents.

— J'aurais dû me douter qu'il tenterait de te rejoindre dès que tu te serais endormie ! Je connais ses combines ! J'aurais dû demander à Erik ou à Heath de dormir avec toi.

— Elle est bonne, celle-là ! ricana Aphrodite. Le petit ami numéro trois veut que tu dormes avec l'un de ses rivaux !

— Je ne suis pas son petit ami ! rugit Stark. Je suis son combattant. J'ai juré de la protéger. Cela n'a rien à voir avec un béguin ridicule ou de la jalousie imbécile.

Aphrodite le dévisagea, déconcertée ; pour une fois, elle ne savait pas quoi répondre.

— Peu importe combien de fois Kalona déboulera dans mes rêves, dis-je avec une assurance que je n'éprouvais pas vraiment. Le résultat sera le même. Je ne vais pas lui céder.

— Tu as intérêt, sinon, on va tous être dans un sacré pétrin ! intervint Aphrodite.

— Pourquoi ? voulut savoir Stark.

— Elle a eu une autre vision, c'est tout.

— C'est tout ? Quelle reconnaissance ! s'écria Aphrodite avant de considérer Stark avec attention. Alors, si je comprends bien, l'homme à la flèche, si tu dors avec Zoey, ça empêchera Kalona de squatter ses rêves ?

— Normalement, oui.

— Dans ce cas, je pense que tu devrais le faire. Et puisque trois, c'est trop dans ce genre de situation, je m'en vais.

— Et tu vas où ? demandai-je.

— Rejoindre Darius. Je m'en fous royalement, si ça ne plaît pas aux pingouins ! Même si, vu ma migraine, je ne vais faire que dormir, je veux être avec mon vampire, point à la ligne.

Elle attrapa ses vêtements et son sac à main ; il ne lui restait qu'à chercher un endroit discret où enlever sa chemise de nuit de grand-mère avant d'aller retrouver son amoureux. Ce qui me rappela que je portais la même tenue. Je m'assis sur mon lit en soupirant. Oh, Stark m'avait déjà vue toute nue, ce qui était bien pire. Mes épaules s'affaissèrent. Bon sang, pour une fille qui avait plusieurs petits copains, je n'étais pas franchement au top.

— Pas un mot sur ta vision ! recommandai-je à Aphrodite. Je préfère y réfléchir encore un peu. Enfin, tu peux en parler à Darius, mais à personne d'autre, d'accord ?

— Je comprends : tu veux éviter l'hystérie collective. Comme tu veux. Moi non plus, je n'ai pas envie d'entendre hurler ton troupeau de ringards. Dors un peu, Zoey. On se revoit au coucher du soleil.

Elle fit coucou à Stark et referma la porte derrière elle. Stark s'assit lourdement à côté de moi. Il tressaillit un peu, sans doute à cause de sa blessure. Il posa son arc et sa flèche sur la table de chevet et me fit un sourire contrit.

— Je n'en aurai pas besoin, hein ?

— À ton avis ?

— Dans ce cas, j'ai les mains libres. Ça tombe bien, dit-il en me faisant signe de m'approcher avec un sourire insolent. Viens-là, Zoey.

— Attends.

Je me précipitai vers la fenêtre pour gagner du temps : j'étais incapable de passer des bras d'un homme à ceux d'un autre.

— Je ne pourrai pas me détendre tant que je ne serai pas sûre que tu ne vas pas cramer.

Je jetai un coup d'œil dehors. Il n'y avait pas beaucoup de lumière. Rien ne bougeait dans ce paysage silencieux et gris, recouvert de givre et plein de mélancolie. On aurait dit que toute vie avait gelé comme les arbres, les herbes, et les lignes électriques tombées à terre.

— Voilà qui explique comment tu as réussi à venir jusqu'ici sans griller. Il n'y a pas de soleil, dis-je en continuant de contempler la vue, hypnotisée par ce monde glacé.

— Je savais que je ne courais aucun danger. Je sentais que le soleil s'était levé, mais qu'il était caché par les nuages. Je ne risquais rien. Zoey, viens ici, s'il te plaît. Ma raison me dit que tu vas bien, mais mon instinct n'est toujours pas rassuré.

Je me retournai, surprise de l'entendre parler avec

autant de sérieux. J'acceptai sa main tendue et je m'assis à côté de lui.

— Quand j'ai senti ta peur, reprit-il, j'ai su qu'il fallait que je te rejoigne. Même au péril de ma vie. Cela fait partie de mon serment.

— Vraiment ?

Il hocha la tête, sourit et porta ma main à ses lèvres.

— Vraiment. Tu es ma dame, et ma grande prêtresse. Je te protégerai toujours.

J'effleurai sa joue, et soudain, je sentis les larmes me monter aux yeux.

— Hé, ne pleure pas, dit-il. Viens là.

Sans un mot, je m'exécutai en prenant soin de ne pas cogner sa poitrine. Il passa un bras autour de mes épaules, et je m'appuyai contre lui, espérant que la chaleur de sa peau effacerait le souvenir de la passion froide de l'immortel.

— Il l'a fait exprès, tu sais ?

Je compris qu'il parlait de Kalona.

— Ce qu'il te fait ressentir n'est pas réel, poursuivit-il. C'est sa façon de faire. Il trouve le point faible des gens et l'exploite.

Il se tut, mais je devinai qu'il voulait en dire plus.

— Continue, dis-je, alors que je n'avais qu'une envie : me blottir contre lui et dormir.

Il resserra son étreinte.

— Et ta faiblesse à toi, c'est le lien que tu as avec cette Cherokee qui l'a piégé.

— A-ya.

— Oui, A-ya. Il n'hésitera pas à se servir d'elle contre toi.

Je le sentis hésiter.

— Tu le désires. Il te force à le désirer. Tu as beau lutter, tu ne peux l'empêcher de t'atteindre.

Malgré ma nausée, je lui répondis honnêtement.

— Oui, et cela m'effraie.

— Tu vas lui résister, mais si jamais tu venais à céder, sache que je serai là, tu peux compter sur moi. Je m'interposerai entre lui et toi, même si ce devait être mon ultime action.

Je posai la tête sur son épaule, ne me rappelant que trop bien qu'Aphrodite n'avait pas mentionné Stark en me racontant ses deux visions. Il m'embrassa sur le front.

— Oh, au fait, jolie chemise de nuit !

Je m'esclaffai.

— Si tu n'étais pas blessé, je te frapperais.

Il me sourit d'un air malicieux.

— Hé, elle me plaît ! Ça me donne l'impression d'être au lit avec une vilaine lycéenne dans l'une de ces écoles privées catholiques réservées aux filles. Tu me racontes les batailles d'oreillers que vous faites, toutes nues, tes camarades et toi ?

Je levai les yeux au ciel.

— Peut-être une autre fois, quand tu seras plus en forme.

— OK, cool. De toute façon, je suis trop fatigué pour t'impressionner par mes prouesses.

— Stark, pourquoi tu ne veux pas boire mon sang ? Kalona n'est pas là ; je n'aurais pas à l'affronter. À en juger par mon rêve, il est très loin d'ici, puisqu'il n'y a aucune île en Oklahoma.

— Tu ne sais pas où il est. Il est simplement apparu dans le paysage de ton rêve.

— Non, il est sur une île, m'entêtai-je, persuadée d'avoir raison. Tu ne l'as jamais entendu en parler avec Neferet ?

— Non. Mais, s'il a choisi une île, cela prouve que tu l'as gravement blessé.

— Ce qui signifie que je ne crains rien pour le moment, et que tu peux donc boire mon sang.

— Non, je ne peux pas, dit-il avec fermeté. Pas maintenant

— Écoute, tu as besoin de mon sang et de mon énergie pour te remettre, dis-je en levant le menton pour qu'il voie bien ma jugulaire. Alors, vas-y ! Mords-moi.

Je serrai les paupières et retins mon souffle. Il éclata de rire, et je rouvris les yeux. Il appuyait la main sur sa poitrine en grimaçant de douleur. Je fronçai les sourcils.

— Qu'est-ce qu'il y a de drôle ?

— C'est juste que tu ressembles à l'héroïne d'un vieux film sur Dracula.

Les joues brûlantes, je m'écartai de lui.

— Laisse tomber ! lâchai-je. Oublie ce que j'ai dit et dors, OK ?

Je roulai sur le côté, mais il m'attrapa l'épaule et me tourna vers lui.

— Attends ! Je suis maladroit, fit-il en me touchant le visage. Zoey, si je refuse de te mordre, c'est parce que je ne *peux* pas, pas parce que je n'en ai pas envie.

— Oui, oui, j'ai bien entendu, répondis-je, gênée.

Il me força à le regarder dans les yeux.

— Je suis désolé, dit-il d'une voix basse, sexy en diable. Je n'aurais pas dû me moquer de toi. C'est tout nouveau, pour moi, d'être un combattant. Il me faut du temps pour m'y faire.

Il caressa ma pommette avec son pouce, suivant la ligne de mes tatouages.

— La seule chose que je désire plus que ton sang, c'est que tu sois en sécurité et forte.

Il m'embrassa.

— Et puis, je n'ai pas besoin de boire ton sang, parce que je vais me remettre, j'en ai la certitude. Tu veux savoir pourquoi ?

— Oui, murmurai-je.

— Parce que ta sécurité, c'est ma force, Zoey. Maintenant, dors. Je suis là.

Il s'allongea et m'attira contre lui.

— Si quelqu'un s'avise de me réveiller, tu pourras le tuer ? chuchotai-je alors que mes paupières se fermaient.

Il ricana.

— Tout ce que tu veux, ma dame.

— Bien.

Je m'endormis comme un bébé dans les bras de mon combattant qui me protégeait des cauchemars et des fantômes du passé.

CHAPITRE QUINZE

Aphrodite

— Vous deux, ne faites pas attention, lança Aphrodite. J'ai envie de finir la nuit avec mon vampire.

Les bras croisés, elle se tenait sur le seuil de la chambre que Darius partageait avec Damien et Jack. Elle remarqua avec une légère irritation que Damien, Jack et Duchesse étaient tous blottis sur le même lit ; on aurait dit trois chiots. Même si c'était touchant, elle trouvait injuste que les pingouins les laissent dormir ensemble alors que, elle, on l'avait exilée dans la chambre de Zoey.

— Que se passe-t-il, Aphrodite ? lança Darius, qui se précipita vers elle, enfilant un tee-shirt sur sa superbe poitrine et mettant ses chaussures.

Comme toujours, il avait réagi en un quart de tour. C'était l'une des raisons pour lesquelles elle était tombée amoureuse de lui.

— Tout va bien. Seulement, Zoey dort avec Stark. Dans notre chambre. Et je n'ai pas envie de tenir la chandelle. Alors, nous aussi, on va faire les choses à notre manière.

— Comment va Zoey ? demanda Damien.

— À mon avis, en ce moment, elle ne pourrait aller mieux.

— Je n'aurais pas cru que Stark était en état de... enfin... de faire des trucs, dit Jack avec délicatesse.

Tout endormi, il avait les cheveux ébouriffés et les yeux bouffis. Aphrodite le trouva encore plus enfantin que d'habitude, et très mignon. Bien entendu, elle aurait préféré qu'on lui arrache la langue que de l'admettre.

— Comme il a réussi à gravir l'escalier jusqu'au dernier étage, j'en déduis qu'il est en voie de guérison.

— Oh, oh, ça ne va pas plaire à Erik ! commenta Jack d'un air ravi. Demain, on aura droit à une sacrée crise !

— Il n'y aura plus de crise de ce côté-là. Zoey a largué Erik ce matin.

— Non ? s'écria Damien.

— Si, et ce n'est pas trop tôt. Son attitude possessive était insupportable !

— Et tu es sûre qu'elle va bien ? voulut s'assurer Damien en lui lançant un regard trop perçant à son goût.

Elle n'avait pas l'intention de leur dire que Kalona s'était introduit dans le rêve de Zoey, et que c'était pour cette raison que Stark dormait avec elle. Elle ne comptait pas non plus leur parler de sa vision. Elle était contente que Zoey lui ait demandé de se taire : comme ça, elle pourrait rejeter la faute sur elle quand Damien lui ferait des reproches. Alors, pour lui clouer le bec, elle haussa un sourcil et le considéra d'un air hautain.

— Tu te prends pour sa mère ?

Comme elle s'y attendait, Damien prit la mouche.

— Non, pour son ami !

— Et tu ne peux pas la laisser respirer un peu ?

— Je m'inquiète pour elle, c'est tout, répliqua-t-il, les sourcils froncés.

— Et Heath ? Il est au courant de la rupture ? Il sait qu'elle... euh... qu'elle *dort avec Stark ?* termina Jack dans un murmure.

Elle leva les yeux au ciel.

— Alors là, c'est le dernier de mes soucis ! Je pense que Zoey s'en fiche, elle aussi. Elle est occupée.

Elle ne prenait aucun plaisir à blesser Damien et son petit ami, mais c'était le seul moyen des les empêcher de se mêler de ses affaires, et parfois cela ne suffisait même pas. Elle se tourna vers Darius, qui se tenait près d'elle et l'observait attentivement, d'un air à la fois amusé et intrigué.

— Tu es prêt à y aller, mon beau ?

— Bien sûr, répondit Darius. On se voit au coucher de soleil, dit-il à Jack et Damien.

Une fois dans le couloir, il attrapa Aphrodite par le poignet, la forçant à s'arrêter. Avant qu'elle ne puisse dire quoi que ce soit, il posa les mains sur ses épaules et la regarda droit dans les yeux.

— Tu as eu une vision, dit-il simplement.

Elle sentit les larmes lui piquer les paupières. Elle était complètement dingue de ce gaillard tout en muscles qui la connaissait si bien et qui semblait tant tenir à elle.

— Oui.

— Tu vas bien ? Tu es pâle, et tes yeux sont encore injectés de sang.

— Ça va, prétendit-elle en évitant son regard.

Il la prit dans ses bras, et elle se laissa faire, incroyablement réconfortée par sa force.

— C'était aussi terrible que la dernière fois ? murmura-t-il.

— C'était pire.

Le visage collé contre sa poitrine, elle parlait d'une voix si douce que les gens qui la connaissaient en auraient été choqués.

— Tu as encore assisté à la mort de Zoey ?

— Non, cette fois, c'était la fin du monde, mais Zoey était là.

— On va la voir ?

— Non, elle dort vraiment avec Stark. Kalona entre dans ses rêves, et il paraît que dormir avec un garçon la protège.

— Bien.

Il y eut un bruit à l'autre bout du couloir, et Darius l'attira dans l'obscurité tandis qu'une nonne passait sans remarquer leur présence.

— Hé, en parlant de dormir, je sais que Zoey est la grande prêtresse, mais elle n'est pas la seule à avoir besoin de repos, chuchota Aphrodite quand la bonne sœur eut disparu.

— Tu as raison. Tu dois être épuisée après ta vision.

— Je ne parlais pas que de moi, M. Macho. Je me

demandais où on pourrait aller, et j'ai eu une idée géniale.

— Ça, je n'en doute pas, fit Darius en souriant.

— J'espère bien ! Voilà : tu as prévenu les pingouins que Stark ne devait pas être dérangé pendant au moins huit bonnes heures. Vu qu'il a quitté cette chambre, très privée, très sombre et très douillette, elle est désormais disponible.

Elle frotta son visage contre le cou du combattant, se mit sur la pointe des pieds et lui mordilla le lobe de l'oreille. Il rit et la prit dans ses bras.

— Tu es brillante ! commenta-t-il en l'entraînant derrière lui.

Alors qu'ils marchaient vers l'infirmerie, elle lui raconta sa vision et le rêve de Zoey. Il l'écouta avec attention et calme, la deuxième caractéristique qui l'avait séduite chez lui, la première étant sa beauté sidérante.

Une seule bougie éclairait la chambre de Stark. Darius coinça la poignée de la porte avec une chaise pour éviter que quelqu'un n'entre à l'improviste. Puis il fouilla dans une commode et en sortit des draps propres, avec lesquels il refit le lit.

Aphrodite le regardait tout en retirant ses bottes et son jean. Elle n'avait pas l'habitude qu'on s'occupe d'elle, et cela lui faisait une drôle d'impression – d'autant plus que Darius semblait vraiment l'apprécier pour ce qu'elle était, ce qui la déconcertait davantage. Elle plaisait aux garçons, parce qu'elle était canon, ou parce qu'elle était riche, populaire, et qu'ils voyaient en elle un défi. Ou alors, le plus souvent, parce qu'elle se comportait comme une garce. Elle n'en revenait toujours pas de voir à quel point les mecs aimaient les garces finies. En tout cas, ils ne lui tournaient pas autour, parce qu'elle était Aphrodite. D'ailleurs, ils ne se donnaient jamais la peine de découvrir qui elle était réellement.

Mais ce qui la surprenait le plus dans sa relation avec Darius, c'était qu'ils n'avaient pas couché ensemble. Pas encore. Évidemment, tout le monde pensait qu'ils le faisaient, et elle ne cherchait pas à les contredire – elle les encourageait même à le croire. Mais c'était faux, et cela ne la gênait pas. Ils dormaient ensemble, sans jamais franchir le pas.

Elle comprit soudain ce qui se passait entre elle et Darius : ils prenaient le temps d'apprendre à se connaître. À vraiment se connaître. Et elle comprit qu'elle appréciait beaucoup cette lenteur.

Ils étaient en train de tomber amoureux !

À cette pensée terrifiante, ses genoux la lâchèrent, et, prise de vertige, elle s'assit sur une chaise dans un coin de la pièce. Darius finit de faire le lit et la regarda d'un air perplexe.

— Qu'est-ce que tu fais là-bas ?

— Rien de spécial, répondit-elle, gênée.

Il pencha la tête sur le côté.

— Tu es sûre que ça va ? Tu m'as dit que tu brûlais en même temps que les vampires de ta vision. En ressens-tu toujours les effets ? Tu es bien pâle !

— J'ai un peu soif, et les yeux me piquent encore, mais c'est tout.

154

TENTÉE

Comme elle ne bougeait toujours pas, il lui adressa
un sourire confus.

— Tu n'es pas fatiguée ?

— Si.

— Tu veux que j'aille te chercher de l'eau ?

— Oh non ! Je vais le faire moi-même. Pas de problème.

Elle se redressa d'un bond et se dirigea vers le lavabo.
Elle remplissait un gobelet en carton, quand, soudain,
elle sentit Darius derrière elle. Il posa ses mains puis-
santes sur sa nuque et se mit à lui pétrir les muscles.

— Toutes tes tensions se concentrent ici, dit-il en
passant à ses épaules.

Elle but, puis resta immobile. Darius la massait lentement, doucement, comme si par ce contact il voulait
lui dire à quel point il tenait à elle. Elle lâcha le gobelet
et pencha la tête en avant avec un profond soupir d'aise.

— Tes mains sont absolument magiques !

— C'est un plaisir, ma dame.

Elle sourit et se détendit encore plus. Elle aimait que
Darius la traite comme une grande prêtresse, même si
elle n'avait plus de Marque et ne serait jamais un vampire. Elle aimait aussi le fait qu'il ne doute pas une
seule seconde qu'elle était spéciale aux yeux de Nyx,
qui l'avait choisie. Il se moquait bien qu'il y ait une
Marque ou non pour le prouver. Elle aimait le fait...

Oh ! Elle l'aimait, tout simplement !

Elle releva la tête et se retourna si vite que Darius fit
un petit pas en arrière, surpris.

— Que se passe-t-il ?

— Je t'aime ! lâcha-t-elle.

Elle pressa aussitôt la main contre sa bouche comme pour retenir les mots qui venaient de s'en échapper. Darius lui sourit, béat.

— Je suis heureux de te l'entendre dire. Je suis fou amoureux de toi, Aphrodite.

Les yeux d'Aphrodite se remplirent de larmes ; elle cligna des paupières pour les retenir.

— Déesse ! Ça craint ! s'exclama-t-elle en s'éloignant de lui.

Darius se contenta de l'observer. Elle sentait son regard sur son dos alors qu'elle se demandait si elle devait s'asseoir sur le lit ou se glisser sous les couvertures. Finalement, elle ne fit ni l'un ni l'autre, même si elle se sentait très vulnérable, exposée comme ça, en tee-shirt et petite culotte. Elle se tourna vers lui.

— Quoi ? fit-elle d'un ton agressif.

Un sourire triste affleura au coin des lèvres du combattant.

— N'aie pas peur de l'amour, Aphrodite. Le fait que tu ne l'aies pas connu jusque-là, y compris de la part de tes parents ne signifie pas...

Elle releva le menton et soutint son regard.

— Tu n'as rien à dire que je ne sache déjà, le coupa-t-elle.

— Tu n'es pas comme ta mère.

Il s'était exprimé avec douceur, mais elle eut l'impression qu'il venait de lui planter un poignard en plein cœur.

— Pas sûr ! répliqua-t-elle, les lèvres glacées.

Darius s'approcha d'elle d'un pas lent et souple. Comme il était gracieux – comme il paraissait puissant !

Un homme comme lui l'aimait, elle ? Comment ? Pourquoi ? Ne se doutait-il pas quelle affreuse garce elle était ?

— Toi, tu es capable d'aimer, affirma-t-il avec douceur.

« Mais puis-je être aimée ? » Elle aurait voulu hurler cette question, mais sa fierté l'en empêcha, malgré la compassion qu'elle lisait dans les yeux de Darius. Elle choisit donc la réaction la plus rassurante : elle se mit sur la défensive.

— Peut-être ! N'empêche que ça craint, cette histoire ! Tu es un vampire, et moi, je suis une humaine, voilà la vérité. Je ne pourrais jamais être pour toi plus que ton consort, et même ça, ce n'est pas évident, à cause de mon Empreinte avec cette péquenaude de Lucie – une Empreinte dont je n'ai même pas réussi à me débarrasser quand tu m'as mordue !

Elle se tut, s'efforçant de ne pas repenser à la tendresse qu'il lui avait montrée quand il avait bu son sang, alors que, pour lui, elle était souillée. Elle tenta en vain de ne pas se rappeler le bien-être et la paix qu'elle avait ressentis dans ses bras, sans coucher avec lui.

— Tu te trompes, Aphrodite. Tu n'es pas une simple humaine, et ton Empreinte avec Lucie ne nous affecte pas. Je la vois comme une autre preuve de ton importance aux yeux de Nyx. La déesse sait que Lucie a besoin de toi.

— Mais toi, tu n'as pas besoin de moi.

— C'est faux, déclara-t-il avec fermeté.

— Pourquoi ? On ne couche même pas ensemble !

— Arrête, Aphrodite ! Tu sais bien que je te désire,

mais notre relation ne se résume pas au plaisir physique. Nous partageons beaucoup plus que ça.

— Je ne vois pas quoi !

Elle était à nouveau au bord des larmes, ce qui l'énervait encore plus.

— Moi, si.

Il prit ses mains entre les siennes et posa un genou à terre.

— Je dois te demander quelque chose.

— Oh, déesse ! Quoi ?

Allait-il faire quelque chose d'aussi ridicule que de lui proposer le mariage ?

Il posa le poing sur son cœur et la regarda droit dans les yeux.

— Aphrodite, prophétesse bien-aimée de Nyx, je te demande d'accepter mon serment de combattant. Je jure de te protéger avec mon esprit, mon corps et mon âme. Je jure de t'appartenir et d'être ton combattant jusqu'à mon dernier souffle sur cette terre, et au-delà, si la déesse le permet. Acceptes-tu mon serment ?

Une joie débordante envahit Aphrodite. Darius voulait être son combattant ! Néanmoins, son bonheur fut de courte durée.

— C'est impossible ! déclara-t-elle. Zoey est ta grande prêtresse ; si tu veux te mettre au service de quelqu'un, c'est elle que tu dois choisir.

Prononcer ces mots lui brisait le cœur, et imaginer Darius à genoux devant Zoey était insupportable.

— Zoey est ma grande prêtresse et la tienne, mais elle a déjà un combattant. J'ai remarqué l'enthousiasme que Stark mettait à la tâche... Elle n'a pas besoin de moi. Par ailleurs, elle m'a déjà donné sa bénédiction.

— Quoi ?

Il hocha la tête solennellement.

— Il m'avait paru normal de lui faire part de mes projets.

— Alors, tu n'as pas agi sur un coup de tête ? Tu y avais vraiment réfléchi ?

— Bien sûr, dit-il en lui souriant. Je veux te protéger pour toujours.

— C'est impossible ! répéta-t-elle, la mort dans l'âme.

Le sourire de Darius s'évanouit.

— Pourquoi ? Je suis jeune, mais mes talents sont grands. Je t'assure que j'en suis capable.

— Ce n'est pas ce que je voulais dire ! Je sais que tu es bon – tu es beaucoup trop bon ! C'est ça, le problème.

Elle se mit à pleurer en silence.

— Aphrodite, je ne comprends pas.

— Je n'en suis pas digne ! Je ne suis qu'une garce !

Il retrouva le sourire.

— Tu es unique.

— Je te ferais du mal. Je fais toujours du mal à ceux qui sont proches de moi.

— Alors, heureusement que je suis fort, plaisanta-t-il. Nyx a fait preuve de sagesse en me mettant sur ton chemin, et je suis plus que ravi de son choix.

— Pourquoi ? demanda Aphrodite à travers ses larmes.

— Parce que tu mérites quelqu'un qui apprécie autre chose que ta richesse, ta beauté et ton statut. Tu mérites quelqu'un qui t'aime pour ce que tu es. Laisse-moi te reposer ma question : acceptes-tu mon serment ?

Elle fixa son visage fort et superbe, et quelque chose se libéra en elle quand elle vit son avenir dans ce regard honnête et clair.

— Oui, Darius, je l'accepte.

Avec un cri de joie, Darius se releva et prit sa prophétesse dans ses bras. Puis il la berça doucement jusqu'au coucher du soleil, alors qu'elle évacuait dans ses larmes la tristesse, la solitude et la colère qui avaient ligoté son cœur pendant longtemps.

CHAPITRE SEIZE

Lucie

D'ordinaire, Lucie dormait comme une souche. Mais pas ce jour-là. Elle n'avait pas réussi à faire taire ses pensées – plus précisément, à faire taire sa culpabilité.

Qu'allait-elle faire de Rephaïm ?

Il fallait qu'elle en parle à Zoey le plus vite possible.

— C'est ça ! Elle va péter les plombs, marmonna-t-elle tout en faisant les cent pas devant l'entrée du tunnel, à la cave.

Elle n'arrêtait pas de lancer des regards furtifs autour d'elle, comme si elle craignait que quelqu'un ne la surprenne là.

Et alors ? Même si un novice ou une nonne débarquait, elle ne faisait rien de mal ! Elle n'arrivait pas à dormir, rien de plus.

Enfin, elle aurait aimé qu'il n'y ait que ça...

Elle contempla l'obscurité du tunnel qu'elle avait creusé de ses propres mains.

« Qu'est-ce que je vais bien pouvoir faire de Rephaïm, bon sang ? »

Non, elle ne pouvait pas parler de lui à Zoey. Son amie ne comprendrait pas. Personne ne comprendrait ! Même elle ne se comprenait pas ! Elle savait simplement qu'elle ne pouvait pas le dénoncer. Pourtant, quand elle n'était pas près de lui, quand elle n'entendait pas sa voix et ne voyait pas la douleur trop humaine dans ses yeux, elle commençait à paniquer et à se dire que cacher un Corbeau Moqueur prouvait simplement qu'elle perdait la raison.

« C'est ton ennemi ! » Cette pensée lui revenait sans cesse à l'esprit, tourbillonnant comme un oiseau fou.

— Non, à cet instant précis, il n'est pas mon ennemi. C'est un être blessé, dit-elle à la terre qui l'entourait et lui donnait des forces.

Elle s'immobilisa, frappée par une évidence : c'était justement parce qu'il était blessé qu'elle se retrouvait dans cette situation ! S'il avait été en pleine possession de ses moyens, il l'aurait sans doute attaquée ; et alors, elle n'aurait pas hésité à le tuer pour se protéger.

« Et si je l'emmenais dans un endroit où il guérirait ? » Oui ! C'était la solution ! Elle n'avait pas à s'occuper de lui plus longtemps. Tout ce qu'elle voulait, c'était ne pas l'envoyer à l'abattoir. Si elle le mettait en sécurité, quelque part où il ne serait pas dérangé, Rephaïm se rétablirait, et ensuite déciderait lui-même de son avenir. Elle l'avait bien fait, elle ! Peut-être choisirait-il de s'allier au bien pour lutter contre Kalona et Neferet ; peut-être pas. Quoi qu'il en soit, ce ne serait plus son problème.

Mais où pouvait-il aller ?

Soudain, la solution idéale lui apparut. Certes, cela la forcerait à avouer certains de ses secrets, et elle se demandait si Zoey lui pardonnerait de les avoir cachés jusque-là. « Il le faut ! Après tout, elle aussi a parfois fait des choix controversés. » De toute façon, elle supposait que Zoey ne serait pas très surprise, car elle devait se douter de quelque chose depuis un bon moment.

Bref, elle se confierait à Zoey à propos des novices rouges restés dans les souterrains de la gare, ce qui lui permettrait au moins d'être sûre que l'endroit où elle comptait envoyer Rephaïm ne deviendrait pas le quartier général des novices. Il ne serait pas tout à fait seul, ni complètement en sécurité, mais au moins elle ne l'aurait plus dans les pattes ni sous sa responsabilité.

Tout excitée, et un peu grisée d'avoir résolu ce terrible problème, elle se concentra pour consulter son horloge interne. Il restait une heure avant le coucher du soleil. En temps normal, elle n'aurait jamais pu mener son plan à bien, mais ce jour-là elle sentait la faiblesse du soleil, qui tentait en vain de percer l'épaisse couche de grisaille installée sur Tulsa. Elle était pratiquement sûre qu'elle ne brûlerait pas si elle sortait, et qu'aucune nonne ne mettrait le nez dehors. Pareil pour les novices, qui étaient tous au fond de leur lit. Ils allaient bientôt se lever, et Zoey réunirait ses troupes pour décider de la marche à suivre.

Nerveuse, elle se mordilla l'intérieur des joues. Ce serait lors de cette réunion qu'il lui faudrait révéler son secret à Zoey et aux autres. Autant dire qu'elle n'avait pas hâte d'y être...

Pour aggraver les choses, Aphrodite avait eu une autre vision. Lucie ignorait ce qu'elle avait vu, mais grâce à leur Empreinte elle avait senti le tourment de l'humaine, qui s'était désormais calmée, ce qui signifiait sans doute qu'elle dormait profondément. C'était une bonne chose, car elle ne voulait pas qu'Aphrodite puisse deviner ce qu'elle avait en tête. Lucie espérait de tout son cœur qu'elle n'en savait pas déjà trop...

— Bon, c'est maintenant ou jamais. Passons aux choses sérieuses, murmura-t-elle.

Sans se laisser le temps de changer d'avis, elle monta rapidement les marches menant au sous-sol de l'abbaye. Comme elle s'y attendait, les novices dormaient comme des loirs. Le ronflement sonore de Dallas la fit sourire.

Elle alla prendre la couverture sur son lit, retourna dans la cave, puis s'engagea avec assurance dans l'obscurité totale du tunnel. Elle aimait son odeur. Même si elle savait que ce qu'elle s'apprêtait à faire serait peut-être la plus grosse erreur de sa vie, la terre parvenait à apaiser ses nerfs à vif, comme l'étreinte familière d'un proche.

Elle marcha jusqu'à la première courbe, puis s'arrêta et posa la couverture. Elle inspira à trois reprises et, d'une voix à peine plus forte qu'un murmure, mais tellement puissante que l'air qui l'entourait frémit telles les ondes de chaleur s'élevant au-dessus du bitume en été, elle dit :

— Terre, toi qui es mienne, tout comme je suis tienne, je t'appelle.

Le parfum entêtant de foin et le bruit du vent dans les arbres emplirent aussitôt le tunnel. Entourée de son élément, Lucie y puisa ses forces comme dans une entité douée d'âme et de raison.

Elle leva les bras en l'air et pointa les doigts sur la voûte.

— Ouvre-toi pour moi, s'il te plaît !

Le plafond se mit à trembler : puis, avec un bruit évoquant le soupir d'une vieille femme, la terre s'écarta au-dessus de sa tête dans une pluie de pierres et de sable.

Lucie bondit en arrière pour se protéger de la lumière. Mais elle ne s'était pas trompée : le soleil n'était pas en vue. Par précaution, elle s'enroula pourtant dans la couverture et escalada l'éboulis. Elle déboucha entre la Grotte de Marie et les arbres qui bordaient la limite occidentale du domaine de l'abbaye. Il faisait tellement sombre qu'on aurait pu croire que le soleil s'était déjà couché. Lucie plissa quand même les yeux, mal à l'aise, se sentant vulnérable.

Cependant, elle se reprit rapidement et, tête baissée, s'élança vers l'abri de jardin où elle avait laissé Rephaïm. Une fois devant la porte, elle ne put s'empêcher de penser : « Pourvu qu'il soit mort... Ce serait plus facile s'il était mort... »

À l'intérieur, il faisait chaud, et il y avait une drôle d'odeur, mêlée aux effluves d'essence de la tondeuse à gazon, des pesticides et des fertilisants rangés sur les étagères. Elle en eut la chair de poule. Alors qu'elle se frayait un chemin dans le fouillis, elle comprit soudain ce que lui rappelaient ces relents et elle se figea.

L'abri dégageait la même odeur que l'obscurité qui l'entourait quand elle était revenue à la vie, son humanité presque entièrement détruite. Elle frissonna au souvenir de cette période sombre, de ces jours et ces nuits dominés par la colère et l'avidité, la violence et la peur.

Elle réprima un cri en se rendant compte que les novices rouges dont elle craignait de révéler l'existence à Zoey sentaient la même chose. Elle fut prise d'un terrible pressentiment.

— Encore une fois, tu viens seule, dit Rephaïm.

CHAPITRE DIX-SEPT

Lucie

L a voix du monstre, déchirante, avait une qualité indéniablement humaine. C'était cela qui l'avait sauvé la veille : son humanité avait touché Lucie, l'empêchant de le tuer. Mais aujourd'hui, elle semblait différente, plus forte, ce qui l'inquiéta.

Elle se reprit : pourquoi s'angoisser ? Elle n'était pas une gamine vulnérable qui se sauvait en courant au moindre signe de danger. Elle pourrait facilement botter les fesses de l'oiseau maléfique s'il le fallait. Elle se redressa : elle avait décidé de l'aider à s'enfuir, et c'était bien ce qu'elle comptait faire.

— Pourquoi, tu t'attendais à quoi ? À John Wayne et sa cavalerie ?

Se mettant dans la peau de sa mère quand l'un de ses frères faisait semblant d'être malade, elle s'avança vers lui avec un regard sévère.

— Bon, tu n'es pas mort et tu es assis. J'en déduis que tu te sens mieux.

Il pencha légèrement la tête sur le côté.

— Qui sont John Wayne et sa cavalerie ?

— C'est juste une expression, pour dire que les gentils arrivent à la rescousse. Mais ne t'affole pas, personne ne va venir. Il n'y a que moi.

— Tu ne te considères pas comme quelqu'un de gentil ?

Étonnée qu'il soit capable d'avoir une véritable conversation, elle se dit que, si elle fermait les yeux ou détournait le regard, elle pourrait presque croire qu'il s'agissait d'un type normal. Mais elle ne s'y risquerait pas ; il était tout, sauf normal.

— Eh bien, si, je fais partie des gentils, mais je ne suis pas une armée à moi toute seule.

Elle l'observa attentivement. Il était toujours dans un piètre état – meurtri, cassé, ensanglanté –, mais il n'était plus recroquevillé par terre. Il s'appuyait contre le mur de son côté gauche, indemne. Ses yeux brillants et vifs ne quittaient pas le visage de la jeune fille.

— Alors, tu te sens mieux ou pas ?

— Comme tu l'as constaté, je ne suis pas mort. Où sont les autres ?

— Je te l'ai déjà dit. Tes frères sont partis avec Kalona et Neferet.

— Non, je parle des fils et filles de l'homme.

— Oh, mes amis. Ils dorment, pour la plupart. Nous n'avons pas beaucoup de temps. Ça ne va pas être facile, mais j'ai trouvé le moyen de te faire sortir d'ici. Tu peux marcher ?

— Je ferai ce que j'ai à faire.

— Qu'est-ce que ça veut dire, ça ? Réponds-moi simplement par oui ou non. C'est important, je te signale.

— Oui.

— Bien. Alors, allons-y.

— Où m'emmènes-tu ?

— Dans un endroit sûr, où tu vas guérir. Tu ne peux pas rester ici. Ils vont forcément te trouver. Hé, tu n'as pas le même problème que ton papa, j'espère ? Tu supportes de rester sous terre ?

— Je préfère le c-c-c-ciel à la terre, répondit-il d'une voix sifflante qui la fit frémir.

Finalement, sa voix n'était pas si humaine que ça…

— Alors, tu ne veux pas aller sous terre ? demanda-t-elle, les mains sur les hanches.

— Je préfère éviter.

— Tu as le choix : rester en vie sous terre ou mourir ici.

Il ne dit rien pendant un long moment, et Lucie songea qu'il n'avait peut-être pas envie de vivre. En fait, ce serait logique. Ses semblables l'avaient abandonné, et le monde n'avait plus rien à voir avec ce qu'il avait été autrefois, à l'époque où Rephaïm avait semé la terreur dans les villages cherokees. N'avait-elle pas commis une grosse erreur en lui sauvant la vie ?

— Je préfère vivre.

À en juger par l'expression de son visage, cette déclaration l'étonnait tout autant qu'elle.

— Bon. Alors, je vais te faire sortir d'ici. Faut-il encore que je te fasse promettre de bien te tenir ?

— Je suis trop faible pour représenter un danger, dit-il simplement.

— Dans ce cas, je vais partir du principe que la

promesse tient toujours. Si tu ne tentes rien de stupide, on devrait y arriver.

Elle s'approcha de lui et s'accroupit.

— Il faut que je jette d'abord un coup d'œil sur tes blessures.

Elle l'examina minutieusement, tout en commentant à voix haute le moindre de ses gestes.

— On dirait que la mousse est efficace. Je ne vois pas beaucoup de sang. Ta cheville est toujours enflée, mais je ne pense pas qu'elle soit cassée.

Elle en refit le bandage et resserra les autres, gardant l'aile brisée pour la fin. Alors qu'elle s'en occupait, Rephaïm, qui était demeuré parfaitement silencieux et immobile jusque-là, tressaillit et poussa un gémissement de douleur.

— Désolée. Je sais que cette aile te fait mal.

— Continue. Attache-la plus fermement. Je n'arriverai pas à marcher si tu ne l'immobilises pas.

Elle hocha la tête.

— Je vais faire de mon mieux.

Lorsqu'elle eut terminé, elle l'aida à boire ; puis elle se leva et lui tendit les mains.

— Allez, on s'y jette.

Il la regarda d'un air perplexe. Elle sourit.

— Ça veut dire « on y va ».

Il hocha la tête, puis attrapa ses doigts. Avec un cri de douleur, il réussit à se lever, mais, comme il ne pouvait pas s'appuyer sur sa cheville blessée, il chancela. Lucie lui laissa le temps de trouver son équilibre.

Elle pensa qu'il était étrange que ses paumes soient aussi chaudes. Elle avait toujours cru que les oiseaux étaient des créatures froides et nerveuses. D'ailleurs, elle ne les avait jamais aimés. Les poulets de sa mère lui fichaient la trouille, à battre sans cesse des ailes et à caqueter bêtement. Elle se rappela la fois où, alors qu'elle ramassait des œufs, une poule avait failli lui crever les yeux.

Elle frémit, et Rephaïm relâcha ses mains.

— Ça va ? demanda-t-elle pour rompre le silence pesant.

Il acquiesça d'un grognement.

— Attends. Je vais voir ce que je peux trouver pour t'aider.

Après avoir passé en revue les outils de jardinage, elle se décida pour une grande pelle à la poignée de bois bien solide. Elle la cassa pour enlever la lame, puis la remit à la créature.

— Voilà ta canne. Comme ça, tu ne pèseras pas trop sur ta cheville. Là, tu peux t'appuyer sur moi, mais une fois dans le tunnel, tu devras te débrouiller tout seul.

— Tu possèdes une force impressionnante, commenta-t-il.

— C'est bien pratique, répondit-elle en haussant les épaules.

Rephaïm fit un pas et grimaça de douleur. Il réussit néanmoins à atteindre la porte d'une démarche mal assurée. Il s'arrêta et la regarda.

— Je vais d'abord enrouler ça autour de toi, au cas où une nonne trop curieuse regarderait par la fenêtre. Ainsi, elle me verra seulement aider une personne enveloppée dans une couverture. Du moins, je l'espère...

Elle le recouvrit avec soin avant de poursuivre.

171

— Voilà mon plan : tu sais que nous nous cachions dans des souterrains de la gare, n'est-ce pas ?

— Oui.

— En bien, disons que je les ai agrandis.

— Je ne comprends pas.

— J'ai une affinité avec la terre. Je peux plus ou moins en contrôler certains aspects. Récemment, je me suis aperçue que j'étais capable de la faire bouger, par exemple pour creuser un tunnel. C'est comme ça que j'ai pu relier la gare à l'abbaye.

— C'est ce pouvoir-là qu'évoquait mon père quand il parlait de toi.

Lucie n'avait pas la moindre envie de discuter de Kalona, et elle ne voulait surtout pas savoir pourquoi il avait évoqué ses pouvoirs devant Rephaïm.

— Le passage n'est pas loin. Je vais t'aider à y entrer par une ouverture que je viens de faire. Une fois dedans, je veux que tu ailles à la gare et que tu t'y installes. Il y a de la nourriture et de l'eau. À vrai dire, c'est carrément sympa, et parfait pour se rétablir.

— Et si tes amis me trouvent là-bas ?

— Impossible. D'abord, je vais fermer ce tunnel. Ensuite, je vais leur faire passer l'envie de retourner dans les souterrains pendant un moment. J'espère que, pendant ce temps, tu guériras et t'en iras.

— Que comptes-tu leur dire ?

Elle soupira et se frotta le visage.

— La vérité : qu'il y a des novices rouges qui se cachent là-dedans, et qu'ils sont dangereux parce qu'ils n'ont pas choisi le bien.

Rephaïm resta silencieux pendant plusieurs secondes.

— Neferet avait raison, lâcha-t-il enfin.

— Neferet ? Comment ça ?

— Elle n'arrêtait pas de dire à mon père qu'elle avait parmi les novices rouges des alliés prêts à servir sa cause. C'était donc de ceux-là qu'elle parlait !

— Sans doute, murmura Lucie avec tristesse. Je ne voulais pas le croire. J'espérais qu'ils finiraient par faire le bon choix – celui de l'humanité, et non de l'obscurité. Qu'il leur fallait seulement un peu de temps pour reprendre leurs esprits. Je me trompais.

— Alors, ce sont eux qui empêcheront tes amis d'aller dans les tunnels.

— Non, c'est moi qui vais les en dissuader. Je vais vous faire gagner du temps – à eux et à toi. Même si j'ai tort.

Sans rien ajouter, elle ouvrit la porte, mit le bras de la créature sur son épaule, et ils sortirent dans le crépuscule glacé.

Lucie se doutait que Rephaïm souffrait le martyre alors qu'ils marchaient vers l'ouverture dans le sol. Néanmoins, elle n'entendait rien d'autre que sa respiration haletante. Il s'appuyait lourdement sur elle et, à nouveau, elle fut surprise par sa chaleur et la sensation presque rassurante de ce contact. Elle regardait sans cesse autour d'eux en retenant son souffle, de peur que quelqu'un, par exemple ce macho d'Erik ne traîne dans les parages. Le soleil se couchait derrière les nuages, elle le sentait. Bientôt les novices et les vampires se réveilleraient.

— Continue, tu t'en sors bien. Tu vas y arriver. Il faut qu'on se dépêche, l'encourageait le Corbeau

Moqueur, s'efforçant d'apaiser ses craintes et son sentiment de culpabilité.

Mais personne ne les appela. Personne ne courut
jusqu'à eux et, en moins de temps qu'elle ne l'aurait
cru, ils se retrouvèrent devant l'entrée du tunnel.

— Descends à reculons, tout doucement. Ce n'est
pas profond. Je vais t'aider.

Il ne perdit pas de temps ni d'énergie à lui répondre.
Il hocha la tête, se tourna, enleva la couverture et, tandis
que Lucie tenait son bras indemne — et se réjouissait
qu'aussi fort et massif qu'il paraisse il ne soit pas très
lourd —, il disparut dans le ventre de la terre. Elle le
suivit.

Une fois en bas, il s'appuya contre la paroi, l'air
épuisé. Elle aurait aimé le laisser se reposer, mais le
temps pressait.

— Tu dois partir tout de suite. Va dans cette direction. Il fait très sombre là-dedans. Je suis désolée, je
n'ai pas de lampe.

— J'ai toujours préféré la nuit, fit la créature.

— Bien. Suis ce boyau jusqu'à ce que tu atteignes
des murs en ciment. Ensuite, tourne à droite. Fais attention, à mesure que tu te rapprocheras de la gare, il y
aura de plus en plus de tunnels. Reste dans le principal.
Arrivé au bout, tu trouveras des lanternes, de la nourriture et des chambres avec des lits et tout ce qu'il faut.

— Et les novices rouges.

Ce n'était pas une question, mais Lucie répondit
quand même.

— En effet. Quand je vivais là avec les miens, ils
restaient à distance. Je ne sais pas ce qu'ils font main-

tenant et, honnêtement, je n'ai aucune idée de la façon dont ils vont t'accueillir. Mais je ne pense pas qu'ils s'aviseront de t'attaquer. Ton odeur est trop bizarre. Cela dit, je n'en suis pas sûre. Ils sont...

Elle hésita, cherchant les mots justes.

— Ils sont différents de moi... de nous tous.

— Ce sont des créatures des ténèbres. Je connais.

— Bon. Il ne reste plus qu'à espérer que tout ira bien. Alors, à un de ces jours !

Il la dévisageait sans bouger. Elle s'agita.

— Rephaïm, tu dois partir. Maintenant ! Tu n'es pas en sécurité ici. Dès que tu te seras éloigné, je vais faire en sorte que cette partie du tunnel s'effondre pour que personne ne puisse te suivre, mais il faut quand même te dépêcher.

— Je ne comprends pas pourquoi tu trahirais les tiens pour moi, dit-il.

— Je ne trahis personne. Je ne te tue pas, c'est tout ! cria-t-elle avant de baisser la voix. Pourquoi ne pas simplement dire que je préfère la vie à la mort ? Écoute, j'ai choisi le bien, et c'est pour ça que je te laisse la vie sauve.

— N'as-tu pas envisagé qu'en m'aidant tu pourrais avoir choisi plutôt ce que tu appelles le mal ?

Elle le considéra un long moment avant de répondre.

— Alors, c'est sur ta conscience que cela pèserait. C'est toi qui décides de tes actes. Ton père est parti ; tes frères aussi. Quand j'étais petite et que je tombais en faisant la folle, ma maman me chantait une chanson un peu bête. Elle disait qu'il fallait que je me relève, que je secoue mes vêtements et que je recommence.

C'est la même chose pour toi. Je te donne juste la chance de pouvoir le faire.

Elle lui tendit la main.

— Espérons qu'à notre prochaine rencontre nous ne serons pas ennemis, conclut-elle.

Rephaïm regarda sa main tendue, puis son visage, et de nouveau sa main. Ensuite, lentement, presque à contrecœur, il la saisit et la serra à la manière traditionnelle des vampires, avant-bras contre avant-bras.

— Je te dois la vie, prêtresse.

— Appelle-moi Lucie, dit-elle, les joues en feu. Je n'ai pas l'impression de me conduire comme une prêtresse en ce moment.

Il inclina la tête.

— Dans ce cas, j'ai une dette envers Lucie.

— N'en fais pas n'importe quoi, et je considérerai que nous sommes quittes. Au revoir, et au plaisir de nous retrouver un jour, Rephaïm.

Elle essaya de retirer sa main, mais il la retint.

— Est-ce que tous tes amis sont comme toi ? demanda-t-il.

— Non, je suis plus bizarre que la plupart d'entre eux, répondit-elle en souriant. Je suis le premier vampire rouge, autrement dit, un prototype.

— Et moi, je suis le premier fils de mon père, fit-il en la regardant droit dans les yeux.

Elle n'arrivait pas à déchiffrer son expression. Elle ne voyait que la forme humaine de ses pupilles d'un rouge surnaturel – ce même rouge qui hantait ses rêves et envahissait parfois son champ de vision, la plongeant dans la colère et les ténèbres.

TENTÉE

— C'est dur, d'être le premier, dit-elle.

Il hocha la tête et la relâcha enfin. Puis, sans un mot, il se retourna et s'enfonça en boitant dans l'obscurité. Lucie compta jusqu'à cent avant de lever les bras en l'air.

— Terre, j'ai encore besoin de toi.

Son élément répondit aussitôt, emplissant le tunnel des parfums d'une prairie au printemps. Elle inspira profondément avant de poursuivre.

— Fais s'écrouler le plafond et comble cette portion du tunnel. Bouche-le bien, que personne ne puisse passer par là.

Elle recula alors que la terre commençait à pleuvoir, jusqu'à ce qu'il n'y ait plus en face d'elle qu'un mur infranchissable.

— Lucie, qu'est-ce que tu fous là ?

Elle fit volte-face, la main sur la poitrine.

— Dallas ! Tu m'as fait une de ces peurs ! Bon sang, j'ai failli avoir une crise cardiaque.

— Désolé. J'étais sûr que tu savais que j'étais là. C'est tellement difficile de te surprendre...

Le cœur battant à tout rompre, elle examina le visage de Dallas, mais il n'avait pas l'air méfiant, énervé, ou trahi – il paraissait simplement curieux et un peu triste. Ce qu'il dit ensuite confirma qu'il venait d'arriver et qu'il ne savait rien de Rephaïm.

— Tu as bouché le tunnel pour empêcher les autres d'accéder à l'abbaye, n'est-ce pas ?

Elle hocha la tête, essayant de ne pas montrer son soulagement.

— Oui, je ne voulais pas qu'ils s'approchent des nonnes.

— Ce serait un véritable buffet de vieilles dames ! lança-t-il, les yeux pétillants de malice.

— Ne sois pas grossier, le réprimanda-t-elle, mais elle ne put s'empêcher de sourire.

Il lui rendit son sourire et tira doucement sur l'une de ses mèches blondes.

— Je ne suis pas grossier, je suis lucide. Et ne me dis pas que tu n'as pas pensé à goûter à la bénédictine !

— Dallas !

Elle plissa les yeux, sincèrement choquée par ce qu'il venait de dire.

— Bien sûr que non ! Arrête de parler de ça ! Ce n'est pas bon pour toi, de manger des gens.

— Hé, relax, ma jolie ! Je te fais marcher. Alors, ajouta-t-il en regardant le mur de terre, comment vas-tu expliquer ça à Zoey et aux autres ?

— Je vais faire ce que j'aurais dû faire depuis bien longtemps : leur dire la vérité.

— À toi de voir ! C'est toi, notre grande prêtresse à nous. Raconte-leur ce que tu veux. D'ailleurs, tu auras l'occasion de le faire tout de suite. Zoey organise une réunion dans la cafétéria. C'est pour ça que je te cherchais.

— Comment tu as su où me trouver ?

— C'était facile ! s'esclaffa Dallas. Je te connais, ma belle.

Lucie passa le bras autour de sa taille, heureuse d'avoir un garçon aussi normal à ses côtés et soulagée de retourner sur le droit chemin. Rephaïm était sorti de son esprit. Elle était venue en aide à une personne blessée, un point c'est tout. Maintenant, c'était terminé. Ce n'était qu'un Corbeau Moqueur gravement blessé. Quels dommages pouvait-il causer ?

— Ah oui, tu me connais ? taquina-t-elle son ami en lui donnant un petit coup de hanche.

— Pas autant que je l'aimerais ! soupira-t-il avant de la serrer contre lui.

Elle gloussa, tout en se disant qu'elle ressemblait à une folle qui s'efforçait d'agir normalement, alors qu'elle portait encore l'odeur sombre de Rephaïm sur sa peau.

CHAPITRE DIX-HUIT

Zoey

J e me trouvais dans cet espace magique et ouaté, entre sommeil et veille quand il m'attira contre son corps. Il était si grand, si fort ! Le contraste entre sa présence physique et le souffle tiède qui me chatouillait le cou, ainsi que les baisers tout légers qu'il y déposait me donnèrent des frissons.

Même si je n'avais pas envie de me réveiller, je poussai un soupir d'aise et penchai la tête sur le côté pour qu'il puisse atteindre mon cou plus facilement. Je me sentais trop bien dans ses bras ! J'aimais être près de lui et je ne cessais de me répéter à quel point j'étais heureuse que Stark soit mon combattant.

— Tu dois te sentir beaucoup mieux, murmurai-je.

Il se fit plus audacieux, un peu moins doux. Je frémis de nouveau. Alors, mon esprit embrumé remarqua simultanément deux choses : *primo*, je ne frémissais pas seulement parce que j'adorais ce qu'il me faisait, mais parce qu'il était froid ; *secundo*, le corps qui se pressait contre le mien était trop massif pour être celui de Stark.

— Tu vois comme ton âme se languit de moi ? Tu viendras à moi ! C'est ton destin, et le mien, c'est de t'attendre, déclara-t-il.

Réprimant un cri, je me réveillai et m'assis.

J'étais seule.

« Calme-toi... Calme-toi... Calme-toi..., me répétais-je. Kalona n'est pas là... Tout va bien... Ce n'était qu'un rêve... »

Je m'efforçais de contrôler ma respiration et mes émotions. Stark n'était pas dans la pièce, et la dernière chose que je souhaitais, c'était qu'il déboule ici en sentant ma panique, alors que je ne courais aucun danger. En dépit de toutes mes incertitudes, il y avait une chose dont j'étais sûre : je ne voulais pas qu'il croie qu'il ne devait pas me quitter une seconde.

Oui, j'étais folle de lui, et j'étais heureuse que l'on partage ce lien ; cependant il ne fallait pas qu'il s'imagine que je ne pouvais pas me débrouiller sans lui. Il était mon combattant, pas mon baby-sitter, et s'il se mettait dans la tête qu'il devait me suivre constamment... me regarder dormir...

Je réprimai un grognement de révolte.

La porte qui donnait sur la petite salle de bains que nous partagions avec la chambre voisine s'ouvrit, et Stark y apparut. Son regard se posa immédiatement sur moi. Il portait un jean et un tee-shirt noir, et essuyait ses cheveux avec une serviette. Je devais avoir réussi à prendre une expression normale, car son inquiétude se transforma en sourire.

— Hé, tu ne dors plus ! C'est bien ce que je pensais. Comment vas-tu ?

— Très bien, sauf que j'ai failli tomber du lit. J'ai eu un peu peur.

Son sourire se fit insolent.

— Normal ! La chaleur de mon corps te manquait, alors tu as paniqué.

Je haussai un sourcil.

— Je ne crois pas, non.

Il était canon, mais ce n'était pas une raison pour que je bave devant lui.

Il était beaucoup moins pâle que la veille et marchait d'un pas plus assuré.

— Tu as l'air d'aller mieux.

— En effet. Darius avait vu juste, je guéris vite. Huit heures de sommeil, plus les trois poches de sang que j'ai bues pendant que tu ronflais encore m'ont fait du bien.

Il s'approcha du lit et m'embrassa.

— Je me sens prêt à tout affronter pour te protéger !

— Je ne ronfle pas.

Je soupirai, passai un bras autour de sa taille et m'appuyai contre lui, laissant sa force chasser le souvenir du Kalona de mon cauchemar.

— Je suis contente que tu sois en forme, ajoutai-je.

Aurais-je dû lui dire que l'immortel s'était encore introduit dans mon rêve, alors même qu'il était si près de moi, si déterminé à me protéger ? Probablement. Cela peut-être changerait la suite des événements. Mais je ne voulais pas gâcher l'énergie positive qui émanait de lui, je restai donc dans ses bras jusqu'à ce que je me dise avec horreur que je ne m'étais pas brossé les dents et que je devais être décoiffée. Je passai les doigts dans ma tignasse et détournai le visage pour éviter de lui souffler mon haleine matinale en pleine figure. Puis, ne tenant plus, je me dégageai et me précipitai vers la salle de bains.

— Hé, tu voudrais bien me rendre un service pendant que je prends une douche ?

— Bien sûr, répondit-il avec un sourire malicieux, qui montrait à quel point il se sentait bien. Je te frotte le dos ?

Bon sang, les mecs ne pensaient décidément qu'à ça !

— Euh, non. Mais merci. Rassemble les novices, rouges et bleus, et trouve Aphrodite, Darius, sœur Marie Angela. Il faut qu'on réfléchisse ensemble quand et comment retourner à l'école.

— Tes désirs sont des ordres, ma dame, même si je préférerais te frotter le dos...

Il inclina la tête et me salua, le poing sur le cœur.

— Merci, dis-je avec douceur.

Son respect et sa confiance me donnaient envie de pleurer.

— Hé, tu as l'air triste. Tout va bien ?

— Je suis simplement heureuse que tu sois mon combattant, dis-je, sincère, même si ce n'était pas toute la vérité.

— Tu es une grande prêtresse sacrément chanceuse, répliqua-t-il avec son sourire craquant.

Je secouai la tête et clignai des yeux pour en chasser ces larmes ridicules.

— Va réunir tout le monde, d'accord ?

— D'accord. Tu veux qu'on se retrouve au sous-sol ?

Je fis la grimace.

— Sûrement pas ! Et si tu demandais à sœur Marie Angela la permission de s'installer dans leur salle à manger ? Comme ça, on pourrait discuter en mangeant.

— Pas de problème. À tout à l'heure, ma dame.

Les yeux brillants, il me salua cérémonieusement avant de sortir.

J'entrai dans la salle de bains et je me brossai les dents machinalement avant de passer sous la douche. Je laissai l'eau chaude s'écouler sur ma peau pendant un long moment. Puis, quand j'eus retrouvé mon calme, je m'autorisai à penser à Kalona.

Je m'étais détendue dans son étreinte. Cette fois, je n'avais pas revécu un événement de la vie d'A-ya, je n'avais pas été sous son influence, et pourtant je m'étais laissée aller dès qu'il m'avait touchée. Aussi terrifiant que cela puisse être, je m'étais sentie à ma place dans ses bras – à un tel point que je l'avais pris pour mon combattant ! « Et s'il ne s'agissait pas d'un rêve ? J'étais trop proche de l'éveil, de la conscience ! » songeai-je, troublée.

— J'ai beau lutter de toutes mes forces, mon âme le reconnaît, murmurai-je.

Puis, comme si mes yeux étaient jaloux de l'eau qui coulait déjà sur mon visage, je me mis à pleurer.

Depuis le couloir qui menait au réfectoire, on entendait des voix et des rires familiers, ainsi que le cliquètement des couverts. Je me demandai si cette invasion d'adolescents vampires ne dérangeait pas les nonnes. Je m'arrêtai devant l'entrée en arc de la grande pièce pour voir comment elles s'entendaient avec mes camarades. Je m'attendais à les trouver assises à l'écart, dans un coin. Eh bien, non : par groupes de deux ou trois, elles étaient entourées de novices, et tout le monde bavardait, ce qui allait complètement à l'encontre de l'image stéréotypée que je m'étais faite d'une salle à manger d'abbaye, lieu de prière et de recueillement tranquille (et barbant).

— Tu vas rester plantée là longtemps ou tu penses entrer ?

Je me retournai : Aphrodite et Darius étaient juste derrière moi. Ils se tenaient la main, rayonnants.

— Bonjour, Zoey, me salua Darius chaleureusement.

Je jetai à Aphrodite un regard qui disait : « Tu vois, certaines personnes connaissent les bonnes manières », avant de sourire au combattant.

— Bonjour, Darius. Vous avez l'air drôlement contents, tous les deux ! Je suppose que vous avez trouvé un endroit pour dormir. Enfin, dormir…

— Ils m'ont assuré qu'ils n'avaient fait que dormir, intervint sœur Marie Angela en nous rejoignant dans l'embrasure de la porte.

Aphrodite leva les yeux au ciel, mais réussit à tenir sa langue.

— Darius m'a appris que l'ange déchu te rendait visite dans tes rêves, et qu'il semblerait que Stark soit capable de l'en empêcher, poursuivit la nonne, allant droit au but, comme toujours.

— Qu'est-ce que Stark a fait ? demanda Heath, qui venait de se matérialiser à côté de nous.

Il me serra dans ses bras après avoir déposé un baiser en plein sur mes lèvres.

— Faut-il que je lui botte les fesses ?

— Ça m'étonnerait que tu y arrives, déclara Stark en se joignant à nous.

Il ne m'enlaça pas, mais me regarda avec une chaleur et une complicité qui me touchèrent autant que l'étreinte de Heath.

Cela dit, je n'étais pas à l'aise. En théorie, avoir l'embarras du choix dans le domaine amoureux, c'est plutôt sympa, mais je commençais à me rendre compte que c'était un peu comme les jeans slim : l'idée est bonne, mais pas dans la pratique... Comme pour confirmer mes pensées, Erik se pointa juste à cet instant, Vénus, la novice rouge, ancienne camarade de chambre d'Aphrodite, scotchée à lui.

— Salut, tout le monde ! Bon sang, je meurs de faim ! s'exclama-t-il avec ce grand sourire de star de cinéma que j'aimais tant autrefois.

Du coin de l'œil, je vis que Stark et Heath le dévisageaient, bouche bée, ainsi que Vénus, accrochée à lui comme une ventouse. Alors, je me rappelai qu'ils ignoraient que j'avais largué Erik. Je réprimai un soupir de pure irritation et, plutôt que de l'ignorer et de me montrer glaciale avec lui, je plantai un sourire hypocrite sur mes lèvres et les regardai d'un air ravi.

— Salut, Erik ! Salut, Vénus ! Vous êtes au bon endroit si vous avez faim. Tout sent délicieusement bon.

Le sourire d'Erik ne vacilla qu'un bref instant. Néanmoins, grâce à ses talents d'acteur, il n'avait aucun mal à faire comme s'il était passé à autre chose cinq secondes seulement après que nous avions rompu.

— Oh, salut, Zoey ! Je ne t'avais pas vue au milieu de tous ces admirateurs...

Avec un ricanement sarcastique, il passa devant moi, bousculant Stark.

— Tu crois que, si je tirais une flèche en pensant à un trou du cul, je toucherais Erik ? demanda celui-ci avec nonchalance.

— Ça ne m'étonnerait pas, répondit Heath.

— Laissez-moi vous dire qu'Erik a un très joli cul, dit Vénus en suivant mon ex.

— Hé, Vénus ! lança Aphrodite. J'ai deux mots à te dire.

Vénus hésita et regarda par-dessus son épaule. Aphrodite lui adressa son rictus le plus méprisant.

— Je te souhaite bon courage, espèce de figurante !

À ce moment-là, je m'aperçus que tout le monde nous regardait en silence. Erik fit un petit geste possessif, et Vénus le rejoignit en trottinant. Elle glissa son bras sous le sien et pressa sa poitrine contre son épaule. Alors, les chuchotements se déclenchèrent comme si quelqu'un avait appuyé sur un bouton.

— Erik et Zoey ont rompu !

— Erik sort avec Vénus !

— Erik et Zoey ne sont plus ensemble !

CHAPITRE DIX-NEUF

Zoey

— Je ne l'ai jamais aimé, déclara Heath en m'embrassant sur le sommet du crâne et en ébouriffant mes cheveux comme si j'avais deux ans.

— Tu sais que je déteste que tu fasses ça ! m'écriai-je.

J'essayai d'aplatir mes cheveux en bataille, les nonnes ne connaissant apparemment pas les fers à lisser.

— Moi non plus, je ne l'ai jamais aimé, dit Stark avant de prendre ma main et l'embrasser.

Il regarda Heath droit dans les yeux.

— Même si ça ne me plaît pas que tu aies imprimé avec Zoey, je n'ai pas de problème avec toi.

— Moi non plus, mec, expliqua Heath. Mais ça ne me plaît pas que tu aies dormi avec Zo.

— Je te signale qu'assurer sa sécurité fait partie de mon travail de combattant.

— Arrêtez ! Je vais vomir ! s'exclama Aphrodite. Au fait, bande de coqs abrutis, il faut que vous sachiez que c'est Zoey qui a largué Erik, quoi que ce nul essaie de faire croire. N'oubliez pas que vous pouvez subir le même traitement si vous devenez trop pénibles.

Elle se tourna vers moi.

— Tu te sens prête à affronter les masses ?

— Dans une seconde. Comment va Grand-mère ? demandai-je à sœur Marie Angela.

— Elle est épuisée. Je crains qu'elle ne se soit sur-menée hier.

— Je devrais peut-être aller la voir et...

Alors que je pivotais sur mes talons, Aphrodite m'attrapa par le poignet.

— Ta grand-mère va se remettre. En attendant, je suis sûre qu'elle préférerait que tu décides de la marche à suivre plutôt que tu te fasses du souci pour elle.

— Du souci ? Quelqu'un se fait du souci ? demanda Lucie en s'approchant de nous au pas de course, accompagnée de Dallas. Salut, Zoey ! lança-t-elle en me prenant dans ses bras. Désolée de m'être emportée hier. On stresse beaucoup trop, toutes les deux, ces derniers temps. Tu me pardonnes ?

Je la serrai contre moi.

— Bien sûr.

Je fronçai le nez : elle dégageait une odeur de terre, de sous-sol et d'autre chose encore, qui sentait très mauvais.

— Lucie, murmurai-je, j'ai largué Erik, et il s'affiche avec Vénus devant tout le monde.

— Ça craint ! lâcha-t-elle.

— Oui, ça, on peut le dire.

— Tu vas aller lui remonter les bretelles ou tu vas t'écraser ?

— Qu'est-ce que tu crois ? lança Aphrodite. Zoey n'est pas du genre à fuir la bagarre.

— Et si nous prenions notre petit déjeuner ? proposa la nonne.

Je soupirai, luttant contre l'envie de partir en courant dans la direction opposée.

— Viens, Zoey, on va manger quelque chose, dit Lucie en m'entraînant dans le réfectoire. J'ai des choses à te dire. À côté de ça, tes problèmes de cœur vont te paraître insignifiants.

Suivies de Stark, Heath, Darius, Aphrodite et Dallas, nous trouvâmes des places près de sœur Marie Angela, assise avec Damien, Jack et les Jumelles.

— Zoey ! Tu es enfin levée ! s'exclama Jack. Regarde les délicieux pancakes que les bonnes sœurs nous ont préparés !

— Des pancakes ?

Soudain, ma journée s'éclaira.

— Oui, il y en a des montagnes, et aussi du bacon et des galettes de pommes de terre. C'est encore mieux qu'au restaurant ! Hé, passez-moi les pancakes !

Les plats s'amassèrent aussitôt autour de nous, et je me mis à saliver.

— Content de te voir, Zoey ! fit Damien, la bouche pleine.

— À part tes cheveux bouffants, tu as l'air beaucoup mieux qu'hier, remarqua Jack.

— Merci, dis-je en m'attaquant aux pancakes.

— Moi, je la trouve superbe, déclara Stark, assis un peu plus loin.

— Moi aussi, lui fit écho Heath. J'aime bien sa tête au réveil.

Je levais les yeux au ciel quand j'entendis la voix d'Erik.

— Il y a beaucoup trop de fayots ici !

Je soupirai, excédée : pourquoi les ruptures étaient-elles toujours aussi compliquées ? Pourquoi fallait-il qu'il soit aussi bête ? « Parce que tu lui as fait du mal. » me répondis-je. Cependant, j'en avais assez de me préoccuper de ce qu'il ressentait. C'était un abruti possessif ! Et un sacré hypocrite. Il avait osé me traiter d'allumeuse, alors qu'il lui avait suffi de moins d'une journée pour me trouver une remplaçante.

— Je rêve, ou Erik est avec Vénus ? lâcha Jack.

— On s'est séparés ce matin, dis-je avec nonchalance en remplissant mon assiette et en faisant signe à Erin de me passer le bacon.

— Oui, on l'a su par Aphrodite. Il est déjà avec Vénus ? s'étonna Jack en observant Erik et la novice rouge, qui le collait tellement que je ne comprenais pas comment il arrivait à manger. Je pensais que c'était un type bien.

Il paraissait déçu, comme si Erik venait d'enlever son masque de mec parfait.

Je haussai les épaules.

— Ce n'est rien, Jack. Erik n'est pas méchant ; c'est juste que nous n'allons pas ensemble. Aphrodite a eu une autre vision, annonçai-je pour changer de sujet.

— Et qu'est-ce que tu as vu ? lui demanda Damien en se tournant vers elle.

Elle me lança un coup d'œil, et je hochai la tête presque imperceptiblement.

— Kalona qui brûlait des vampires et des humains.

— Il les brûlait ? s'exclama Shaunee. De quoi il se mêle, celui-là ? C'est moi, Mlle Feu !

— C'est bien vrai, Jumelle, dit Erin.

— Vous, les siamoises, vous n'étiez pas dans la vision, déclara Aphrodite en pointant sa fourchette plein de sirop sur les Jumelles. Il n'y avait que du feu, du sang et de l'horreur. Vous, vous étiez sans doute occupées à faire du shopping.

— Où était Zoey ? voulut savoir Damien.

— Zoey était là, répondit Aphrodite en me regardant. Dans l'une des visions, c'était une bonne chose. Dans l'autre, non.

— Qu'est-ce que ça veut dire ? se renseigna Jack.

— La vision était déconcertante. Comme une épée à double tranchant.

Je voyais bien qu'elle hésitait à leur répondre, et j'allais lui dire de tout leur raconter quand Kramisha, qui était assise un peu plus loin, sur ma droite, agita la feuille de papier qu'elle tenait à la main.

— Je sais ce que ça signifie ! Du moins en partie. J'ai écrit ça ce matin avant d'aller me coucher, juste après avoir regardé ce film avec vous, ajouta-t-elle en souriant à sœur Marie Angela.

— Arrête de tourner autour du pot, lança Aphrodite.

— Tu pourrais être un peu plus patiente ! Et plus polie. De toute façon, c'est pour Zoey. Tiens, donne-le-lui.

Le papier passa de main en main avant de parvenir

jusqu'à moi. Comme je m'en étais doutée, c'était un poème. Je réprimai un soupir.

— Je t'en prie, dis-moi que ce n'est pas encore une prophétie, gémit Aphrodite, comme si elle lisait dans mes pensées. Déesse, ça me file la migraine !

— Alors, tu ferais mieux de faire un stock d'aspirine.

Je lus la première ligne, puis levai les yeux sur Aphrodite.

— Qu'est-ce que tu as dit tout à l'heure, au sujet d'une épée ?

— Que sa vision était comme une épée à double tranchant, répondit Kramisha à sa place, ce qui m'a rappelé mon poème.

— En effet, le premier vers parle d'une épée à double tranchant, fis-je, troublée.

— C'est flippant, commenta Lucie.

— Oui. C'est le mot juste.

— Qu'est-ce que tu vas faire ? demanda Damien.

— Décoder le message avec l'aide de mes amis. Mais je veux le faire chez nous.

Damien sourit et hocha la tête.

— Chez nous. C'est une bonne idée.

Je me tournai vers Aphrodite.

— Qu'est-ce que tu en penses ?

— Je pense que ma douche Vichy me manque.

— Darius ?

— Avant de passer à l'étape suivante, nous devons rentrer.

— Erin et Shaunee ?

Elles échangèrent un regard.

— On est pour, dit Erin.

— Lucie ?

— Je dois vous dire quelque chose avant que vous ne preniez de grandes décisions.

— OK. Vas-y.

Elle inspira profondément, puis expira, les lèvres serrées, comme si elle passait un test d'asthme.

— Il y a d'autres novices rouges que ceux qui se trouvent dans cette pièce. Ils n'ont pas changé comme moi et les autres. Ils sont toujours mauvais. Je crois… je crois qu'ils restent en contact avec Neferet.

Elle posa sur moi un regard suppliant.

— Je ne t'ai rien dit, parce que j'avais décidé de leur donner une chance. J'espérais qu'ils retrouveraient leur humanité si on les laissait tranquilles, s'ils pouvaient réfléchir de leur côté, ou si je les aidais. Je suis désolée, Zoey de t'avoir caché la vérité.

Je ne pouvais pas lui en vouloir. J'étais trop soulagée qu'elle se soit débarrassée de son secret.

— Parfois, on ne peut pas dire à ses amis tout ce qu'on aimerait.

Elle laissa échapper un sanglot.

— Oh, Zoey ! Tu ne me détestes pas ?

— Bien sûr que non ! Moi aussi, il m'est arrivé de garder des choses graves pour moi, alors je comprends.

— Où sont-ils ? nous interrompit Damien.

Sa voix était douce, et ses yeux marron étaient pleins de compassion.

— Dans les souterrains de la gare. C'est pourquoi je viens de boucher le tunnel que j'avais creusé pour emmener tout le monde ici. J'avais peur qu'ils nous suivent et causent des problèmes aux nonnes.

— Tu aurais dû nous prévenir ce matin, intervint Darius. Nous aurions posté des gardes pendant que tout le monde dormait.

— Il y avait quelqu'un de dangereux à l'autre tout de ce tunnel ? souffla sœur Marie Angela en portant la main à son rosaire.

— Oh, ma sœur, vous n'étiez pas en danger. Darius, nous n'avions pas besoin de gardes, promis ! Ces novices ne supportent pas la lumière. Ils ne bougent jamais de là-bas quand le soleil est levé.

Darius fronça les sourcils, signe qu'il n'était pas convaincu. La nonne, elle, se contenta de glisser les perles du rosaire entre ses doigts. C'est à ce moment-là que je remarquai qu'aucun des novices rouges ne parlait.

— Vous étiez au courant ? leur demandai-je.

— Moi ? Sûrement pas ! Je te l'aurais dit, répondit Stark.

— Je n'aurais pas dû te le cacher ! gémit Lucie. Je suis désolée, Zoey !

— Parfois, la vérité est enfouie, et il est difficile de la déterrer, déclarai-je avant de regarder les ex-zombis. Vous étiez tous au courant, n'est-ce pas ?

— On le savait, répondit Kramisha. On ne les aime pas. Ils sont maléfiques.

— Et ils sentent mauvais, enchaîna la petite Shannoncompton.

— Ils nous rappellent ce que nous étions, intervint Dallas.

— Or, c'est quelque chose que nous voulons oublier, enchérit Johnny B.

Je m'adressai à Lucie :

La Maison de la Nuit

— Y a-t-il autre chose que tu veuilles me dire ?

— Je ne pense pas que ce serait malin de notre part de retourner aux souterrains de la gare, alors rentrer à la Maison de la Nuit est une bonne idée.

— Dans ce cas, c'est entendu. On rentre chez nous.

CHAPITRE VINGT

Zoey

— Je suis d'accord avec vous, mais il vaudrait mieux que ta grand-mère reste ici, dit soudain Aphrodite. Nous ne savons pas ce qui nous attend à la Maison de la Nuit.

— Tu as vu quelque chose d'autre dans tes visions ? demandai-je, remarquant que ce n'était pas moi qu'elle regardait, mais Lucie.

Elle secoua lentement la tête.

— Non, je t'ai tout raconté. J'ai juste un mauvais pressentiment.

Lucie se mit à rire nerveusement.

— Tu sais, Aphrodite, on est tous un peu inquiets, et ça se comprend. Mais ce n'est pas une raison pour faire peur à Zoey.

— Je ne lui fais pas peur, je suis prudente. Nuance !

— Il est sage d'anticiper les dangers, commenta Darius d'un air pensif.

J'allais acquiescer quand Lucie se tourna vers lui.

— Ce n'est pas parce que tu as juré d'être son combattant que tu dois être toujours d'accord avec elle, lâcha-t-elle d'une voix froide et monocorde.

— Quoi ? s'étonna Stark. Tu as prêté serment à Aphrodite ?

— Vraiment ? souffla Damien.

— Waouh, trop cool ! s'écria Jack.

Erik, lui, laissa échapper un petit rire méprisant.

— Je suis stupéfait que Zoey t'ait laissé faire, au lieu de t'ajouter à sa collection personnelle !

Cette fois, j'en avais assez.

— Oh, va au diable, Erik ! hurlai-je.

— Zoey ! s'exclama sœur Marie Angela.

— Désolée, marmonnai-je.

— Ne t'excuse pas, dit Aphrodite en foudroyant Lucie du regard. Le « Diable » n'est pas un gros mot. Et certaines personnes mériteraient bien d'aller lui tenir compagnie, à celui-là !

— Quoi ? fit Lucie d'un air innocent. Tu ne voulais pas que tout le monde soit au courant pour Darius et toi ?

— Ce sont mes affaires !

— Ce n'est pas bien, d'exposer ses problèmes privés en public, dit sagement Kramisha en lançant un regard noir à Lucie. Tu es notre grande prêtresse, et je sais que je te dois le respect, mais je croyais que tu avais été mieux élevée que ça.

Lucie prit un air contrit.

— Tu as raison, Kramisha. Je ne pensais pas qu'on en ferait un tel drame. De toute façon, vous auriez tous fini par l'apprendre.

Elle me sourit et haussa les épaules.

— Un serment de combattant, ce n'est pas quelque chose qu'on peut cacher.

Elle s'adressa ensuite à Aphrodite.

— Pardonne-moi, je ne voulais pas être méchante.

— Je me fiche de tes excuses ! Je ne suis pas Zoey, je ne gobe pas automatiquement tout ce que tu racontes.

— OK, ça suffit ! m'écriai-je.

La colère et la frustration donnèrent de la puissance à ma voix, et je vis plusieurs novices tressaillir.

— Vous allez tous m'écouter avec attention. Nous ne pouvons pas combattre le mal si nous passons notre temps à nous disputer. Lucie et Aphrodite, vous avez imprimé, il va falloir vous y faire et apprendre à ne pas vous embarrasser mutuellement.

Je vis de la peine dans les yeux d'Aphrodite et comme un choc dans ceux de Lucie, mais je continuai.

— Lucie, ne me cache pas des choses importantes, même si tu penses avoir une bonne raison de le faire.

Je regardai Erik droit dans les yeux : il avait pivoté sur sa chaise pour me voir.

— Quant à toi, Erik, nous avons des problèmes plus grands que tes états d'âme. Je t'ai largué, c'est comme ça, tourne la page !

J'entendis Stark ricaner, et je m'en pris à lui.

— Et toi, ne crois pas que tout t'est permis.

— Avoue que c'est drôle ! Erik le magnifique s'est fait remettre à sa place comme un gamin. J'adore !

— Et c'est nul de ta part, car tu sais que toutes ces histoires avec toi, Erik et Heath m'ont fait beaucoup de mal.

Son sourire insolent disparut. Je m'adressai à Darius.

— Tu penses que tu pourrais reconduire le Hummer à la Maison de la Nuit, avec toute cette glace sur la chaussée ?

— Oui, répondit-il.

— Qui sait monter à cheval ?

Plusieurs novices s'empressèrent de lever la main, comme si j'étais un professeur sévère et qu'ils craignaient d'avoir des ennuis.

— Shaunee et Erin, vous prendrez le cheval avec lequel vous êtes venues. Johnny B., tu peux monter l'autre avec Kramisha ?

— Oui, répondit-il tandis que Kramisha hochait la tête.

— Stark, tu seras derrière moi sur Perséphone, dis-je sans le regarder. Damien, Jack, Shannoncompton, Vénus et...

Je dévisageai une brune dont je ne me rappelais pas le nom.

— Sophie, me souffla Lucie d'un air hésitant, comme si elle avait peur de m'agacer.

— Et Sophie, vous irez avec Darius. Lucie, assure-toi qu'Erik et les autres novices rentrent à la Maison de la Nuit en toute sécurité.

— OK.

— Bien. On finit notre petit déjeuner, et on se met en route.

Je me levai et regardai les nonnes.

— J'apprécie votre aide plus que je ne saurais le dire. Tant que je serai en vie, l'abbaye bénédictine comptera une grande prêtresse parmi ses amis.

TENTÉE

En passant devant Stark, je vis qu'il s'apprêtait à me suivre. Je secouai la tête.

— Je vais aller dire au revoir à Grand-mère – toute seule.

Bien que je l'eusse blessé, il me salua respectueusement.

— Comme tu voudras, ma dame.

Je sortis du réfectoire sans me soucier du silence de plomb qui y régnait.

— Alors, *u-we-tsi-a-ge-ya*, tu as mis tout le monde en colère ? demanda Grand-mère après m'avoir écoutée fulminer en faisant les cent pas devant son lit.

— Non, pas tout le monde. Mais j'ai fait de la peine à certaines personnes.

Grand-mère m'observa pendant un long moment. Quand elle finit par parler, elle alla droit au but, comme toujours.

— Ça ne te ressemble pas, alors tu dois avoir une bonne raison pour t'être comportée de la sorte.

— J'ai peur, et je me sens perdue Grand-mère ! Hier, j'avais l'impression d'être une grande prêtresse, mais aujourd'hui, je ne suis qu'une gamine. J'ai des problèmes de cœur, et ma meilleure amie me cache des choses.

— Cela signifie simplement que ni Lucie ni toi n'êtes parfaites.

— Comment le sais-tu ? Et si ça signifiait que je suis une garce superficielle et que Lucie est passée du mauvais côté ?

— Seul le temps te dira si ta confiance en Lucie était

bien placée. Et je pense que tu ne devrais pas te reprocher aussi durement d'être attirée par plusieurs garçons. Tu prends de bonnes décisions en ce qui concerne tes relations. À ce que j'ai compris, Erik était grossier et voulait te contrôler. Beaucoup de jeunes femmes auraient ignoré ces aspects-là de sa personnalité juste parce qu'il est – comment tu dis, déjà ? – ultra canon ? Tu apprendras à équilibrer tes relations avec Heath et Stark, à l'instar de plusieurs grandes prêtresses. Ou alors, tu désireras te consacrer à un seul homme. Mais, chérie, n'oublie pas que tu as de nombreuses années pour te décider.

— Je suppose que tu as raison...

— Bien sûr que j'ai raison. Je suis vieille, ce qui me permet aussi de voir que les garçons et Lucie ne sont pas la seule source de ta préoccupation. Que se passe-t-il, petit oiseau ?

— J'ai vécu un souvenir d'A-ya, Grand-mère.

Elle inspira brusquement.

— Kalona en faisait-il partie ?

— Oui.

— Était-ce agréable ou désagréable ?

— Les deux ! Au début, c'était terrifiant, mais à mesure que je me rapprochais d'A-ya, cela changeait. Elle l'aimait, Grand-mère, et je le sentais.

Elle hocha la tête.

— Oui, *u-we-tsi-a-ge-ya*, c'est normal. Elle a été créée pour l'aimer.

— Ça me fait peur et me fait perdre tout contrôle !

— Doucement, ma fille, dit-elle d'une voix apaisante. Nous sommes tous affectés par notre passé, mais

202

il est en notre pouvoir de ne pas le laisser nous dicter notre avenir.

— Même quand cela touche notre âme ?

— Surtout quand cela touche notre âme. Demande-toi d'où te viennent tes plus grands talents.

— De Nyx.

— Et la déesse a-t-elle touché ton âme ou ton corps ?

— Mon âme, bien sûr. Mon corps n'est que la coquille de mon âme, répondis-je, surprise par mon assurance. Je dois me souvenir qu'il s'agit de *mon* âme désormais, et traiter A-ya comme je traiterais n'importe quel souvenir.

Grand-mère sourit.

— Voilà, je savais que tu pourrais faire face ! Quand tu commets des erreurs, qu'elles viennent de cette vie ou d'une autre, tires-en des leçons. Elles deviendront alors des opportunités.

« Pas si mes erreurs permettent à Kalona de brûler le monde », pensai-je. J'allais le dire à voix haute quand les paupières de Grand-mère se fermèrent. Elle avait l'air si fatiguée, si meurtrie, si vieille, que j'en eus mal au ventre.

— Désolée de m'être déchargée sur toi.

Elle ouvrit les yeux et me tapota la main.

— Tu as eu raison de m'avoir confié ce que tu avais sur le cœur, *u-we-tsi-a-ge-ya*. Va avec la déesse et la bénédiction de nos ancêtres.

Je venais de poser la main sur la poignée de la porte quand je l'entendis dire avec force :

— Accroche-toi à la vérité. N'oublie jamais, comme

notre peuple l'a toujours su, que la vérité possède un grand pouvoir.

— Je ferai de mon mieux, Grand-mère.

— C'est tout ce que je te demanderai, mon petit oiseau.

CHAPITRE VINGT ET UN

Zoey

L e trajet jusqu'à la Maison de la Nuit fut lent, étrange et difficile.

Lent, parce que même si Shaunee et moi projetions du feu pour réchauffer les sabots des chevaux afin qu'ils puissent remonter la 21e rue, notre progression sur la chaussée glissante était quand même périlleuse.

Étrange, parce que tout était plongé dans le noir. Voilà ce qui se passe quand l'électricité est coupée dans votre ville : plus rien ne paraît normal. Cela peut sembler étonnant de la part d'une fille censée être une enfant de la nuit, mais le monde est très inquiétant quand il n'y a plus de lumière.

Difficile, parce que Shaunee et Erin n'arrêtaient pas de me regarder comme si j'étais une bombe risquant d'exploser à tout moment. Johnny B. et Kramisha se taisaient, et Stark, qui était assis derrière moi, n'avait même pas posé ses mains sur ma taille.

Quant à moi, je voulais seulement rentrer chez moi.

Darius conduisait le Hummer derrière nous à une

allure qui devait lui paraître exaspérante, même si les chevaux avançaient au trot. Les novices rouges, menés par Lucie et Erik, suivaient le véhicule à pied. À part le bruit du moteur et des sabots, la nuit était silencieuse. De temps à autre, on entendait juste une branche qui cédait sous le poids de la glace et tombait avec un *crac !* retentissant.

— Alors, tu ne comptes plus jamais m'adresser la parole ? demandai-je à Stark, quand nous nous fûmes engagés dans Utica Street.

— Si.

— Pourquoi ai-je l'impression qu'il y a un « mais » ?

Il hésita. Sa tension était palpable. Finalement, il poussa un long soupir.

— Je ne sais pas si je dois t'en vouloir ou, au contraire, m'en vouloir à moi pour ce qui s'est passé dans la cafétéria...

— Ce n'était pas ta faute. Du moins, dans l'ensemble.

— Oui, je sais, comme je sais que cette histoire avec Erik t'a fait du mal.

Nous restâmes sans rien dire un bon moment. Puis il se racla la gorge.

— Tu as été très dure avec tout le monde.

— Il fallait que je mette un terme à leurs chamailleries, et cela m'a paru être le moyen le plus efficace.

— Tu aurais pu lancer un truc du genre : « Hé, les gars, arrêtez de vous bagarrer ! » Ça me semble plus sympa que d'engueuler ses amis.

« J'aurais bien aimé te voir à ma place », songeai-je. Cependant je regrettais de m'être emportée.

— J'essaierai de faire mieux la prochaine fois.

Il ne fit pas son malin : il ne joua pas non plus le mec macho et condescendant. Il posa simplement les mains sur mes épaules.

— Le fait que tu écoutes ce qu'on te dit est l'une des choses que j'aime le plus chez toi.

Je me sentis rougir à ce compliment inattendu.

— Merci, fis-je tout bas en passant les doigts dans la crinière à moitié gelée de Perséphone, qui répondit en agitant les oreilles. Tu es une gentille fille, susurrai-je.

— Depuis le temps, je pensais que tu avais remarqué que je n'étais pas une fille, dit Stark.

— Oui, j'ai remarqué, m'esclaffai-je.

La tension s'évapora aussitôt.

— Alors, tout va bien entre nous ? voulus-je m'assurer.

— Tout ira toujours bien entre nous. Je suis ton combattant, ton protecteur. Quoi qu'il arrive, je veillerai sur toi.

— Ce ne sera pas toujours facile, tu sais !

Il éclata de rire.

— Je dirais même que, parfois, ça va craindre un max !

J'allais répliquer vertement, mais ses bras autour de moi étaient si chauds et si rassurants que je me contentai de murmurer qu'il racontait n'importe quoi en me laissant aller contre lui.

— Regarde comme c'est beau, ce paysage de givre ! fit-il. On se croirait dans un conte de fées. Il ne manque que la sorcière blanche !

— Oh, *Le Lion, la sorcière blanche et l'armoire magique* est un film génial !

Il s'éclaircit la voix.

— Je ne l'ai pas vu.

— Tu ne l'as pas vu ? m'étonnai-je en lui jetant un coup d'œil par-dessus mon épaule. Tu as lu le livre ?

— Les livres, me corrigea-t-il. C.S. Lewis n'en a pas écrit qu'un seul sur Narnia.

— Tu aimes lire ?

— Oui.

— Hum…, fis-je, perplexe.

— Quel est le problème ? demanda-t-il, sur la défensive. C'est bien, de lire !

— Oui, c'est cool. À vrai dire, je trouve même ça sexy.

C'était la vérité. J'aimais les garçons mignons qui avaient la tête bien pleine.

— Vraiment ? Alors, tu seras sans doute ravie d'apprendre que je viens de terminer *Ne tirez pas sur l'oiseau moqueur*.

— Tout le monde l'a lu, dis-je en lui donnant un coup de coude.

— Sauf que, moi, je l'ai lu cinq fois.

— Non !

— Si. Je peux t'en citer des passages.

— Je ne te crois pas !

Alors, Stark, mon combattant macho redoutable, prit une voix traînante de petite fille du Sud.

— « Oncle Jack ? C'est quoi, une prostituée ? »

— Je ne pense pas que ce soit la citation la plus importante de ce livre.

— D'accord ! Alors : « Ce n'est pas une sale mor-
veuse d'institutrice qui va m'faire faire que'que chose ! »
Celle-là, c'est ma préférée.

— Tu as l'esprit tordu, James Stark.

Je souris, heureuse, quand nous tournâmes dans la
longue allée menant à la Maison de la Nuit. Soudain,
je me rendis compte qu'il y avait plus de lumière que
d'habitude. Elle ne provenait pas des bâtiments, mais
s'élevait de la cour, entre le temple de Nyx et l'école.

Je sentis que Stark se figeait dans mon dos.

— Qu'est-ce que c'est ? fis-je.

— Arrêtez les chevaux ! ordonna-t-il.

Je stoppai Perséphone et fis signe à Shaunee et à
Johnny B. de faire de même.

— Que se passe-t-il, Stark ?

— Restez sur vos gardes ! s'écria-t-il. Soyez prêts à
retourner à l'abbaye. Si je vous le dis, partez aussitôt.
Et ne m'attendez pas !

Sur ce, il se laissa glisser à terre et s'élança vers le
Hummer, dont Darius sortait déjà, alors que Heath
prenait sa place au volant. Les deux combattants échangèrent quelques mots, puis Darius appela Erik et tous
les novices garçons, ainsi que Lucie. J'allais les rejoindre
quand Stark revint au pas de course.

— Qu'est-ce qu'il y a ? demandai-je.

— Quelque chose brûle dans la cour.

Je me tournai vers Shaunee.

— Tu peux savoir ce que c'est ?

— Non, répondit-elle en plissant le front, concentrée. Mais c'est quelque chose de sacré.

Sacré ? Mais qu'est-ce qui se passait, bon sang ?

Stark saisit la bride de Perséphone pour attirer mon attention.

— Regarde sous les arbres !

Sur ma droite se trouvait une rangée de poiriers de Chine. À leur pied, j'aperçus des formes recroquevillées sur elles-mêmes. La nausée me secoua quand je compris ce que c'était.

— Des Corbeaux Moqueurs ! soufflai-je.

— Ils sont morts, dit Kramisha.

— On doit s'en assurer, réclama Lucie.

— C'est ce que nous allons faire, annonça Darius en sortant deux couteaux de sous sa veste en cuir. Stark, reste avec Zoey !

Il fit signe à Lucie et à Erik de le suivre et se dirigea vers les arbres. La vérification ne dura pas longtemps.

— Mort, criaient-ils chaque fois qu'ils s'arrêtaient près d'un corps.

Lorsqu'ils revinrent vers nous, je remarquai que Lucie était pâle à faire peur.

— Ça va ? lui demandai-je.

— Oui, bien, prétendit-elle en détournant les yeux. C'est juste...

— C'est parce qu'ils sentent mauvais, intervint Kramisha. Leur sang pue affreusement !

— Oui, c'est une odeur épouvantable ! fit Lucie, l'air mal à l'aise. Je le sais, parce que j'ai dû nettoyer les endroits où ils étaient tombés après que Darius leur avait tiré dessus, autour de l'abbaye.

— Voilà ce que j'ai senti sur toi, tout à l'heure ! m'exclamai-je, soulagée.

— Assez bavardé ! intervint Darius. Concen-
trez-vous sur ce qui se passe ici.

Il désigna les flammes vacillantes.

— Qu'est-ce que c'est, bon sang ? demanda Lucie.

— Je peux vous dire ce que c'est, dit quelqu'un dans
notre dos, nous faisant tous sursauter. C'est un bûcher
funéraire.

Lenobia, professeur d'équitation, et l'une des rares à
nous avoir soutenus contre Kalona et Neferet, sortit de
l'obscurité. Elle s'approcha d'abord des chevaux pour
s'assurer qu'ils allaient bien.

— Bonjour, Zoey, lança-t-elle ensuite.

— Bonjour, Lenobia.

— Est-ce que tu l'as tué ?

Je secouai la tête.

— Non, nous l'avons fait fuir. Nous nous sommes
réunis, tous les cinq, et nous avons réussi à le bannir
grâce à la force de l'amour. Mais qui...

— Et Neferet ? me coupa-t-elle. Est-elle morte ?

— Elle s'est enfuie avec lui. Pour qui est le bûcher ?
demandai-je, ne pouvant me retenir plus longtemps.

Ses superbes yeux bleu gris croisèrent les miens.

— Anastasia Lankford a perdu la vie. Le dernier geste
du fils préféré de Kalona, Rephaïm, avant d'appeler ses
frères à vous suivre jusqu'à l'abbaye, a été de lui trancher
la gorge.

CHAPITRE VINGT-DEUX

Zoey

Lucie poussa un cri horrifié, imitée par les autres.

— Reste-t-il des Corbeaux Moqueurs vivants ? demanda Darius.

— Non. Que leurs âmes pourrissent éternellement dans les profondeurs de l'enfer ! cracha Lenobia avec véhémence.

— Y a-t-il eu d'autres morts ? me renseignai-je.

— Non, mais nous avons de nombreux blessés. Ils sont à l'infirmerie. Neferet était notre seule guérisseuse ; alors, maintenant qu'elle...

— Zoey doit se rendre au chevet des blessés, déclara Stark.

— Moi ? protestai-je. Mais je...

— Tu es notre future grande prêtresse. Les novices et les vampires blessés de la Maison de la Nuit ont besoin de toi.

— Tu possèdes une affinité avec l'esprit, me rappela Darius. Tu sauras les apaiser.

— Vous avez raison ! s'exclama Lenobia en repoussant ses longs cheveux blonds de son visage. J'aurais dû y penser. La mort d'Anastasia m'a bouleversée...

Elle s'efforça de me sourire.

— Ton aide sera précieuse, Zoey.

— Je vais faire de mon mieux, dis-je avec une assurance feinte.

En réalité, la seule idée de soigner les blessés me donnait mal au ventre.

— On va y aller tous, décida Lucie. Nos affinités réunies auuront plus d'effet..

— Et cela ramènera de l'espoir, enchaîna Aphrodite.

Surprise, je la vis glisser son bras sous celui de Darius. Lenobia lui lança un regard sceptique.

— Tu vas vite t'apercevoir que les choses ont changé à la Maison de la Nuit, Aphrodite.

— Ce n'est pas grave. On commence à avoir l'habitude.

— Oui, le changement, c'est notre quotidien, intervint Kramisha.

Plusieurs novices acquiescèrent. J'étais si fière d'eux que je faillis éclater en sanglots.

— Nous sommes tous prêts à rentrer chez nous, conclus-je.

— Chez nous..., répéta Lenobia d'une voix douce. Eh bien, allons dans ce qu'est devenue notre maison !

Elle se tourna et claqua de la langue. Les trois montures la suivirent d'un même pas sans aucune indication de notre part.

Nous arrivâmes sur le parking, où Heath avait garé la voiture, et sautâmes à terre. De là où nous étions, nous ne voyions que les ombres inquiétantes des flammes, des bâtiments nous cachant le centre de la cour, et entendions les crépitements du bois.

— Je vais conduire les chevaux à l'écurie, dit Lenobia. Vous m'accompagnez, ou bien préférez-vous...

Sa voix s'éteignit alors qu'elle regardait les reflets du feu qui dansaient sur les grands chênes.

— Non, on va là-bas, répondis-je en désignant la cour. Autant affronter la réalité tout de suite.

— Je vous rejoins dès que les chevaux seront bien installés, lança Lenobia avant de s'éloigner, nos montures sur les talons.

Stark posa sa main, chaude et solide, sur mon épaule.

— N'oublie pas que Kalona et Neferet sont partis ! Après ce que tu as traversé, tu ne devrais pas avoir de mal à gérer les novices et les vampires qui sont encore ici.

Heath s'approcha de moi.

— Il a raison. T'occuper de blessés, ce n'est rien à côté de ton combat contre ces deux-là.

— Nous sommes chez nous, quoi qu'il arrive, enchaîna Darius.

— Oui, chez nous. Personne ne doit l'oublier, enchérit Aphrodite.

— Allons voir ce qui se passe ici ! dis-je brusquement.

Laissant Heath et Stark, je contournai les bâtiments de l'école et débouchai sur la cour, suivie par les autres.

— Oh, déesse ! souffla Aphrodite.

Je me figeai face à l'horreur de la scène qui s'offrait à nous. Le bûcher funéraire était un immense tas de bois disposé autour de la table de pique-nique. Au milieu des ruines on apercevait le corps de professeur Anastasia, la magnifique épouse de notre maître d'armes, Dragon Lankford, recouvert d'un linceul. Ses bras étaient croisés sur sa poitrine et ses cheveux longs, qui pendaient vers le sol, se soulevaient en crépitant, cernés par le feu.

À cet instant, un cri terrible déchira le silence de la nuit, tel le hurlement d'un enfant au cœur brisé. C'était Dragon qui sanglotait, agenouillé à côté du bûcher. Gripoil, son énorme maine coon, se frottait contre lui sans le quitter des yeux. Dans ses bras, un beau chat blanc miaulait en se débattant, comme s'il voulait se jeter dans le feu.

— Guenièvre, murmurai-je. Le chat d'Anastasia.

Shaunee s'avança vers le bûcher, beaucoup plus près qu'aucun de nous n'aurait pu le supporter. Au même moment, Erin alla rejoindre Dragon. Alors que Shaunee levait les bras en s'écriant : « Feu ! Viens à moi ! », j'entendis Erin qui demandait doucement à l'eau de se manifester. Aussitôt, les flammes dissimulèrent le corps d'Anastasia, et Dragon fut entouré par un nuage de vapeur.

Damien alla se placer près d'Erin.

— Air, viens à moi ! s'écria-t-il avant de demander au vent d'emporter l'odeur nauséabonde de la chair brûlée.

Lucie se joignit à lui et lança :

— Terre, viens à moi !

Instantanément, la brise s'emplit du parfum délicat de la nature, évoquant des images de printemps et des vertes prairies de la déesse.

C'était mon tour. Secouée de sanglots, je m'approchai de Dragon et posai la main sur son épaule, avant de lever l'autre main.

— Esprit, viens à moi, demandai-je. Touche cet homme endeuillé. Apaise-le, ainsi que Guenièvre et Gripoil. Que leur douleur soit supportable.

Je me concentrai pour que l'esprit passe de moi à Dragon et aux deux chats. Aussitôt, Guenièvre arrêta de miauler. Un soubresaut traversa le corps de Dragon et, lentement, il leva les yeux sur moi. Son visage était tout écorché, et il avait une entaille au-dessus de l'œil gauche.

— Jamais elle ne deviendra supportable, prêtresse, lâcha-t-il d'une voix rauque.

Pendant un instant, la panique m'envahit. « Je n'ai que dix-sept ans ! Comment pourrais-je l'aider ? » Alors, décrivant un cercle parfait, l'esprit passa de Dragon à moi, puis de nouveau au maître d'armes, et je puisai de la force dans mon élément.

— Vous la reverrez. Elle est désormais avec Nyx. Elle vous attendra au royaume de la déesse, où elle se réincarnera, et son âme vous retrouvera dans cette vie. Vous serez en mesure de supporter votre douleur, car vous savez que l'esprit ne meurt jamais – que nous ne mourons jamais complètement.

— Les avez-vous vaincues ? réussit-il à demander. Les créatures sont-elles éliminées ?

— Kalona et Neferet sont partis, tout comme les Corbeaux Moqueurs qui avaient survécu.

— Bien...

Il pencha la tête et pria doucement Nyx, la suppliant de veiller sur sa bien-aimée jusqu'à ce qu'il la rejoigne. Je pressai son épaule, puis reculai de quelques pas pour respecter son intimité.

— Soyez bénie, prêtresse, dit-il sans relever la tête.

J'aurais dû répondre avec sagesse et maturité, mais j'étais trop bouleversée pour parler. Lucie s'approcha de moi, suivie de Damien, d'Erin et de Shaunee. Nous restâmes là en silence, tandis que le feu amplifié par Shaunee emportait les restes de l'enveloppe corporelle d'Anastasia.

Le silence n'était troublé que par le crépitement des flammes et le murmure des prières de Dragon. Soudain, une pensée me frappa. Je regardai autour de nous : la cour était vide ! Aucun vampire, aucun novice, n'accompagnait le maître d'armes.

— Il n'y a personne avec lui, dis-je tout bas, ne voulant pas que Dragon m'entende. Où ils sont tous, bon sang ?

— Il ne devrait pas être seul ! fit Lucie en essuyant ses larmes. Ce n'est pas normal.

— J'étais avec lui jusqu'à votre arrivée, dit Lenobia, qui venait de nous rejoindre.

— Et les autres ? voulus-je savoir.

Elle secoua la tête, son expression reflétant le dégoût que je ressentais, moi aussi.

— Quant au reste des effectifs... Les novices sont dans le dortoir, les professeurs, dans leur chambre. Tous ceux qui auraient été susceptibles de l'entourer sont à l'infirmerie.

— Je ne comprends pas ! Qu'est-ce qui se passe ici ?

— Kalona et Neferet sont peut-être partis, mais leur poison agit toujours, répondit Lenobia énigmatiquement.

— Tu dois aller à l'infirmerie, dit Aphrodite en évitant de regarder Dragon et le bûcher.

— Vas-y, acquiesça Lenobia. Je vais rester avec lui.

— Et moi ! dit Johnny B. C'était mon professeur préféré, avant que je... Tu sais...

Je savais : avant qu'il ne meure et ne revienne à la vie.

— Nous allons tous veiller avec lui, conclut Kramisha. Toi et ton cercle avez des choses à faire ailleurs.

À ces mots, les autres novices sortirent de l'ombre et se placèrent autour du bûcher.

— Moi aussi ! annonça Jack.

Duchesse se tenait à ses pieds, la queue et les oreilles basses, comme si elle comprenait ce qui se passait. Sans rien dire, Erik s'avança vers Jack. Puis, à ma grande surprise, Heath l'imita. Il me fit un signe de tête solennel avant de se recueillir

La gorge serrée, je me détournai sans rien dire, et, suivie de mon cercle, d'Aphrodite, de Stark et de Darius, je pénétrai dans la Maison de la Nuit.

CHAPITRE VINGT-TROIS

Zoey

L'infirmerie de l'école n'était pas très grande. Il n'y avait que trois petites chambres au rez-de-chaussée du bâtiment des professeurs. Je ne trouvais pas étonnant, dans ces conditions, que des novices blessés soient installés sur des civières dans le couloir. Ils nous regardèrent avec surprise.

J'essayai de ne pas les dévisager – et de ne pas sentir l'odeur du sang qui flottait dans l'air, omniprésente.

— Zoey ? entendis-je quelqu'un s'écrier dans mon dos.

Je me retournai : deux vampires se précipitaient vers moi. Je reconnus les assistantes de Neferet ; au prix d'un grand effort je me souvins que la grande blonde s'appelait « Saphir », et la petite Asiatique, « Margareta ».

— Toi aussi, tu as besoin de soin ? demanda Saphir en m'examinant rapidement.

— Non, je vais bien. Nous allons tous bien. Nous sommes là pour aider.

— Nous avons fait tout ce que nous avons pu, déclara

Margareta d'un ton sec. Aucun des novices n'est en danger de mort, même si, leurs blessures risquant d'affecter la Transformation, il est possible que certains...

— C'est bon, je comprends, la coupai-je avant qu'elle ne dise « meurent » devant les principaux intéressés.

— Nous ne sommes pas là pour les soigner, expliqua Damien. Notre cercle est puissant, et nous pourrons les apaiser.

— Personne d'autre que nous n'a d'affinité avec les éléments, enchaînai-je.

— C'est inutile, nous avons fait tout ce qui était en notre pouvoir, insista Margareta avec froideur. Sans grande prêtresse...

Cette fois, ce fut Stark qui l'interrompit.

— Nous avons une grande prêtresse, alors poussez-vous et laissez-la aider ces novices.

— Ouais, dégagez ! cracha Aphrodite.

Les deux vampires s'écartèrent en nous lançant des regards désapprobateurs.

— C'est quoi, leur problème ? demanda Aphrodite à voix basse pendant que nous nous engagions dans le couloir.

— Aucune idée, répondis-je. Je ne les connais même pas.

— Moi, si, intervint Damien. J'ai été volontaire à l'infirmerie pendant ma première année. Elles ont toujours été revêches. Je pensais que c'était à force de voir mourir des novices.

— Revêches? répéta Shaunee.

— Tu pourrais traduire, Lucie ? demanda Erin.

220

— « Revêche » signifie désagréable et sévère. Vous devriez lire plus !

— C'est exactement ce que j'allais dire, fit Stark.

Damien soupira. Je retins un sourire : malgré les circonstances terribles, mes amis se comportaient normalement, et cela me réconfortait un peu.

— Hé, le troupeau de ringards, on se concentre ! lança Aphrodite. On est là pour aider nos copains.

— Lucie ? appela un garçon allongé sur une civière.

— Drew ! s'écria-t-elle en se précipitant vers lui. Drew, est-ce que ça va ? Que t'est-il arrivé ?

Il avait le bras en écharpe. Le pourtour de l'un de ses yeux était tout bleu et gonflé, et sa lèvre, déchirée, mais il réussit à sourire.

— Je suis heureux que tu ne sois plus morte ! lâcha-t-il.

— Moi aussi ! Et comme je ne souhaite à personne de mourir et de revenir à la vie, tu as intérêt à te remettre !

— Ce n'est pas grand-chose. Mon bras s'est simplement luxé.

— Il s'est battu contre un Corbeau Moqueur en essayant de sauver Anastasia, précisa une fille, allongée à côté. Il a failli y arriver !

— Que s'est-il passé, Dino ? demanda Aphrodite en s'approchant d'elle.

Je compris alors de qui il s'agissait. Dino et ses deux amies, Ényo et Pemphredo (oui, elles portaient les noms des trois Cées, sœurs aînées des Gorgones de la mythologie grecque), faisaient partie du fan-club d'Aphrodite à mon arrivée à la Maison de la Nuit, avant que sa vie, comme elle le disait elle-même, n'implose. Je m'attendais à ce que Dino l'envoie promener, puisque toutes ses « amies » s'étaient détournées d'elle quand elle avait perdu les bonnes grâces de Neferet et quand je l'avais remplacée à la tête des Filles de la Nuit. Eh bien, non, elle n'en fit rien, même si elle paraissait frustrée et très énervée.

— Qu'est-ce qui s'est passé ? Ces saletés d'oiseaux nous ont amochés, parce que nous leur avons résisté, comme Dragon et Anastasia.

— Ils se sont jetés sur professeur Anastasia pendant que Dragon en combattait plusieurs autres dans l'allée, enchaîna Drew. Il n'a rien vu ! J'en ai attrapé un et je l'ai écarté d'elle, mais un deuxième m'a sauté dessus par-derrière.

— Je me suis occupée de celui-là, continua Dino. Ian a essayé de m'aider, et le Corbeau Moqueur lui a brisé la jambe comme si c'était une brindille.

— Ian Bowser ? dis-je en passant la tête dans la chambre qu'elle désignait.

— Oui, c'est moi, fit le garçon avec une jambe dans le plâtre, qui paraissait encore plus blanc que ses draps.

— Comment ça va ?

J'avais fait sa connaissance en cours de théâtre. Il avait eu le béguin pour professeur Nolan et avait beaucoup souffert quand elle avait été assassinée.

— Je me suis déjà senti mieux, répondit-il en s'efforçant de sourire.

— Pareil pour nous, dit une fille couchée sur une civière, un peu plus loin.

— Hanna Honeyyeager ! s'écria Damien en courant vers elle. Je ne t'avais pas vue !

C'était une de ces blondes à la peau très claire qui ne bronzent jamais et qui ont toujours les joues roses, comme si elles étaient gênées ou honteuses. Damien et elle parlaient souvent de fleurs – d'après lui, cette fille était un génie de la botanique. Je me souvenais que tout le monde l'appelait toujours par son prénom et son nom – Hanna Honeyyeager – un peu comme Shannoncompton, sauf qu'on n'attachait pas les deux.

— Qu'est-ce qui t'est arrivé, chérie ? demanda Damien en lui prenant la main.

Un bandage de gaze, maculé d'une tache de sang au niveau du front, enveloppait son crâne.

— Quand professeur Anastasia s'est fait attaquer, j'ai crié pour chasser les Corbeaux Moqueurs.

— Elle a une voix très aiguë, intervint quelqu'un depuis la dernière chambre, que je ne voyais pas.

— Il faut croire que ces monstres n'aiment pas les voix perçantes… reprit Hanna. L'un d'eux m'a assommée.

— Attends, lança Erin en se dirigeant vers la dernière chambre. C'est toi, T.J. ?

— Erin !

— Oh, ma déesse ! souffla-t-elle en se précipitant à l'intérieur.

— Et Cole ? hurla Shaunee, qui l'avait suivie.

— Il ne leur a pas résisté, répondit T.J. d'une voix tendue.

Shaunee s'arrêta sur le seuil, comme s'il l'avait giflée.

— Il ne leur a pas résisté ? Mais…

Elle se tut, bouleversée.

— Oh, merde ! T.J. ! Tes mains ! s'exclama Erin. Elles sont tout esquintées !

— T.J. est boxeur, m'expliqua Drew. Il a même participé aux Jeux d'été, contre des vampires. Il a essayé de frapper Rephaïm. L'autre lui a littéralement déchiré les mains.

— Oh, déesse, non ! souffla Lucie, l'air horrifié.

Je regardai Shaunee, qui se tenait toujours devant la porte de T.J., figée, et j'eus un mauvais pressentiment. Cole et T.J. étaient meilleurs amis, et ils étaient sortis avec les Jumelles : T.J. avec Erin, Cole avec Shaunee. Les deux couples avaient passé beaucoup de temps ensemble. « Pourquoi l'un des deux a-t-il affronté les Corbeaux Moqueurs, et pas l'autre ? » pensai-je.

— C'est exactement ce que je me demandais, dit Darius, ce qui me fit réaliser que j'avais pensé à voix haute.

— C'est comme ça, répondit l'une des filles allongées dans le couloir. Quand l'écurie a pris feu, Neferet et Kalona ont pété les plombs. Les Corbeaux Moqueurs sont devenus fous ! Mais, si on ne se mettait pas en travers de leur chemin, ils nous laissaient tranquilles. Alors, on s'est tenus à l'écart, jusqu'à ce que l'un d'eux s'en prenne à Anastasia. Nous avons essayé de l'aider, la pauvre, mais la plupart des novices se sont enfuis dans les dortoirs.

Elle avait de beaux cheveux roux et des yeux d'un superbe bleu vif. Ses deux bras étaient enveloppés dans des bandages, et tout un côté de son visage était tuméfié.

— Qui es-tu, toi ?

— Je suis Rousse, me répondit-elle en haussant les épaules avec un sourire timide. Eh oui, je m'appelle comme ça ! Vous ne me connaissez pas, parce que je viens d'être marquée. C'était juste avant la tempête. Professeur Anastasia était mon mentor.

Elle avala sa salive, les larmes aux yeux.

— Je suis vraiment désolée !

« Pauvre gamine ! songeai-je, arrachée à sa famille et à la vie qu'elle avait toujours connue, pour se retrouver en plein chaos ! »

— Cet énorme oiseau m'a coupé le bras, poursuivit Rousse, puis m'a jetée contre un arbre. Je n'ai rien pu faire d'autre que regarder quand il a...

Elle éclata en sanglots.

— Aucun des professeurs ne vous a prêté main-forte ? demanda Darius avec dureté, même si sa colère n'était manifestement pas dirigée contre Rousse.

— Les professeurs se sont rendu compte que les Corbeaux Moqueurs étaient très énervés. Nous savions qu'il ne fallait pas les provoquer, dit Saphir d'un ton sec.

Je me tournai vers elle, incrédule.

— « Énervés » ? C'est une plaisanterie ? Ces créatures ont attaqué des novices de la Maison de la Nuit, et aucun de vous n'a rien fait, pour ne pas les *provoquer* ?

— C'est impardonnable ! cracha Darius.

— Et Dragon et Anastasia, alors ? demanda Stark. Apparemment, ils n'étaient pas d'accord avec cette attitude.

— Tiens, James Stark ! fit Margareta d'une voix suave. Si je me souviens bien, tu étais très proche de

Neferet et Kalona. Tu es même parti avec eux à la poursuite de Zoey et la bande.

Il s'avança vers elle, les yeux luisant d'un rouge menaçant. Je le retins par le poignet.

— Non ! Nous n'allons pas nous en sortir en combattant nos semblables, déclarai-je avant de me tourner vers les deux vampires. Stark est parti avec eux parce qu'il savait qu'ils allaient m'attaquer, ainsi qu'Aphrodite, Damien, Shaunee, Erin et les bonnes sœurs qui nous avaient accueillis.

Alors que je m'approchais d'elles, je sentis la force de l'esprit m'envahir et tourbillonner autour de moi. Les vampires durent la percevoir aussi, car elles reculèrent de plusieurs pas. Je m'arrêtai, m'efforçant de contrôler ma colère.

— Il les a combattus à nos côtés. Neferet et Kalona ne sont pas ce que vous croyez. Ils représentent un grand danger pour tout le monde. Je n'ai pas le temps d'essayer de vous convaincre de quelque chose que vous auriez dû comprendre par vous-même dès que l'homme ailé est sorti de terre dans cette explosion de sang. Je suis là pour aider ces novices, et puisque cela vous pose problème, vous feriez mieux de débarrasser le plancher et d'aller vous cacher dans votre chambre, comme les autres héros !

Choquées et vexées, elles se précipitèrent dans l'escalier menant à l'étage des professeurs. Je soupirai : alors que j'avais dit à Stark qu'on ne devait pas lutter contre nos semblables, je venais de les menacer. Néanmoins, quand je me retournai vers mon petit groupe, je fus récompensée par des applaudissements.

— J'avais envie d'envoyer paître ces grosses vaches depuis mon arrivée, fit Dino en m'adressant un grand sourire. Je suis douée pour savoir ce que ressentent les gens. Malheureusement, je ne peux pas les faire fuir à l'aide des éléments.

Elle se frotta le bras d'un air absent, puis se tourna vers Aphrodite.

— Je suis désolée. Je me suis comportée comme une garce envers toi.

Je m'attendais à ce qu'Aphrodite monte sur ses grands chevaux et lui dise ses quatre vérités : après tout, Dino avait été affreuse avec elle. J'écarquillai donc les yeux quand elle répondit en haussant les épaules :

— Que veux-tu ? On fait tous des erreurs. N'y pense plus.

— Ça alors ! soufflai-je. Tu parles comme une adulte !

— Tu n'as pas un cercle à former, toi ? lâcha-t-elle en rougisssant.

— À vrai dire, si. Erin, tu pourrais arrêter de jouer à l'infirmière cinq minutes ?

Elle sortit aussitôt de la chambre de T.J.

— Pas de problème !

Je remarquai qu'elle et Shaunee évitaient de se regarder, mais je n'avais ni le temps ni l'énergie de m'en mêler.

— Bon, de quel côté est le nord, mademoiselle Terre ? demandai-je à Lucie.

— Par là.

— Bien. Vous savez ce que vous avez à faire, vous autres.

Ils se mirent en position comme des pros : Damien à l'est, Shaunee au sud, Erin à l'ouest et Lucie au nord. Je pris place au centre et, les yeux fermés, j'appelai leurs éléments, en tournant dans le sens des aiguilles d'une montre, avant de convoquer l'esprit.

Quand je rouvris les yeux, un fil argenté lumineux reliait mes amis. Je rejetai la tête en arrière, et levai les bras au ciel.

— C'est bon, de rentrer à la maison !

Nous riions, heureux, oubliant pour quelques instants le chaos dans lequel était plongé notre monde.

Mais pas la souffrance. Je repris donc mon sérieux et, d'une voix forte et assurée, je dis :

— Air, feu, eau, terre et esprit, je vous ai appelés dans notre cercle pour une raison bien précise. Nos amis novices de la Maison de la Nuit ont été blessés. Je ne suis pas une guérisseuse : officiellement, je ne suis pas même une grande prêtresse.

Je fis une pause et croisai le regard de Stark. Il m'adressa un clin d'œil.

— Ma requête est simple : j'aimerais que vous touchiez ces jeunes gens. Je ne peux pas les soigner, alors je vous demande de les apaiser et de les fortifier afin qu'ils se rétablissent. Au nom de Nyx, emplissez ces novices !

Concentrée à l'extrême, je tendis les mains devant moi, imaginant que je jetais les cinq éléments sur les blessés.

Des exclamations de surprise et de plaisir, ainsi que quelques cris de douleur, retentirent dans l'infirmerie quand ils se mirent à y tourbillonner. Je restai sans bouger jusqu'à ce que les bras me fassent mal et que je sois trempée de sueur.

— Zoey ! Ça suffit ! Tu les as aidés. Referme le cercle.

Je me rendis compte que Stark me parlait depuis un moment ; j'avais été tellement absorbée par ma tâche qu'il avait dû hurler pour qu'enfin je réagisse.

Épuisée, je baissai les mains et remerciai sincèrement les cinq éléments avant de les renvoyer. Puis mes jambes cédèrent d'un coup et je tombai à terre.

CHAPITRE VINGT-QUATRE

Zoey

— **N**on, je n'ai pas besoin de me reposer à l'infirmerie, répétai-je pour la énième fois à Stark, qui se penchait sur moi, l'air affolé. De toute façon, il n'y a plus de lits disponibles.

— Hé, je me sens beaucoup mieux, lança Dino. Tu peux prendre le mien, Zoey.

— C'est gentil, mais non, merci, dis-je avant de tendre la main à Stark. Tu veux bien m'aider à me relever ?

Il fronça les sourcils, mais s'exécuta sans protester. Une fois debout, je restai parfaitement immobile, pour que personne ne s'aperçoive que la pièce tournait autour de moi comme une mini-tornade.

— On dirait qu'elle va plus mal que moi, commenta Drew.

— *Elle* t'entend et elle va bien, répliquai-je.

Dès que l'image devint moins floue, je constatai que les blessés semblaient tous aller mieux, je soupirai, soulagée. Dans mon programme de la journée, je cochai mentalement la case « Faire en sorte que les novices

blessés ne meurent pas dans de terribles souffrances ».
Je pouvais passer à la suite.

— Bon, la situation s'est améliorée. Lucie, avant que
le soleil se lève, il faut que nous décidions de l'endroit
où les novices rouges vont dormir.

— Bonne idée, Zoey, fit-elle.

Elle était assise par terre à côté de Drew. Je me
souvenais qu'elle en avait pincé pour lui avant de mourir
— et de revenir à la vie —, et je devais admettre que la
voir flirter avec lui, alors qu'il se passait probablement
quelque chose entre elle et Dallas, me procurait un
plaisir égoïste. Ce n'était pas bien beau de ma part,
mais j'aurais été contente que ma meilleure amie et moi
puissions discuter de la difficulté d'évoluer entre plusieurs garçons...

— Zoey ? Alors, qu'est-ce que tu en penses ?

— Oh, pardon ! Quoi ?

Je me rendis compte que Lucie m'avait parlé pendant
que j'étais perdue dans mes pensées.

— Je disais qu'ils pouvaient dormir dans les dortoirs.
En les entassant à trois par chambre, on devait arriver
à les caser. Il faut juste bien couvrir les fenêtres. Ce
n'est pas aussi bien que sous terre, mais il faudra faire
avec, du moins tant que dure cette stupide tempête.

— D'accord, on va faire comme ça. En attendant,
nous discuterons avec Lenobia. On a besoin de savoir
ce qui s'est passé à la Maison de la Nuit depuis notre
départ.

Mes amis hochèrent la tête.

— Tenez bon ! lançai-je aux blessés... Vous allez
vous remettre en un rien de temps !

— Merci, Zoey, dit Drew.

— Tu es une super grande prêtresse, même si tu n'en es pas vraiment une, cria Ian depuis sa chambre.

Je ne savais pas trop si ce compliment ambigu méritait un remerciement. Debout dans l'entrée de l'infirmerie, je les regardai tous en me disant que, malgré le fait qu'ils s'étaient battus contre les Corbeaux Moqueurs et aqvaient assisté à la mort d'un professeur, ils paraissaient parfaitement normaux.

Soudain, je compris. *Ils paraissaient normaux.* La veille, à l'école, à l'exception de mon groupe, de Lenobia, de Dragon et d'Anastasia, presque tout le monde avait été sous le charme de Kalona et Neferet, et s'était comporté tout, sauf normalement.

— J'ai une question à vous poser. Même si elle vous semble bizarre et embarrassante, répondez-moi honnêtement.

— Demande-moi ce que tu veux, Zoey, les amis de Lucie sont mes amis, fit Drew en adressant un grand sourire à cette dernière.

— Merci, Drew, dis-je en me retenant de lever les yeux au ciel. Voilà : pensiez-vous que quelque chose ne tournait pas rond chez les Corbeaux Moqueurs, ou même chez Neferet et Kalona, avant qu'ils n'attaquent Anastasia ?

Drew répondit le premier.

— Je ne faisais pas confiance à Kalona, mais je ne savais pas pourquoi. Peut-être parce qu'il avait des ailes. C'était trop bizarre.

— Lui, je le trouvais canon, mais ses enfants, ces

hommes oiseaux, étaient répugnants ! ajouta Hanna Honeyyeager.

— Beurk ! Ces Corbeaux Moqueurs étaient dégoûtants, enchaîna Rousse. Quant à Kalona, je n'arrivais pas à comprendre pourquoi autant de filles craquaient pour lui. Comment dire ?... Voilà, par exemple, George Clooney est beau, mais il est trop vieux pour que j'aie envie de... de sortir avec lui. Alors, je ne voyais pas pourquoi elles bavaient toutes devant ce type.

— Et vous autres ?

— Moi, j'ai trouvé louche que l'homme ailé jaillisse du sol, déclara Dino avant de jeter un coup d'œil à Aphrodite. Et puis, certains d'entre nous se doutaient depuis un moment que Neferet n'était pas celle qu'on croyait.

— Tu le savais, mais tu n'as rien fait, remarqua Aphrodite.

Elle n'était pas en colère ; elle constatait simplement la triste vérité. Dino releva le menton et désigna son bras bandé.

— Si, j'ai fait quelque chose ! Mais c'était trop tard.

— Moi, plus rien ne me paraissait normal depuis la mort du professeur Nolan, intervint Ian depuis sa chambre. Kalona et les Corbeaux Moqueurs n'ont fait que confirmer cette impression.

— J'ai vu l'effet qu'il faisait à mes amis ! lança T.J. On aurait dit des zombies. Ils gobaient tout ce qu'il disait ! Quand je leur demandais comment ils pouvaient être sûrs qu'il s'agissait d'Érebus, soit ils s'énervaient, soit ils me huaient. Je l'ai tout de suite détesté. Quant à ces foutus oiseaux, on voyait bien qu'ils étaient maléfiques. Je ne sais pas pourquoi les autres ne s'en rendaient pas compte.

— Moi non plus, acquiesçai-je, mais on va le découvrir. En attendant, ne vous inquiétez pas. Kalona est parti ; Neferet et les Corbeaux Moqueurs aussi. Ne pensez qu'à guérir, d'accord ?

— D'accord ! répondirent-ils en chœur, beaucoup plus en forme qu'à notre arrivée.

En revanche, ce n'était pas mon cas… Manipuler les cinq éléments m'avait épuisée, et je fus contente que Stark me prenne par le coude et me prête sa force pendant que nous quittions l'infirmerie.

Chose bizarre, la pluie et la grêle avaient cessé. Les nuages qui avaient masqué le ciel pendant des jours laissaient entrevoir des bouts de firmament étoilé. Je regardai la cour. Le feu du bûcher d'Anastasia commençait à mourir, mais Dragon était toujours agenouillé à côté. Lenobia se tenait près de lui, une main sur son épaule. Les novices rouges, d'Erik, de Heath et de Jack entouraient le brasier, manifestant en silence leur respect pour Dragon et sa femme bien-aimée.

Je fis signe à mon groupe de me suivre dans l'ombre.

— Il faut qu'on parle, mais nous n'avons pas besoin d'un public. Lucie, qui pourrait s'occuper de l'installation dans les chambres ?

— Kramisha. Elle est très organisée, limite maniaque. Elle était en dernière année quand elle est morte, et connaît très bien les lieux.

— Parfait. Darius, il faut se débarrasser des cadavres des Corbeaux Moqueurs. Immédiatement. Avec un peu de chance, la tempête va vraiment se terminer, ce qui signifie que les humains vont sortir dès qu'il fera jour. Il ne faut pas qu'ils les voient.

— Je m'en charge, dit Darius. Je vais demander aux novices rouges garçons de m'aider.

— Qu'allez-vous faire des corps ? demanda Lucie.

— Les brûler, répondit Shaunee avant de me regarder. Si tu es d'accord, Zoey.

— Bonne idée, répondis-je, mais pas à proximité du bûcher d'Anastasia. Ce serait trop dur pour Dragon.

— Vous n'avez qu'à le faire près du mur est, là où cette ordure de père est sorti de terre, suggéra Aphrodite. Shaunee, peux-tu enflammer le vieux chêne qui s'est brisé quand Kalona est apparu ?

— Je peux tout faire brûler, se vanta Mlle Feu.

— Dans ce cas, va avec Darius et les autres, et assure-toi que toutes ces horreurs se consument entièrement. Ensuite, venez nous retrouver dans ma chambre.

— OK, répondirent Shaunee et Darius.

Je trouvai étrange qu'Erin n'ait rien dit à sa meilleure amie, mais alors qu'ils s'éloignaient, elle cria :

— Je te raconterai tout, Jumelle !

— J'espère bien, répondit Shaunee en lui souriant.

— Bon, nous avons besoin de Lenobia, repris-je. Mais je ne sais pas comment l'éloigner de Dragon.

— Va lui parler, me conseilla Damien.

Je le regardai d'un air interrogateur.

— Dragon sait à quel point Neferet et Kalona sont dangereux. Il comprendra. Là, il n'est pas capable de partir, ça ne sert à rien de le presser. Alors, dis-lui simplement la vérité.

— Tu sais que tu es malin, toi ?

— Affirmatif.

— Bien, fis-je en inspirant à fond. Lucie, explique à Kramisha ce qu'elle a à faire. Les autres, allez dans ma chambre. Je vous rejoins avec Lenobia.

— Zoey, je vais demander à Jack d'aider Kramisha, dit Damien.

Je haussai les sourcils.

— Ta chambre n'est pas très grande. Je lui ferai un compte rendu. Pour l'instant, il faut qu'on mette nos idées au clair.

J'acquiesçai, et ils partirent tous vers le dortoir.

Seul Stark resta à mes côtés. Je n'avais pas besoin de le regarder, je sentais sa présence. Je savais que, si je trébuchais, il me rattraperait. Il se rendait compte mieux que personne à quel point créer le cercle m'avait épuisée.

— Tu pourras bientôt t'asseoir, murmura-t-il, comme s'il avait lu dans mes pensées. Je te trouverai quelque chose à boire et à manger.

— Merci.

Il prit ma main, et ensemble nous nous dirigeâmes vers Lenobia et Dragon. Son visage meurtri était ravagé par les larmes, mais il ne pleurait plus.

— Dragon, je voudrais que Lenobia vienne avec moi. Désolée de vous laisser seul ici, mais j'ai vraiment besoin de lui parler.

Il leva les yeux. Je n'avais jamais vu quelqu'un d'aussi triste.

— Je ne serai pas seul, Zoey. Gripoil et Guenièvre seront avec moi, tout comme notre déesse. Je ne suis pas encore prêt à quitter Anastasia.

Lenobia pressa son épaule.

— Je reviens dès que je peux, mon ami !

— Je serai là.

— Je vais rester avec lui, annonça Jack. Kramisha a déjà assez de novices à commander.

Duchesse s'était allongée dans l'herbe, à quelques pas de nous, le nez sur ses pattes. Les chats ne faisaient pas attention à elle.

— Merci, Jack, répondit Dragon dans un sanglot.

Jack s'assit à côté de lui et se mit à caresser Gripoil.

— Bien joué, murmurai-je. Viens, Stark, on y va !

— Lenobia, dit-il, Zoey doit faire un détour par la cuisine. On vous retrouve aussi rapidement que possible.

Elle hocha la tête d'un air absent et se dirigea vers le dortoir avec Damien, Erin et Aphrodite.

— Pourquoi veux-tu…, commençai-je.

Stark me coupa.

— Fais-moi confiance. Je sais ce qu'il te faut.

Il me prit par le coude et m'entraîna vers la porte du bâtiment.

— Entre, me dit-il. Je vais chercher quelque chose, et je te rejoins.

Trop fatiguée pour l'interroger, je m'exécutai. Le hall, désert, était éclairé par la moitié des lampes à gaz qui brillaient d'habitude à cette heure. Je regardai l'horloge : minuit à peine passé. Il y aurait dû y avoir cours ; il y aurait dû y avoir des novices et des professeurs partout. J'aurais tant aimé que ce soit le cas ! J'aurais tout donné pour revenir deux mois en arrière et avoir pour seuls soucis cette garce d'Aphrodite et Erik, le beau vampire inaccessible.

Ah, retourner à une époque où je ne savais rien de Kalona et d'A-ya, de la mort et de la destruction, où tout était normal ! Je le voulais tellement que j'en étais malade.

Je m'avançai dans la cafétéria vide et sombre. Il n'y avait ni odeurs délicieuses, ni groupes de novices papotant dans tous les coins, ni professeurs surveillant les élèves. Mon cœur se serra.

Je m'assis à la table que je partageais habituellement avec mes amis. Pourquoi Stark m'avait-il demandé de venir ici ? Allait-il cuisiner pour moi ? L'image fugitive du combattant avec un tablier autour de la taille me fit sourire. Soudain, tout devint clair. Je me tapai le front : l'un des réfrigérateurs de la cuisine était rempli de poches de sang humain. Il devait être en train d'en rassembler plusieurs pour moi.

À cette seule pensée, je me mis à saliver. Stark avait raison : il fallait que je recharge mes batteries, et, pour cela, rien de tel que du sang.

— Zo ! Stark m'a dit que tu étais là.

Je battis des paupières, surprise, et me tournai vers Heath qui s'approchait de moi.

Tout à coup, je compris. Stark était bien allé me chercher du sang, mais pas dans le réfrigérateur en inox. J'allais boire celui de mon joueur de foot préféré.

CHAPITRE VINGT-CINQ

Rephaïm

Rephaïm se réveilla en sursaut. Avant même de sentir la douleur qui déchirait son corps meurtri, il prit conscience de son odeur.

D'abord, il crut qu'il était toujours dans l'abri de jardin, juste après l'accident, quand elle était venue non pour le tuer, mais pour lui apporter de l'eau et soigner ses blessures.

Non, il faisait trop chaud. Il bougea un peu, et la douleur se propagea dans tout son corps, le ramenant à la réalité.

Il était dans les souterrains, et il détestait ça.

Ce n'était pas une phobie mêlée de paranoïa, comme celle de son père, juste un malaise dû à la sensation d'être coincé sous terre. Ici, il n'y avait pas de ciel au-dessus de lui – il ne pouvait pas prendre son envol. Il ne pouvait pas...

Non. Il ne voulait pas penser à son aile endommagée à jamais, ni à ce que cela signifiait. Pas encore. Pas tant qu'il était aussi faible.

Alors, il pensa à celle dont l'odeur remplissait toujours ses narines.

Il bougea encore, prenant soin cette fois de ne pas remuer l'aile brisée. De son bras indemne, il remonta la couverture sur lui et se blottit dans la chaleur de son lit. Le lit de Lucie.

Bien qu'il soit sous terre, il éprouva soudain un sentiment de sécurité irraisonné, du simple fait d'être dans un endroit appartenant à la Rouge. Il ne comprenait pas pourquoi elle lui faisait cet effet-là. Quand il avait suivi ses indications, épuisé, à l'agonie, il avait fini par s'apercevoir qu'en réalité c'était son odeur qu'il suivait. Il avait fait halte dans une cuisine et s'était forcé à manger et à boire. Les novices avaient laissé derrière eux des réfrigérateurs pleins de sang. Des réfrigérateurs ! L'un des nombreux miracles de l'âge moderne qu'il avait découverts quand il n'était qu'esprit. Il avait passé une éternité à observer et à attendre… à rêver du jour où il pourrait toucher, goûter, vivre à nouveau.

Cependant, il n'était pas sûr d'aimer le monde moderne. Depuis qu'il avait retrouvé son corps, il s'était rendu compte que la plupart des hommes d'aujourd'hui n'avaient aucun respect pour le pouvoir des anciens. Les Corbeaux Moqueurs ne considéraient pas les vampires comme des anciens : ils n'étaient rien d'autre qu'une distraction.

Quoi qu'en dise son père, ils ne méritaient pas de gouverner à ses côtés.

Était-ce pour cette raison que la Rouge lui avait laissé la vie sauve ? Parce qu'elle était trop faible, trop inefficace – trop *moderne* pour le tuer ?

Il se souvint alors de la force dont elle avait fait preuve, et pas seulement de son impressionnante force physique. Elle avait commandé la terre, qui s'était ouverte en deux pour lui obéir.

Même Kalona avait évoqué devant ses fils les pouvoirs de la Rouge. Neferet les avait également prévenus qu'il ne fallait pas la sous-estimer.

Et maintenant il était là dans son lit. Avec un cri étouffé, il s'arracha à sa chaleur confortable et se leva. Appuyé à la table de nuit, il s'efforçait de tenir debout, de ne pas se laisser impressionner par l'obscurité implacable de cet endroit.

Il allait retourner à la cuisine, boire et manger encore. Il allumerait autant de lanternes qu'il pourrait. Il ferait tout pour guérir, puis il quitterait ce tombeau et retournerait à l'air libre pour retrouver son père — et sa place en ce monde.

Il repoussa la couverture qui faisait office de porte et s'engagea dans le couloir en se répétant : « Je me sens déjà mieux... plus fort... Je n'ai plus besoin de canne pour marcher. »

Quelques lampes à huile éclairaient faiblement le tunnel d'une lumière vacillante. Il remplirait et allumerait les autres quand il se serait sustenté. Tiens, il boirait le sang qu'il trouverait, même si cela ne le tentait pas vraiment. Son corps avait besoin de carburant pour guérir, tout comme les lanternes avaient besoin d'huile pour brûler.

Souffrant le martyre à chacun de ses pas, il suivit la courbe du boyau et arriva enfin dans la cuisine.

Il ouvrit le premier réfrigérateur et en retirait une

barquette de jambon quand il sentit la lame froide d'un couteau dans son dos.

— Un mouvement, l'oiseau, et je te transperce la moelle épinière. Tu mourrais sur le coup, pas vrai ?

— Oui, répondit Rephaïm, parfaitement immobile.

— Il a déjà l'air à moitié mort, remarqua une voix de fille.

— Oui, son aile est complètement bousillée, enchaîna un garçon. Il ne peut rien nous faire !

La pression du couteau s'accentua.

— Si nous en sommes là aujourd'hui, dit la même fille, c'est parce qu'on nous a sous-estimés. Alors, nous ne sous-estimons jamais personne, compris ?

— Oui. Désolé, Nicole.

— Compris.

— Écoute, l'oiseau ! reprit-elle. Voilà comment ça va se passer : je vais reculer, et tu vas te retourner tout doucement. N'essaie pas de faire le malin ! Kurtis et Starr ont des pistolets. Un seul mouvement de travers, et tu es mort.

La lame du couteau appuyait si fort sur le dos de Rephaïm qu'une goutte de sang perla.

— Beurk ! Il sent mauvais ! lança le garçon, il n'est même pas bon à manger.

— La ferme, Curtis ! ordonna celle que les autres appelaient Nicole.

Puis Rephaïm sentit son souffle sur sa nuque.

— Oui.

Le couteau s'éloigna, et Rephaïm entendit des pas traînants.

— Retourne-toi.

Il obéit et se retrouva face à trois novices. Les croissants rouges sur leur front prouvaient qu'ils appartenaient au groupe de Lucie. Mais il sut immédiatement qu'ils étaient aussi différents d'elle que la nuit l'est du jour. Il jeta un coup d'œil à Kurtis, un novice massif, et à Starr, une fille ordinaire aux cheveux clairs. Tous les deux pointaient sur lui une arme à feu. Puis il se concentra sur Nicole. De toute évidence, elle était leur chef. C'était également elle qui l'avait fait saigner, ce qu'il n'était pas près d'oublier.

C'était une fille plutôt petite, avec de longs cheveux bruns et de grands yeux si foncés qu'ils en paraissaient noirs. Lorsqu'il les fixa, il eut un choc : il crut y voir passer l'ombre de Neferet. Oui, les yeux de cette novice exprimaient l'intelligence et l'obscurité caractéristiques de la Tsi Sgili. L'espace d'un instant, il en fut si secoué qu'il ne put détacher d'elle son regard, une seule pensée en tête : « Père sait-il qu'elle est capable de se projeter dans d'autres personnes ? »

— Bon sang, on dirait qu'il a vu un fantôme, ricana Kurtis.

— Tu le connais, Nicole ? demanda Starr d'un ton soupçonneux.

Nicole cligna des yeux, l'image de Neferet disparut. Rephaïm se demanda s'il n'avait pas été victime d'une hallucination.

Non. Ce n'était pas son genre. Il n'y avait pas de doute : pendant une fraction de seconde, Neferet avait été bien là.

— Je n'ai jamais rencontré aucune de ces créatures

de ma vie, dit Nicole en se tournant vers Starr. Tu insinues que je suis une menteuse ?

Elle n'avait pas haussé le ton, mais Rephaïm, qui avait l'habitude du pouvoir et du danger, perçut une agressivité à peine contrôlée chez cette novice. Starr en était manifestement consciente, elle aussi, car elle battit aussitôt en retraite.

— Non, non, non. Pas du tout. C'est juste bizarre qu'il ait flippé comme ça quand il t'a vue.

— Bizarre, oui, dit Nicole d'une voix suave. Et peut-être devrait-on lui demander pourquoi. Alors, l'oiseau, qu'est-ce que tu fais sur notre territoire ?

Rephaïm remarqua qu'elle n'avait pas posé la question qu'elle était censée lui poser.

— Rephaïm, dit-il. Je m'appelle Rephaïm.

Les trois novices écarquillèrent les yeux, comme s'ils étaient surpris qu'il ait un nom.

— Il paraît presque normal ! souffla Starr.

— Il est tout, sauf normal, et tu ferais bien de ne pas l'oublier, la rembarra Nicole. Réponds-moi, Rephaïm.

— Je me suis caché dans les souterrains après avoir été blessé par un combattant de la Maison de la Nuit.

Son instinct, qui le guidait judicieusement depuis des siècles, lui disait de ne pas parler de Lucie, même s'il devait s'agir des novices rouges solitaires qu'elle protégeait. De toute évidence, ils ne faisaient pas partie de son groupe et ne lui obéissaient pas.

— Le tunnel entre ici et l'abbaye s'est effondré, répliqua Nicole.

— Il était ouvert quand je suis passé.

Elle s'approcha de lui et renifla.

— Tu sens Lucie !

— J'empeste l'odeur du lit dans lequel j'ai dormi, dit-il en penchant la tête sur le côté, comme s'il était intrigué par ce qu'elle venait de remarquer. Tu dis que je porte l'odeur de Lucie. N'est-elle pas la Rouge, votre grande prêtresse ?

— Lucie est un vampire rouge, mais ce n'est pas notre prêtresse ! rugit Nicole, alors que ses yeux prenaient une teinte écarlate.

— Ah non ? Il y avait pourtant une prêtresse – un vampire rouge – qui s'est opposée à mon père et à sa reine. Elle avait la même marque que vous. Elle n'est pas votre grande prêtresse.

— C'est dans cette bataille que tu as été blessé ? poursuivit Nicole sans lui répondre.

— En effet.

— Que s'est-il passé ? Où est Neferet ?

— Partie, dit Rephaïm sans cacher son amertume. Elle s'est enfuie avec mon père et mes frères qui avaient survécu au combat.

— Où sont-ils allés ? demanda Kurtis.

— Si je le savais, je ne me terrerais pas ici comme un rat. Je serais aux côtés de mon père, là où est ma place.

— Rephaïm, fit Nicole en l'examinant attentivement. J'ai déjà entendu ce nom...

Le Corbeau Moqueur demeura silencieux, sachant qu'il valait mieux qu'elle comprenne d'elle-même qui il était plutôt qu'il ne se vante de sa position. Soudain, elle s'écria :

— Elle a dit que tu étais le préféré de Kalona, le plus puissant de ses fils !

— Oui, c'est bien moi. Qui est cette personne qui vous a parlé de moi ?

Nicole ignora encore sa question.

— Qu'est-ce qui servait de porte à la chambre dans laquelle tu as dormi ?

— Une couverture à carreaux.

— La chambre de Lucie, dit Starr. C'est pour ça qu'il sent comme elle.

Nicole fit comme si elle n'avait rien entendu.

— Kalona est parti sans toi, alors que tu es son fils chéri.

— Oui, répondit Rephaïm avec colère.

Elle se tourna vers les deux autres.

— Ça veut dire qu'ils vont revenir ! Cet oiseau est le préféré de Kalona. Il ne va pas l'abandonner ici. Tout comme nous sommes ses préférés, à elle. Il reviendra le chercher, et elle reviendra nous chercher.

— Tu parles de Lucie la Rouge ?

Avec une vitesse qui rendit l'image de son corps flou, Nicole fondit sur Rephaïm. Elle l'attrapa par les épaules, puis le souleva et le plaqua contre le mur. Les yeux luisants, elle lui souffla son haleine fétide en pleine figure.

— Lucie, ou la Rouge, comme tu l'appelles, n'est pas notre chef. Mets-toi bien ça dans la tête, l'oiseau. Elle n'est pas des nôtres. Elle est amie de Zoey et de sa bande, et ce n'est pas cool. Tu vois, nous n'avons pas de grande prêtresse, nous avons une reine, et son nom est Neferet. Alors, c'est quoi, cette obsession pour Lucie ?

Rephaïm gémit : son aile brisée était en feu. Si seulement il était en état de détruire cette gamine arrogante d'un coup de bec !

Hélas, ce n'était pas le cas. Il était faible, blessé et abandonné.

— Mon père voulait la capturer, il disait qu'elle était dangereuse. Neferet ne lui fait pas confiance. Je ne suis pas obsédé. J'essaie simplement d'accomplir la volonté de mon père.

— Voyons voir si tu nous dis la vérité... fit Nicole.

Elle resserra sa prise sur son bras, ferma les yeux et baissa la tête. Rephaïm sentit alors que ses paumes chauffaient. La chaleur irradiait en lui, battait au rythme de son cœur, tambourinait dans tout son corps.

Un frisson traversa Nicole, et elle ouvrit les yeux en relevant la tête, un sourire rusé aux lèvres. Elle continua à le tenir contre le mur pendant une bonne minute avant de le relâcher. Il s'écroula par terre.

— Elle t'a sauvé, s'écria la novice.

— Quoi ? hurla Kurtis.

— Lucie l'a sauvé ? souffla Starr.

— Oui, haleta Rephaïm, essayant de reprendre sa respiration et de ne pas s'évanouir.

Il n'ajouta rien, s'efforçant de comprendre ce qui venait de se passer. La novice rouge lui avait fait quelque chose quand elle l'avait touché – quelque chose qui lui avait donné un aperçu de son esprit, peut-être même de son âme. Pourtant il savait qu'il ne ressemblait en rien aux êtres à qui elle avait eu affaire auparavant ; ses pensées devaient être difficiles à déchiffrer, voire presque impossibles, aussi douée soit-elle.

— Pourquoi Lucie aurait-elle fait une chose pareille ? demanda Nicole.

— Tu as regardé en moi. Tu sais que je n'en ai aucune idée.

— C'est vrai, dit-elle lentement. Ce qui est vrai aussi, c'est que tu n'as pas de mauvais sentiments envers elle. Pourquoi ça ?

— Je ne suis pas sûr de comprendre. De mauvais sentiments ? Je ne saisis pas.

— Ton esprit est la chose la plus étrange que j'aie jamais explorée. Voilà le problème, l'oiseau. Si tu voulais réellement accomplir la volonté de ton père, tu devrais rêver de la capturer, peut-être même de la tuer.

— Mon père la veut indemne pour pouvoir l'étudier, et peut-être exploiter ses pouvoirs.

— Peu importe. Rien en ton esprit ne prouve que tu souhaites sa perte.

— De toute façon, elle n'est pas là.

Nicole secoua la tête.

— Arrête de me mener en bateau, et réponds : tu es avec nous ou pas ?

— Avec vous ?

— Oui, avec nous. Nous allons nous débarrasser de Lucie, fit-elle nonchalamment.

Avec une rapidité surnaturelle, elle saisit de nouveau le bras de Rephaïm de sa poigne de fer. Son biceps s'échauffa aussitôt alors qu'elle fouillait dans ses pensées.

— Alors, que choisis-tu ?

Rephaïm réfléchit à toute vitesse. Manifestement,

Nicole était capable de découvrir ce qu'il aurait préféré cacher. Il prit sa décision et affronta le regard écarlate de la novice.

— Je suis le fils de mon père !

Elle le dévisagea, sa main brûlant sa chair. Puis elle sourit d'un air narquois.

— Bonne réplique, l'oiseau ! C'est la principale chose que je vois dans ton esprit. Tu es bel et bien le fils de ton père. Bienvenue dans mon équipe ! Et ne t'inquiète pas : puisque ton papa n'est pas là pour l'instant, je pense qu'il se moquera bien que Lucie soit morte ou vivante quand tu l'attraperas.

— Et morte, ce sera plus facile, remarqua Kurtis.

— Absolument, acquiesça Starr.

Nicole éclata de rire. Rephaïm frémit. Elle lui rappelait tellement Neferet que les plumes se dressèrent sur son dos. « Père ! Méfie-toi ! La Tsi Sgili est plus puissante que tu ne le crois ! »

CHAPITRE VINGT-SIX

Zoey

Heath, qu'est-ce que tu fais là ?

— Le garçon mit la main sur sa poitrine, comme si elle lui avait tiré dessus, tituba et fit semblant de haleter.

— Ta froideur me tue, bébé.

— Tu es un imbécile ! s'écria Zoey. Si quelque chose te tue, c'est ta propre bêtise. Alors, qu'est-ce que tu fais là ? Je pensais que tu étais dehors, à brûler les cadavres des oiseaux avec Darius et Shaunee.

— C'est ce que je faisais, et figure-toi qu'ils avaient bien besoin de ma force surhumaine, répondit-il en se laissant tomber à côté d'elle. Mais Stark est venu me dire que tu avais besoin de moi, alors me voilà.

— Il s'est trompé. Retourne là-bas !

— Tu as mauvaise mine, Zo, fit-il en changeant de ton.

Je soupirai.

— Normal ! J'ai vécu des moments difficiles ces derniers temps, comme nous tous.

— Aider ces novices t'a épuisée.

— Oui, mais ça va aller. Il faut juste que cette nuit se termine pour que je puisse dormir un peu.

Heath m'observa pendant un moment sans un mot, puis il me tendit la main. Machinalement, je glissai mes doigts entre les siens.

— Zo, je fais des efforts pour ne pas devenir dingue à cause de ce qu'il y a entre toi et Stark !

— Je n'y peux rien, c'est le lien unique d'un combattant vampire avec sa prêtresse, expliquai-je.

Je m'en voulais de blesser une fois de plus ce garçon que j'aimais depuis l'école primaire.

— Oui, il paraît... Mais essaie de comprendre que c'est déjà assez difficile comme ça, alors, quand tu me repousses...

Je savais exactement de quoi il parlait : de la raison pour laquelle Stark l'avait envoyé ici. Heath voulait que je boive son sang. Cette seule pensée me faisait saliver et accélérait mon pouls.

— Tu en as envie, avoue, murmura-t-il.

Je le fixai dans les yeux.

— C'est vrai. Mais je ne peux pas, Heath.

Je pensais qu'il allait s'énerver et exploser. Or ses épaules s'affaissèrent, et il secoua la tête.

— Pourquoi tu ne me laisses pas t'aider de la seule façon dont je suis capable ?

J'inspirai profondément et je lui dis la vérité.

— Parce que je ne pourrais pas supporter l'aspect sexuel de la chose.

Il me regarda d'un air surpris.

— C'est la seule raison ?

— Le sexe est une raison importante.

— Ça, je ne saurais le confirmer, mais je vois ce que tu veux dire.

Je me sentis rougir. Heath était-il encore vierge ? Je pensais qu'après que j'avais été marquée et que j'avais abandonné ma vie d'humaine pour m'installer à la Maison de la Nuit, mon ancienne meilleure amie s'était jetée sur lui. Ou plutôt, je savais que cette garce de Kayla s'était jetée sur lui.

— Et Kayla ? Je croyais que vous étiez sortis ensemble après mon départ.

— Sûrement pas ! ricana Heath. Je n'étais pas avec Kayla. Elle aurait bien aimé, mais pour moi il n'y a qu'une fille qui compte. Et même si tu es une grande prêtresse et, donc, techniquement, tu n'es plus une « fille », tu es toujours celle qu'il me faut.

Je ne savais pas quoi dire. J'avais toujours cru que je perdrais ma virginité avec Heath, mais je m'étais plantée en beauté, et j'avais couché avec Loren Blake, ce qui était la plus grosse erreur de ma vie. Ce souvenir me donnait encore la nausée.

— Hé, arrête de penser à Blake ! Tu ne peux pas changer ce qui s'est passé, alors, oublie-le.

— Tu lis dans mes pensées maintenant ?

— J'ai toujours pu entrer dans ta tête, Zo.

Il se tut un instant avant d'ajouter :

— Enfin, récemment, pas tant que ça.

— Je suis désolée, Heath. Je déteste te faire du mal.

— Je ne suis plus un gamin. Je savais dans quoi je m'embarquais quand je suis monté dans ma camionnette pour aller te voir à Tulsa. Même si les choses ne sont pas faciles entre nous, il faut au moins que nous soyons honnêtes l'un envers l'autre.

— D'accord. Moi aussi, je le veux. Alors, si je ne veux pas boire ton sang, c'est parce que je ne me sens pas capable d'affronter ce qui se passerait entre nous. Je ne suis pas prête à sauter le pas.

— Je comprends, Zo. On n'aura pas de relation sexuelle. On n'en a pas eu pendant toutes ces années, on a l'habitude.

— Il ne s'agit pas que de ça. Tu sais l'effet que cette Empreinte a sur nous. C'était déjà très intense avant que je ne sois blessée. Eh bien, ce serait dix fois pire si je buvais ton sang maintenant !

Il déglutit et passa la main dans ses cheveux.

— Oui, je sais. Mais l'Empreinte fonctionne dans les deux sens, pas vrai ? Pendant que tu bois, tu ressens ce que je ressens, et réciproquement.

— Oui, en l'occurrence du plaisir et du désir.

— Exact. Alors, on se concentrera uniquement sur le plaisir.

Je haussai les sourcils.

— Tu es un mec, Heath. Depuis quand peux-tu ne pas penser au sexe ?

Il prit une expression très sérieuse.

— Ai-je jamais insisté à ce sujet ?

— Il y a eu cette fois dans la cabane en haut de l'arbre…

— Tu étais en CM1 ! Ça ne compte pas. En plus, tu m'as collé une raclée.

Il ne souriait pas, mais ses yeux pétillaient.

— Et à l'arrière de ta camionnette, l'été dernier, près du lac ?

— Ça non plus, ça ne compte pas. J'avais craqué parce que tu portais ton nouveau bikini. Et je ne t'ai pas vraiment mis la pression.

— Tu n'arrêtais pas de me toucher !

— Tu étais à moitié nue ! Écoute, on peut être ensemble sans aller plus loin. Est-ce que j'ai envie de coucher avec toi ? Oh, oui ! Est-ce que j'ai envie de coucher avec toi tandis que tes pensées sont encore tout embrouillées par la trahison de Blake et que tu te fais du souci à cause de ce qui se passe maintenant ? Sûrement pas !

Il posa un doigt sous mon menton et me força à le regarder.

— Toi et moi, c'est beaucoup plus qu'une simple histoire de sexe. Laisse-moi te donner mon sang, Zo.

— D'accord, cédai-je.

Il sourit comme s'il venait de remporter le championnat de football.

— Génial !

— Mais pas de sexe.

— Absolument. Appelle-moi « Heath Pas-de-Sexe ».

Il lâcha ma main et sortit un petit couteau de la poche de son jean.

— Attends ! m'écriai-je quand il approcha la lame de son cou.

— Quoi ?

— On va faire ça ici ?

— Pourquoi pas ? On ne va pas coucher ensemble, je te rappelle.

— Je sais bien. Mais quelqu'un pourrait entrer, et...

— Stark garde la porte. Il ne laissera passer personne.

Je me tus, sous le choc. Évidemment, tout ça était

l'idée de Stark, mais de là à monter la garde pour préserver notre intimité...

L'odeur du sang de Heath me frappa, et Stark sortit de mon esprit. Fascinée, je fixais le petit ruban rouge qui se déroulait au creux de son épaule. Il posa le couteau sur la table et me tendit la main.

— Viens là, Zo. Il n'y a plus que toi et moi. Ne pense à rien d'autre.

Je me blottis dans ses bras et j'inhalai son odeur : Heath, le sang, le désir, mon foyer et mon passé, tout était réuni dans cette étreinte familière. Lorsque ma langue toucha la ligne écarlate, je le sentis frémir. J'hésitai, mais c'était trop tard. Le goût de son sang explosa dans ma bouche. Incapable de m'arrêter, je pressai mes lèvres contre sa peau et bus. À cet instant précis, je me moquais bien de ne pas être prête à avoir de relations sexuelles, de savoir que l'univers était en train de sombrer dans le chaos, et que nous étions en plein milieu de la cafétéria, alors que Stark se tenait derrière la porte (et éprouvait probablement les mêmes choses que moi.) Seuls comptaient Heath, son sang, son corps...

— Doucement, dit-il d'une voix basse et rauque, mais étrangement apaisante. Ça va bien, Zo ! C'est agréable, et c'est tout. Pense à la force que tu puises. Il faut que tu sois forte, ne l'oublie pas. Il y a des tas de gens qui comptent sur toi : moi, Lucie, Aphrodite, même si je pense que c'est une garce. Erik aussi, mais ça, on s'en fout...

Il continuait de parler. Et alors, une chose étonnante se produisit. Sa voix redevint normale, comme si nous parlions de choses ordinaires, comme si je n'étais pas en train de boire son sang. Sans que je ne m'en rende compte, l'afflux de sensations se transforma, n'ayant plus rien de sexuel. C'était toujours agréable, très, très agréable, mais parfaitement gérable. De telle sorte que, quand je me sentis régénérée, je pus m'écarter. « Referme-toi », pensai-je avant de lécher sa coupure. L'hémorragie s'arrêta net, et la petite plaie se referma, ne laissant qu'une fine trace rose.

Je regardai Heath dans les yeux.

— Merci.

— De rien. Je serai toujours là pour toi, Zo.

— Tant mieux, parce que j'aurai toujours besoin que tu me rappelles qui je suis vraiment.

Il m'embrassa avec douceur – et intensité. Je savais qu'il réprimait son désir et qu'il patienterait jusqu'à ce que je sois prête à lui dire oui. J'interrompis notre baiser et je me blottis contre lui. Il soupira, mais ne desserra pas son étreinte.

Le bruit de la porte de la cafétéria nous fit sursauter.

— Zoey, il faut que tu ailles au dortoir, dit Stark. Ils t'attendent.

— OK, j'arrive, fis-je en me dégageant des bras de Heath et en l'aidant à enfiler sa veste.

— Et moi, je vais retrouver Darius et les autres pour leur donner un coup de main, annonça-t-il.

Comme deux gamins ayant fait une bêtise, nous nous approchâmes de Stark qui tenait la porte, le visage impassible.

— Merci de m'avoir conduit jusqu'à elle, dit Heath.

— Ça fait partie de mon boulot, répondit Stark d'un ton sec.

— Eh bien, je pense que tu mérites une augmentation !

Sur ce, Heath m'embrassa rapidement avant de s'éloigner.

— Ce n'est pas la partie de mon boulot que je préfère, marmonna Stark alors que nous regardions Heath disparaître.

— On ferait bien de se dépêcher, lançai-je.

Je partis, et Stark me suivit dans un silence inconfortable.

— Ça craint, dit-il finalement d'une voix tendue.

— Oui, c'est vrai, fis-je en gloussant.

Pour ma défense, je me sentais incroyablement bien grâce au sang de Heath. Je n'avais pas été dans une telle forme depuis que Kalona était sorti de terre et avait mis ma vie sens dessus dessous.

— Ce n'est pas drôle, grogna Stark.

— Désolée.

— Je vais faire comme si tu ne riais pas, et comme si j'ignorais ce que tu as ressenti.

Malgré mon euphorie, je savais à quel point c'était dur pour lui, de percevoir le plaisir intense que me donnait un autre garçon, et de réaliser combien Heath et moi étions proches. Je glissai mon bras sous le sien. Au début, il était froid et rigide comme une statue ; puis, petit à petit, il commença à se détendre. Une fois devant le dortoir des filles, je le regardai.

— Merci d'être mon combattant. Merci de tout faire pour que je sois forte, même si ça te fait du mal.

— Je t'en prie, ma dame, fit-il avec un sourire triste.

CHAPITRE VINGT-SEPT

Zoey

— Tu veux un soda, toi aussi ? demandai-je à Stark qui m'attendait dans la salle commune du dortoir, où régnait une atmosphère très étrange.

Étrange et silencieuse, alors qu'il y avait plusieurs groupes de novices, filles et garçons, assis dans des fauteuils, les yeux rivés sur les écrans plats. Ils ne parlaient pas, ne riaient pas. Ils s'étaient tout de même retournés quand Stark et moi étions entrés, et certains nous avaient lancé un regard haineux.

— Non, ça va. Prends-en un pour toi et montons dans ta chambre, dit-il en s'engageant déjà dans l'escalier.

— OK, OK, j'arrive. Je veux simplement…

Je fonçai droit sur Becca.

— Oh, désolée ! fit-elle. Je ne t'ai pas vue, parce que je…

— Oui, je sais ce que tu faisais, la coupai-je. Tu matais un mec, comme d'habitude.

Je ne connaissais pas très bien Becca, je savais seulement qu'elle avait un faible pour Erik. Un jour, j'avais surpris Stark, les lèvres collées à la veine de son cou, à deux doigts de la violer – avant qu'il ne choisisse le bien et ne devienne mon combattant. Bien sûr, Becca ne s'en souvenait pas. Tout ce qu'elle devait se rappeler, c'était le plaisir qu'elle avait ressenti quand il avait bu son sang.

Bref, rien ne l'autorisait à me traiter de la sorte. Cela dit, je n'avais pas le temps de m'occuper de ça et, honnêtement, je me fichais bien qu'elle soit jalouse de moi. Je me contentai donc de faire une moue méprisante pompée sur Aphrodite, de la contourner et d'ouvrir le frigo.

— C'est toi qui as fait ça, pas vrai ? lança-t-elle. C'est toi qui as tout gâché !

Je soupirai, j'attrapai une canette de Coca et me retournai d'un bloc.

— Si tu me demandes si je me suis débarrassée de Kalona, qui n'est pas Érebus, mais un immortel déchu maléfique, et si j'ai chassé Neferet, qui n'est plus la grande prêtresse de Nyx, mais une Tsi Sgili diabolique qui veut contrôler le monde, la réponse est oui. Oui, c'est moi qui ai fait ça, avec l'aide de quelques amis.

— Tu crois tout savoir !

— Si c'était le cas, je saurais pourquoi vous n'avez toujours pas compris que Kalona, Neferet et les Corbeaux Moqueurs sont néfastes, même après qu'ils ont assassiné professeur Anastasia.

— Ils ne l'ont tuée que parce que vous les avez énervés en vous échappant et en combattant Érebus !

— Réveille-toi, Becca ! Kalona n'est pas Érebus.

C'est le père des Corbeaux Moqueurs ; il les a engendrés en violant des femmes cherokees. Érebus ne ferait pas une chose pareille. Cela ne vous est pas venu à l'esprit ?

Elle fit comme si elle n'avait rien entendu.

— On était trop bien sans toi ! cracha-t-elle. Maintenant, tout est pourri de nouveau. Va-t'en pour de bon et laisse les autres faire ce qu'ils ont envie de faire !

— « Les autres » ? Tu parles de ceux qui sont à l'infirmerie et qui se sont fait massacrer par ces créatures de malheur ? Ou bien de Dragon, qui pleure la mort de sa femme, tout seul ?

— C'est arrivé par ta faute. Personne n'avait été attaqué avant que tu ne t'enfuies !

— Sérieusement, tu n'écoutes pas ce que je dis ?

— Hé, Becca, lança Stark, qui venait d'apparaître à côté d'elle.

Elle se tourna vers lui, rejeta ses cheveux en arrière et lui fit un sourire aguicheur.

— Salut, Stark.

— Erik est libre, lâcha-t-il sans préambule.

Elle cligna des yeux, perplexe.

— Lui et Zoey se sont séparés.

— Oh, vraiment ? me dit-elle d'un ton qu'elle voulait nonchalant, alors que son corps trahissait sa joie. Il t'a enfin larguée. Ce n'est pas trop tôt !

— C'est plutôt l'inverse, espèce de... de garce !

Becca fit un pas vers moi, la main levée comme pour me frapper ; j'en fus tellement choquée que je ne pensai même pas à appeler un élément pour lui mettre une raclée. Heureusement, Stark était plus réactif. Il s'interposa en un bond.

— Becca, je t'ai déjà fait du mal, ne me force pas à recommencer. Fiche le camp d'ici, dit-il d'une voix menaçante.

Elle se calma aussitôt.

— De toute façon, elle ne vaut pas la peine que j'abîme mes ongles.

Elle fit volte-face et s'éloigna. J'ouvris ma canette en la suivant des yeux et je bus une longue gorgée.

— Eh bé..., fis-je pour tout commentaire.

— Je ne me reconnais pas ! s'écria Stark. Le vrai moi n'aurait jamais empêché une bagarre entre filles.

Je haussai les épaules.

— Bon, allons à l'étage !

Nous traversâmes la salle commune, où Becca chuchotait avec un groupe de novices. Elle me lança un regard mauvais, imitée par ses camarades. J'accélérai le pas et je montai les marches quatre à quatre.

— C'est flippant, commenta Stark.

Je me contentai de hocher la tête. J'étais atterrée : tout le monde dans mon école, dans ma maison, me haïssait.

Dès que j'ouvris la porte de ma chambre, une boule de poils orange se jeta dans mes bras en miaulant comme une vieille femme grincheuse.

Je l'embrassai sur le nez.

— Nala ! Tu m'as manqué...

Elle éternua avant de mettre en marche sa machine à ronrons.

— Quand tu auras fini de t'occuper de ton chat, tu vas peut-être daigner discuter avec nous ! dit Aphrodite.

— Oh, ne sois pas odieuse ! lança Damien.

Aphrodite lui fit un geste obscène.

— Ça suffit ! s'écria Lenobia avant que je ne puisse les faire taire. Le corps de mon amie vient d'être consumé par le feu, et je ne suis pas d'humeur à écouter vos chamailleries d'adolescents.

Aphrodite et Damien marmonnèrent des excuses, embarrassés. J'en profitai pour prendre la parole.

— Tous les élèves me haïssent, déclarai-je.

— Ah bon ? fit Damien. Quand nous sommes arrivés, ils se comportaient seulement comme des zombies.

— Eh bien, là, j'ai pratiquement dû séparer Becca et Zoey, lui apprit Stark.

— Ça ne me surprend pas, dit Lenobia.

— Que se passe-t-il ? lui demandai-je. Kalona est parti, bon sang ! Comment se fait-il que son emprise sur les novices perdure ?

— Et sur les vampires, compléta Damien. Lenobia, vous êtes le seul professeur à avoir accompagné Dragon. Cela signifie que les autres sont toujours sous l'influence de Kalona.

— Ou alors, ils ont cédé à la peur, enchaîna Lenobia. À moins que le démon n'ait déclenché quelque chose en eux qui continue d'agir en son absence.

— Ce n'est pas un démon, affirmai-je.

Lenobia me lança un regard perçant.

— Pourquoi dis-tu ça, Zoey ?

Mal à l'aise, je m'assis sur mon lit. Nala se blottit sur mes genoux.

— Je sais certaines choses sur lui. Et l'une d'elles, c'est qu'il n'est pas un démon.

— Qu'est-ce que ça change, le nom qu'on lui donne ? intervint Erin.

— Les noms sont puissants, expliqua Damien. Traditionnellement, le fait d'utiliser le vrai nom de quelqu'un dans un rituel ou quand on jette un sort peut rendre l'un comme l'autre plus efficace.

— Tu as raison, Damien, acquiesça Lenobia. Nous ne traiterons plus Kalona de démon.

— Mais nous n'oublierons pas qu'il est maléfique, contrairement à cette bande d'abrutis, insista Erin.

— Tous ne l'ont pas oublié, rappelai-je. Les blessés à l'infirmerie n'étaient pas sous le charme de Kalona, et Dragon, Lenobia et Anastasia non plus. Je dois comprendre pourquoi !

— Lenobia, Dragon et Anastasia ont reçu des dons de Nyx, dit Damien.

— Et les novices qui ont affronté les Corbeaux Moqueurs ? demanda Aphrodite.

— Hanna Honeyyeager peut faire éclore les fleurs, fit Damien. Elle a la main verte.

— Et les autres ?

— T.J. est un excellent boxeur, répondit Erin.

— Et Drew est un lutteur hors pair, ajoutai-je.

— Mais ces talents sont-ils de véritables pouvoirs ? réfléchit à voix haute Lenobia. Tous les vampires ont des dons. Cela n'a rien d'inhabituel.

— Quelqu'un sait-il quelque chose au sujet de Ian Bowser ? poursuivis-je.

— Il est très gentil, déclara Erin.

— Ah…, fis-je, découragée par l'ampleur de la tâche. Tous ces novices étaient gentils et doués dans un domaine ou un autre, mais cela ne signifiait pas qu'ils avaient été particulièrement gâtés par Nyx.

— Et la nouvelle, Rousse ?

— Personne ne la connaît, répondit Damien avant de regarder Lenobia. Vous, peut-être ?

Elle secoua la tête.

— Non, je sais seulement qu'elle avait Anastasia pour mentor, et qu'elle était devenue suffisamment proche d'elle pour risquer sa vie afin de la sauver.

— Comme quoi, il suffit de faire le bon choix, et...

Je m'interrompis en réalisant ce que j'étais en train de dire. Soudain, j'éclatai de rire.

— C'est ça !

Tout le monde me dévisagea, bouche bée.

— Ça y est, elle a pété les plombs, commenta Aphrodite. Il fallait bien que ça finisse par arriver...

— Pas du tout ! J'ai trouvé la réponse. Déesse, c'est tellement évident ! Ces novices ne sont pas ultra doués. Ils ont juste fait le bon choix.

Personne ne dit rien pendant plusieurs secondes, puis Damien reprit le fil de ma pensée.

— Nyx nous laisse la liberté de décider de nos actions.

— Et certains d'entre nous l'utilisent avec sagesse, enchaînai-je en lui souriant.

— Alors que d'autres font n'importe quoi, conclut Stark.

— Déesse ! C'est évident, en effet ! s'exclama Lenobia. Il n'y a pas de mystère dans l'attraction qu'exerce Kalona sur ces gens-là !

— C'est logique, déclara Damien. Je ne comprenais

pas pourquoi trois professeurs étaient capables de voir clair dans le jeu de Kalona et pas les autres. J'avais toujours cru que tous les vampires étaient extraordinaires.

— Et c'est vrai, pour la plupart, remarqua Lenobia.

— Néanmoins, trouver la vérité et emprunter le bon chemin dépend toujours d'un choix, fit Stark en me regardant. Aucun de nous ne doit l'oublier.

— Et si Nyx nous a réunis ici, enchaîna Lenobia, c'est pour nous rappeler que tous ses enfants possèdent un libre arbitre.

« C'est exactement ce qui se passe avec A-ya ! songeai-je. Je peux choisir de ne pas suivre son chemin. Mais cela ne signifierait-il pas que Kalona peut, lui aussi, opter pour le bien ? »

— Bon ! Avez-vous une idée de ce qu'on fait maintenant ? demandai-je.

— Absolument. Tu poursuis Kalona, et on vient avec toi, répondit Aphrodite. Écoutez, il a montré qu'il était maléfique, alors faisons le choix de le détruire. Ce n'est pas impossible, continua-t-elle, devançant mes protestations. Dans l'une de mes visions, Zoey l'éliminait.

— Des visions ? répéta Lenobia.

Aphrodite récapitula brièvement les deux dernières, sans mentionner que, dans l'une d'elles, je m'étais alliée à Kalona. Lorsqu'elle eut terminé, je me raclai la gorge et pris mon courage à deux mains.

— Dans la première, j'étais avec lui. Nous étions amants.

— Oui, mais dans l'autre, tu as réussi à le vaincre, contra Lenobia.

— Cela ne fait aucun doute, confirma Aphrodite, même si tout le reste était embrouillé. Donc, elle doit aller le chercher, insista-t-elle.

— Ça ne me plaît pas ! intervint Stark.

— À moi non plus, dit Lenobia. J'aimerais avoir plus de détails sur ce qui a entraîné le dénouement de chaque vision.

— Déesse ! Quelle idiote ! m'écriai-je en fouillant dans ma poche. J'avais oublié le poème de Kramisha.

— Moi aussi, fit Aphrodite, mais c'est normal, je déteste la poésie.

— Ce qui m'étonne beaucoup, dit Darius en entrant dans la pièce, suivi de Lucie et de Shaunee. Quelqu'un de ton intelligence devrait apprécier la poésie.

Elle lui sourit gentiment.

— Je l'apprécierais peut-être si tu m'en lisais. Cela dit, j'aimerais tout ce que tu pourrais me lire.

— Cool, on n'a pas raté la lecture du poème, s'écria Lucie.

Elle se laissa tomber à côté de moi et se mit à caresser Nala.

— Je suis curieuse de savoir ce que Kramisha a bien pu sortir cette fois-ci.

Je pris la feuille.

— Bon, alors je vais le lire à voix haute :

Une épée à double tranchant
Un côté détruit
L'autre libère
Je suis ton nœud gordien
Me libéreras-tu ou me détruiras-tu ?

TENTÉE

Suis la vérité et tu
Me trouveras sur l'eau,
Me purifieras par le feu
Plus jamais emprisonné par la terre
L'air te chuchotera
Ce que l'esprit sait déjà :
Que même brisé,
Tout est possible
Si tu as la foi
Alors, tous deux, nous serons libres.

— Ça me coûte de l'admettre, mais même moi, je vois que c'est un message de Kalona pour Zoey, dit Aphrodite, rompant le lourd silence.

— Oui, c'est bien ce qu'il me semble aussi, fit Lucie.

— Eh zut !

CHAPITRE VINGT-HUIT

Zoey

Ç a ne me plaît pas, dit encore Stark.

— On a compris, lança Aphrodite. Ça ne plaît à personne, mais ça ne change rien au poème.

— À la prophétie, rectifia Damien. Les poèmes de Kramisha sont prophétiques par nature.

— Ce qui n'est pas forcément une mauvaise chose, intervint Darius. Si nous disposons d'une prophétie, cela signifie que nous avons un avertissement.

— Ce poème, combiné aux visions d'Aphrodite, est un outil puissant pour nous, commenta Lenobia.

— Si l'on parvient à le déchiffrer, remarquai-je.

— On y est parvenus la dernière fois, me rappela-t-elle. Celui-là aussi, on le déchiffrera.

— Quoi qu'il en soit, je pense que nous sommes tous d'accord sur le point que Zoey doit poursuivre Kalona, déclara Aphrodite.

— C'est pour ça que j'ai été créée, soupirai-je. J'ai l'impression d'être une boule de neige géante qui roule sur le flanc d'une montagne, mais je ne peux pas ignorer la vérité. Or, la vérité, c'est que je suis liée à Kalona. Je m'en souviens, et cela rend la situation encore plus difficile, mais quelque chose en moi a déjà réussi à le vaincre. Je pense qu'il faut que je trouve ce que c'est, et que je choisisse de le combattre.

— Peut-être pour de bon, cette fois, dit Lucie.

— Je l'espère.

— Tu ne seras pas seule, me promit Stark.

— On est avec toi ! s'écrièrent les jumelles.

— Un pour tous, tous pour Zoey ! s'exclama Damien.

Je regardai Aphrodite. Elle poussa un soupir excédé.

— D'accord, d'accord... Je suis le troupeau de ringards.

— Toi non plus, tu ne seras pas seule, ma beauté, lui dit Darius en passant un bras autour de ses épaules.

Je ne m'aperçus pas sur le coup que Lucie ne s'était pas proposée de se joindre à nous.

— C'est bien beau, toute cette solidarité, mais on ne peut rien faire tant qu'on ne saura pas où se trouve Kalona, remarqua Lenobia.

— Dans mon rêve, il était sur le toit d'un château, au milieu d'une île.

— Quelque chose t'a-t-il semblé familier ? demanda Damien.

— Non. Mais c'était très joli. L'eau était incroyablement bleue, et il y avait plein d'orangers.

— Cela ne nous aide pas beaucoup ! observa Aphrodite. Il y a des orangers un peu partout, en Floride, en Californie, en Méditerranée... Et, dans toutes ces régions, il y a des îles.

— Il n'est pas en Amérique, répondis-je automatiquement. Je ne sais pas comment je le sais, mais j'en suis sûre.

— Alors, ce doit être vrai, dit Lenobia.

Sa confiance en moi me faisait du bien, mais me rendait également nerveuse et nauséeuse.

— Bien, fit Lucie. Peut-être que tu arriverais à situer cet endroit si tu arrêtais d'y penser pendant un moment.

— La péquenaude, tu racontes n'importe quoi ! lança Aphrodite. Je vais te traduire en anglais, Zoey. Tu as su sans te creuser la tête qu'il n'était pas en Amérique. Peut-être que tu réfléchis trop. Tu devrais te détendre et laisser les souvenirs affluer.

— C'est exactement ce que j'ai dit ! marmonna Lucie.

— Elles se comportent comme nous deux ! ajouta Shaunee.

— C'est hilarant, enchérit Erin.

— La ferme ! lancèrent Lucie et Aphrodite en chœur.

Les Jumelles se tordirent de rire.

— Hé, qu'est-ce qui se passe ? demanda Jack en entrant dans la chambre.

Il y avait encore des traces de larmes sur ses joues, et il avait un regard hanté. Il alla s'asseoir à côté de Damien.

— Rien, les Jumelles font leur show.

— Bon, ça suffit ! dit Lenobia. Ce n'est pas en vous chamaillant que vous localiserez Kalona.

— Je sais où il est, annonça Jack avec nonchalance.

— Quoi ? souffla Damien, alors que nous dévisagions tous son petit ami, bouche bée.

— C'est fastoche, reprit Jack en brandissant son iPhone. Internet fonctionne à nouveau, et Twitter s'affole. La nouvelle de la mort mystérieuse de Shekinah a fait le tour du monde. Neferet s'est pointée au Conseil supérieur à Venise pour annoncer qu'elle était l'incarnation de Nyx et Kalona, Érebus revenu sur terre, et qu'elle devrait être la nouvelle grande prêtresse des vampires.

Nous le regardions tous sidérés. Jack fronça les sourcils.

— Je n'invente rien, promis. Tout est là.

Il tendit son téléphone à Darius.

— Tu es brillant ! le félicita Damien.

Là, tous se mirent à parler en même temps. Tous, sauf Stark et moi. Heath, qui nous rejoignit à ce moment-là, hésita une seconde, puis contourna le lit et se laissa tomber à côté de moi.

— Alors, quoi de neuf, Zo ?

— Jack a localisé Kalona et Neferet, répondit Lucie à ma place.

— C'est bien, commenta-t-il en croisant mon regard. Enfin, peut-être pas...

— Pourquoi ce ne serait pas bien ? l'interrogea Lucie.

— Demande à Zoey.

— Que se passe-t-il, Zoey ? voulut savoir Damien, faisant taire les autres.

— Dans mon rêve, Kalona n'était pas à Venise, j'en suis sûre ! déclarai-je. J'ai vu des photos de la ville et, sauf erreur de ma part, il n'y a pas de montagnes là-bas.

— En effet, répondit Lenobia. J'y suis allée plusieurs fois.

— Peut-être est-ce bon signe si tu ne connais pas l'endroit où se situe ton rêve, dit Aphrodite. Ça signifie qu'il n'est pas aussi réel que tu le croyais.

— Peut-être...

— Ça ne m'inspire rien de bon ! dit Stark.

Je réprimai un soupir d'irritation, me doutant qu'il avait espionné mes pensées. Aphrodite ignora son intervention.

— Vous vous souvenez que, dans mes visions, j'ai vu Neferet et Kalona devant une assemblée de sept vampires puissants ?

J'acquiesçai.

— Le Conseil supérieur des vampires ! s'exclama Lenobia. Pourquoi n'y ai-je pas pensé ?

Elle secoua la tête, l'air contrarié.

— Je suis d'accord avec Aphrodite, reprit-elle. Zoey, tu as peut-être accordé trop d'importance à ces rêves. Kalona te manipule.

— Non, je vous assure qu'il n'était pas à Venise. Il était...

Je me frappai le front.

— Mince ! Kalona n'était pas à Venise dans mon dernier rêve, mais dans un autre, si. Il disait qu'il aimait cet endroit, que c'était un lieu de pouvoir... Qu'il y avait des forces très anciennes là-bas, et qu'il comprenait pourquoi *ils* l'avaient choisi.

— Il devait parler de nous, les vampires, dit Lenobia.

Je réfléchis quelques instants.

— Mais était-ce vraiment Venise ? J'ai bien vu des gondoles et une grosse horloge, mais elles étaient loin, et...

— Zoey, ce n'est pas pour être méchante, mais tu ne fais jamais tes devoirs ? me coupa Lucie.

— Quoi ?

— L'île de San Clemente, dit Lenobia.

— Quoi ? répétai-je brillamment.

Damien soupira.

— Tu n'aurais pas ton *Manuel du novice* ici ?

Il se leva et alla fouiller dans mon bureau. Il feuilleta le livre pendant quelques secondes seulement (à croire qu'il le connaissait par cœur), puis me le tendit. Je reconnus aussitôt le superbe paysage couleur saumon qui avait servi d'arrière-fond à ce rêve-là.

— C'est bien ça ! fis-je, sous le choc. Nous étions sur ce banc, juste là.

Aphrodite s'écarta de Darius pour jeter un coup d'œil par-dessus mon épaule.

— Bon sang ! J'aurais dû reconnaître cet endroit ! Je vous jure que ça m'a rendue débile, de redevenir humaine.

— Qu'est-ce qu'il y a, Aphrodite ? demanda Stark.

— C'est le palais qu'elle a vu dans la deuxième vision de ma mort, répondis-je à sa place. Ça va vous paraître stupide, mais je n'avais pas fait le rapprochement. C'est là qu'elle m'a vue me noyer ! Mais quand je me suis réveillée, je… je me suis laissé distraire, terminai-je en regardant Stark dans les yeux.

C'était lui qui m'avait réveillée ce jour-là, à l'époque où il commençait tout juste à choisir le bien.

Je me tournai vers Aphrodite.

— Tu te souviens, tu avais dit que je mourais parce que j'étais seule. C'était la période où tout le monde m'en voulait. Mais comme je ne suis plus seule, cette vision ne se réalisera pas.

— Tu n'étais pas complètement seule, objecta Aphrodite. J'ai aperçu le visage de Stark juste avant que tu ne te noies. Il était là.

— N'importe quoi ! Je ne permettrais jamais qu'il lui arrive quelque chose ! explosa-t-il.

— Du calme ! Je n'ai pas prétendu que c'était ta faute. J'ai juste dit que tu étais là, répondit-elle froidement.

— Qu'est-ce que tu as vu d'autre ? demanda Heath en se redressant comme un combattant.

— Aphrodite a eu deux visions dans lesquelles Zoey se faisait tuer, expliqua Damien. Dans la première, elle était décapitée par un Corbeau Moqueur.

— Ça a failli arriver, lâcha Heath. J'étais là ! Elle a toujours la cicatrice.

— Je vous signale que ma tête n'est pas tombée ! fis-je. Et maintenant que mon cerveau fonctionne correctement, je ne me noierai pas.

— Tu es sûre que la deuxième vision montrait l'île de San Clemente, le siège du Conseil supérieur ? intervint Lenobia.

— Oui, répondit Aphrodite en désignant le livre. C'est le palais que j'ai vu alors qu'elle mourait.

— Bon, eh bien, je ferai très attention, c'est tout ! dis-je.

— Oui, on prendra les mesures nécessaires, annonça Lenobia.

J'essayai de ne pas montrer à quel point je me sentais oppressée. Cela signifiait-il qu'ils n'allaient jamais me laisser tranquille ? Stark se taisait, mais son langage corporel traduisait toute sa frustration.

— Attendez, je viens de penser à quelque chose ! s'écria Damien en prenant le *Manuel du novice*.

Il en tourna quelques pages, puis me sourit d'un air victorieux.

— Je sais où se trouve Kalona ! Et tu as raison, il n'est pas à Venise. Est-ce l'endroit où tu te trouvais dans ton dernier rêve ?

Sur la page qu'il désignait, en plus de beaucoup de texte que je n'avais évidemment pas lu, je découvris l'image d'une île vallonnée et teintée de bleu par la mer. Je distinguai le contour familier d'un château.

— Oui, dis-je solennellement. C'est là que je me trouvais. Où est-ce ?

— En Italie. C'est l'île de Capri, répondit Lenobia, le site antique du premier Conseil supérieur des vampires. Il a été déplacé à Venise en 79 après J.-C.

À mon grand soulagement, plusieurs visages trahissaient une perplexité identique à la mienne. Ce n'était pas le cas de Damien, qui prit sa voix de professeur.

— Les vampires étaient les protecteurs de Pompéi. Le Vésuve est entré en éruption en 79. Capri se trouve non loin de Pompéi.

— Oh, oui, je me souviens d'avoir lu quelque chose là-dessus, dit Lucie.

Pas moi, vu que j'avais juste survolé le chapitre en question... à en juger par la façon dont les Jumelles gigotaient, elles étaient dans le même cas que moi.

— Très intéressant ! commentai-je. Oui, c'est bien l'île de mon rêve. Mais pourquoi serait-il là-bas, si le

Conseil supérieur n'y siège plus depuis presque deux mille ans ?

— Il veut restaurer les traditions, déclara Stark. Il ne cesse de le répéter.

— Alors, il est à San Clemente ou à Capri ? demandai-je, confuse.

— D'après Twitter, il est passé devant le Conseil supérieur avec Neferet il y a à peine quelques heures, répondit Jack.

— Mais je parie qu'il est basé à Capri, enchaîna Stark.

— Eh bien, on va devoir faire un saut en Italie ! conclut Damien.

— J'espère que vos passeports sont en ordre, bande de ploucs, lança Aphrodite.

CHAPITRE VINGT-NEUF

Zoey

— N e sois pas aussi désagréable, Aphrodite ! riposta Lucie. Tu sais bien que tous les novices reçoivent un passeport dès qu'ils sont marqués. Cela fait partie du processus d'émancipation.

— J'en ai un, moi aussi, dit Heath, même si je ne suis pas marqué.

Au lieu de hurler : « Tu ne viens pas avec nous – tu vas te faire tuer ! » et de l'humilier devant mes amis, je me concentrai sur la logistique.

— Comment on va aller en Italie ?

— En première classe, j'espère, marmonna Aphrodite.

— Ça, c'est ce qu'il y a de plus facile, déclara Lenobia. On prendra le jet de la Maison de la Nuit. Enfin, vous le prendrez. Je n'irai pas.

— Vous ne venez pas avec nous ? demandai-je, le ventre noué.

J'étais atterrée : Lenobia était sage et très respectée par la communauté des vampires.

— Elle ne peut pas, expliqua Jack. Elle doit rester ici avec Dragon et s'assurer que l'école ne passe pas définitivement du côté obscur.

Lenobia lui sourit.

— Tu as raison. Je ne me permettrais pas de quitter la Maison de la Nuit en ce moment. C'est toi qui vas prendre les commandes, dit-elle en posant les yeux sur moi. Tu en es capable.

« Mais je me suis plantée plein de fois ! m'affolai-je. Je ne suis même pas sûre de me faire confiance quand il s'agit de Kalona ! »

— Mais quelqu'un doit révéler au Conseil supérieur de Nyx ce qu'ont vraiment en tête Kalona et Neferet ! protestai-je. Je ne peux pas le faire. Je ne suis qu'une novice !

— Non, Zoey, tu es notre grande prêtresse, la première grande prêtresse novice, et ils t'écouteront parce que Nyx est avec toi. C'est évident pour moi, comme cela l'était pour Shekinah. Ce sera pareil pour eux.

Tout le monde m'adressait des sourires d'encouragements, ce qui me donnait envie de vomir.

— Bon, on part quand ? demandai-je, me retenant d'éclater en sanglots.

— Dès que possible, répondit Lenobia. Nous ne savons pas quels dégâts Kalona est en train de causer en ce moment. Pense au désastre qu'il a provoqué ici en aussi peu de temps.

— C'est presque l'aube. Il va falloir attendre que le soleil se couche, dit Stark d'une voix tendue. Maintenant que la tempête est finie, Lucie et moi risquons de frire dans l'avion.

— Vous partirez le soir, décida Lenobia. En attendant, faites vos bagages, mangez, et reposez-vous. Je m'occupe de l'organisation.

— Je ne pense pas qu'il faille que Zoey se rende sur l'île de San Clemente ! dit Stark. C'est là qu'Aphrodite l'a vue se noyer !

— Stark, elle m'a aussi vue me faire décapiter ici, à Tulsa. Or, cela n'est pas arrivé, car mes amis ne m'ont pas tourné le dos. L'endroit où je suis n'a pas d'importance. Ce qui compte, c'est que je sache que je suis en danger et que vous surveilliez mes arrières.

— Mais j'étais dans sa vision, et tu es quand même morte ! Si je ne peux pas te protéger, qui en sera capable ?

— Moi, dit Darius.

— Et l'air, dit Damien.

— Le feu peut faire des sacrés dégâts, lança Shaunee.

— Je rappelle que je contrôle l'eau ! Il n'est pas question que je laisse Zoey se noyer, déclara Erin, indignée.

— La terre protégera toujours Zoey, dit Lucie, le regard triste.

— Je suis peut-être humaine, mais je suis vicieuse. Si quelqu'un veut s'en prendre à Darius et au troupeau de ringards, il faudra qu'il me passe sur le corps ! s'écria Aphrodite.

— Et il ne faut pas m'oublier, moi non plus, fit Heath.

— Tu vois, dis-je à Stark, émue. Tout ne repose pas sur toi. Ensemble, nous sommes très forts.

Il soutint mon regard, et je compris à quel point il

était torturé. Le fait qu'Aphrodite lui apprenne qu'il avait assisté à ma mort dans sa vision, impuissant, avait suffi à ébranler son assurance.

— Tout ira bien, je te le promets, insistai-je.

Il hocha la tête et détourna les yeux, comme s'il ne supportait plus de me regarder.

— Bon, on se bouge ! lança Lenobia. Ne vous chargez pas trop, prenez chacun un bagage à main avec l'essentiel.

Je vis Aphrodite pâlir, horrifiée, et je dus toussoter pour dissimuler un fou rire. Lenobia se dirigea vers la porte, puis s'arrêta.

— Je vous retrouverai à la cafétéria au coucher du soleil. Zoey, ne dors pas seule. Il ne faut pas que Kalona s'introduise dans ton esprit. Cela gâcherait l'effet de surprise.

— D'accord.

— Soyez bénis.

— Soyez bénie, répondîmes-nous en chœur.

Après que Lenobia eut fermé la porte, personne ne dit rien pendant un moment. Nous étions tous un peu sonnés : nous allions en Italie, parler devant le Conseil supérieur des vampires !

— Que va-t-on faire de Duchesse et des chats ? s'inquiéta Jack.

Je regardai Nala, qui ronronnait sur mes genoux.

— Ah, zut....

— Impossible de les amener avec nous ! déclara Stark. Les chats vont se débrouiller tous seuls, mais ils ne vont pas être contents quand on reviendra... Ils sont tellement rancuniers ! Quant à la chienne, Lenobia va s'occuper d'elle.

— Bon, je vais faire mes tout petits bagages, annonça Aphrodite, l'air résigné, tu viens avec moi, Darius ?

— Inutile de me le demander deux fois, répondit le combattant. Sois bénie, prêtresse.

— On ferait bien d'y aller, nous aussi, dit Damien en entraînant Jack.

Je restai seule avec Stark, Heath et Lucie.

— Heath, tu veux dormir avec Zoey ? proposa Stark à ma grande surprise.

— Tu sais, si je pouvais, je dormirais toujours avec elle !

Je lui donnai un coup de poing dans le bras, mais cela n'effaça pas son sourire idiot.

— Et toi ? m'adressai-je à Stark.

— Je vais faire le tour du périmètre avant le lever du soleil, répondit-il en fuyant mon regard, et voir si Lenobia n'a pas besoin d'aide. Ensuite, j'irai me chercher quelque chose à manger.

— Où vas-tu dormir ?

— Je trouverai bien un coin obscur.

Il posa le poing sur son cœur et s'inclina, puis s'en alla, me laissant sous le choc.

— Il flippe à cause de la vision d'Aphrodite, expliqua Lucie, qui fouillait dans ses tiroirs.

— Ne t'en fais pas pour Stark, dit Heath. Il est en colère contre lui-même, pas contre toi.

— Je te remercie d'essayer de me remonter le moral, mais c'est vraiment trop bizarre de te voir prendre le parti de Stark !

— Hé, je suis de ton côté, bébé ! lança-t-il avant de s'étirer et de passer le bras autour de mes épaules.

— Heath, tu veux bien me rendre un grand service ? demanda Lucie.

— Bien sûr !

— Va dans la cuisine – c'est à droite quand tu es dans la salle commune – et trouve-nous quelque chose à manger. Il y a toujours plein de sandwichs dans les frigos.

— Oui, Lucie, pas de problème.

Il me serra contre lui et m'embrassa sur le front. Arrivé devant la porte, il se retourna vers Lucie.

— Mais la prochaine fois que tu auras envie de parler à Zoey en privé, il suffira que tu me préviennes. J'ai beau être humain et jouer au foot, je ne suis pas stupide.

— J'y penserai.

Il me fit un clin d'œil et partit.

— Zoey, je ne peux pas vous accompagner en Italie, lâcha Lucie sans préambule.

— Quoi ? Mais il le faut ! Tu représentes la terre ! Mon cercle ne sera pas complet !

— Tu as déjà formé un cercle sans moi. Aphrodite me remplacera, si tu l'aides.

— Ça ne marchera pas !

— Tu lui as donné l'esprit, et ça a marché. Refais la même chose.

— Lucie, j'ai besoin de toi !

Elle baissa la tête.

— Je t'en prie, n'insiste pas. Je dois rester. Je n'ai pas le choix. Les novices rouges ont encore plus besoin de moi que toi.

— Ce n'est pas vrai ! Ils sont à l'école, entourés de vampires adultes, et même si ces derniers se comportent bizarrement, leur présence permettra aux novices de ne pas rejeter la Transformation.

— Il n'y a pas que ça. Il ne s'agit pas seulement d'eux...

— Oh, non, Lucie ! Ne me dis pas que tu penses à tes protégés qui ont fait le mauvais choix !

— Je suis leur grande prêtresse, dit-elle calmement, son regard me suppliant de la comprendre. Ils sont sous ma responsabilité. Avant que tu ne leur fasses quelque chose d'horrible à ton retour d'Italie, je veux encore leur parler pour les convaincre de retrouver leur humanité.

— Lucie...

— Zoey ! Tu sais comment nous étions avant moi, Start et les moines rouges. Mais nous avons changé. Nous avons choisi de tourner le dos aux ténèbres. Je ne peux m'empêcher de croire que les autres sont capables de faire la même chose. Laisse-moi essayer !

— Et s'ils te faisaient du mal ?

Elle éclata de rire.

— Ah, bon sang, Zoey ! c'est impossible. Ils sont sous la terre. S'ils tentent quoi que ce soit, je peux demander à mon élément de leur botter les fesses, et ils le savent, crois-moi !

Elle alla s'asseoir sur son lit, en face de moi.

— J'aimerais partir avec toi, Zoey vraiment. Tu cours un bien plus grand danger que moi ! Mais je dois donner une autre chance à ces novices. Tu comprends ?

— Oui. C'est juste que tu m'as beaucoup manqué et que j'aurais voulu que tu sois à mes côtés.

— Toi aussi, tu m'as manqué, dit-elle, les yeux pleins de larmes. Ça a été horrible de te cacher des choses ! J'avais tellement peur que tu ne me comprennes pas...

— Je sais ce que c'est, d'avoir des secrets, Lucie. Ça craint.

— C'est un euphémisme, commenta-t-elle. Elle se tut un instant avant d'ajouter :

— Nous sommes toujours meilleures amies, hein ?

— Oh oui, pour toujours !

Elle se jeta sur moi et me serra contre elle avec une telle force que Nala se réveilla et grommela.

Heath entra dans la chambre à ce moment-là, les bras pleins de nourriture. Il s'arrêta sur le seuil, l'air gêné.

— Si je vous dérange, vous n'avez qu'à...

— Entre, idiot, dit Lucie, et fais voir ce que as dégoté !

Elle passa en revue ses trouvailles avant de lancer :

— C'est bien ! Mangeons, dit Lucie. Ensuite, j'aiderai Zoey à faire ses bagages, et on pourra dormir, enfin. Heath, je te préviens : j'ai un sommeil très léger, alors tu es sage, compris ?

— Oui, hélas, répondit-il avec un soupir à fendre l'âme.

Je commençais à m'endormir, blottie confortablement dans les bras familiers de mon ami de toujours, quand une pensée me frappa : Heath ne pouvait pas venir avec nous !

— Heath, chuchotai-je, il faut qu'on parle.

— Tu as changé d'avis sur la nature de nos relations ?

Je lui donnai un coup de coude.

TENTÉE

— Aïe ! Quoi ?

— Je ne veux pas que tu te mettes en colère, mais tu ne viens pas avec moi en Italie.

— Bien sûr que si !

— Maintenant que la tempête est finie, poursuivis-je, les cours vont reprendre au lycée, et...

— Je rattraperai tout en rentrant, me coupa-t-il.

Je tentai une autre tactique.

— C'est ton dernier semestre avant l'université. Si tu as de mauvaises notes maintenant, tu n'auras pas ta bourse. Pense aussi à tes parents ! Ils ne te laisseront jamais partir.

— Ils ne peuvent pas m'empêcher. J'ai dix-huit ans.

— Heath, s'il te plaît. Je me sens déjà suffisamment mal à cause du bazar que j'ai mis dans ta vie ! Je ne veux pas être responsable de l'échec de ton dernier semestre, de la punition que tes parents vont te coller et des dangers que tu vas courir si tu nous accompagnes.

— Je suis capable de prendre soin de moi.

— Bon ; alors, faisons un compromis. Tu vas les appeler ce soir pour leur demander la permission. S'ils disent oui, tu viens ; sinon, tu ne bouges pas d'ici et tu retournes au lycée.

— Est-ce que je dois leur parler de Kalona et de tout le reste ?

— Surtout pas ! Il ne faut pas que quiconque sache qu'un immortel déchu et une grande prêtresse cinglée essaient de conquérir le monde.

— OK, ça me va, fit-il après avoir réfléchi quelques instants.

— Promis ?

— Promis.

— Tant mieux, parce que je vais écouter la conversation ; comme ça, tu ne pourras pas m'embistrouiller.

— Ce mot n'existe pas, Zo.

— Dans ma langue, si. Maintenant, dors.

Il me serra contre lui.

— Je t'adore, Zo.

— Moi aussi, je t'adore.

— Je te protégerai.

Je m'endormis dans ses bras, détendue ; ma dernière pensée consciente fut de ne pas oublier de le féliciter d'avoir un corps aussi musclé.

La pensée suivante, en revanche, n'était pas du tout apaisante : « Qu'est-ce que je fiche encore sur le toit de ce château ? »

CHAPITRE TRENTE

Zoey

C'était le même château, cela ne faisait aucun doute. Les orangers ployaient sous le poids des fruits qui embaumaient la brise fraîche. Au centre, la même fontaine : une femme nue, de l'eau coulant d'entre ses mains levées. Je compris enfin pourquoi elle me paraissait familière : elle me faisait penser à Nyx. Alors, je me souvins de ce que j'avais appris sur cet endroit : c'était le site antique du premier Conseil supérieur des vampires. Il n'était donc pas étonnant que la statue ressemble à la déesse. J'avais envie de m'asseoir sur le rebord de la vasque et d'inhaler le parfum d'agrumes et d'air marin.... Je ne voulais pas me tourner dans la direction que m'indiquait mon instinct, et voir celui qui, je le savais, se trouvait là. Mais, à l'image d'une boule de neige descendant le flanc d'une montagne, je ne pouvais contrôler l'avalanche qui m'entraînait. Je pivotai lentement...

Kalona était agenouillé à l'autre bout de la terrasse, face à la mer. Comme la dernière fois, il ne portait qu'un jean. Ses ailes noires écartées révélaient son dos bronzé. Il avait la tête penchée et semblait ignorer ma présence. Indépendants de ma volonté, mes pieds m'entraînèrent près de lui. Je pris alors conscience qu'il se tenait à l'endroit précis d'où je m'étais jetée dans le vide.

Tout à coup, je vis ses muscles se tendre. Ses ailes remuèrent, et il me regarda par-dessus son épaule.

Troublée, je constatai qu'il pleurait. Il avait l'air brisé, anéanti, complètement vaincu. Mais dès l'instant où il m'aperçut, il se métamorphosa. Son visage s'emplit d'une joie incroyable, et j'eus le souffle coupé par sa beauté incomparable. Il se leva et fit un pas vers moi avec un cri de bonheur.

Je crus qu'il allait me prendre dans ses bras, mais à la dernière seconde, il se ressaisit et se contenta de lever la main, comme pour me caresser la joue ; cependant ses doigts ne me touchèrent pas.

— Tu es revenue ! lâcha-t-il.

— Ce n'était qu'un rêve... Je ne suis pas morte, réussis-je à dire.

— Le royaume des rêves fait partie de l'au-delà ; ne sous-estime pas le pouvoir de ce qui s'y passe.

Il s'essuya le visage du dos de la main et, à ma grande surprise, poussa un petit rire embarrassé.

— Je dois te paraître ridicule. Je savais que tu n'étais pas morte, évidemment, mais cela m'a paru si réel, si... familier.

Je le dévisageais en silence, déroulée par cette version de Kalona, qui soudain se comportait plus en ange qu'en démon. Il me fit penser à l'immortel qui s'était fié à A-ya, se laissant prendre au piège de son étreinte avec une vulnérabilité qui me hantait encore. Ce Kalona-là n'avait rien à voir avec l'usurpateur qui avait tenté de me séduire dans mon rêve précédent.

Je plissai les yeux.

— Comment se fait-il que je sois encore là ? Je dors dans les bras de l'humain avec lequel j'ai imprimé. Lui et moi sommes plus que des amis. Vous ne devriez pas être capable d'entrer dans ma tête !

— Je ne suis pas dans ta tête ; tu ne m'as jamais appelé dans tes rêves. À chaque fois, j'ai attiré ton essence jusqu'à moi. C'était une invasion de ma part. Je n'y avais pas été invité.

— Ce n'est pas ce que vous prétendiez auparavant.

— Je mentais. Maintenant, je te dis la vérité.

— Pourquoi ?

— Parce que, pour la première fois, mes motifs sont purs. Je n'essaie pas de te manipuler ; je n'essaie pas de te séduire.

— Pourquoi vous croirais-je ?

— Que tu me croies ou non ne change pas la vérité. Tu es là, Zoey, alors que tu ne devrais pas. Cette preuve ne te suffit-elle pas ?

Je me mordillai la lèvre.

— Je ne sais pas. Je ne connais pas les règles qui s'appliquent ici.

— En revanche, tu connais le pouvoir de la vérité. Tu me l'as montré lors de ta dernière visite. Ne peux-tu pas l'utiliser pour juger de la véracité de mes propos ?

Grâce à Damien, je savais que « véracité » était un synonyme de vérité, ce qui m'a permis de ne pas me creuser les méninges pour comprendre de quoi il parlait.

Mais je ne savais pas quoi lui répondre. Il me déconcertait complètement. J'allais répliquer que c'était
impossible quand il me fit signe de me taire.

— Tu m'as demandé un jour si j'avais toujours été
comme aujourd'hui, et je t'ai menti. Aujourd'hui,
j'aimerais réparer cela. Me le permettras-tu, Zoey ?

Il m'avait encore appelée Zoey, et non A-ya, comme
il faisait d'habitude. Et il n'essayait toujours pas de me
toucher.

— Je..., je ne sais pas, bafouillai-je en reculant.

Je m'attendais à ce que le masque tombe et que
l'immortel séducteur réapparaisse.

— Comment comptez-vous vous y prendre ? ajoutai-je, méfiante.

Ses beaux yeux ambrés se voilèrent de tristesse. Il
secoua la tête.

— Ne crains rien, Zoey ! Si je tentais de te faire
l'amour, ce rêve se briserait, et tu te réveillerais dans
les bras d'un autre. Pour te montrer ce que je veux que
tu voies, je dois seulement tenir ta main.

Il me tendit la sienne. J'hésitai.

— Je te donne ma parole que la froideur de ma
passion ne te brûlera pas. Je sais que tu n'as aucune
raison de me faire confiance, mais touche-moi, et tu
verras que je ne te mens pas.

« Ce n'est qu'un rêve, me répétais-je. Quoi qu'il dise
sur l'au-delà, un rêve est un rêve. Ce n'est pas réel. »

Cependant, j'avais envie de connaître sa vérité. Je
posai donc ma main sur sa paume. Il ne m'avait pas
menti. Pour la première fois, sa peau glacée ne me brûla
pas.

— Je veux tu découvres mon passé.

Il agita sa main libre devant nous : on aurait dit qu'il essuyait une fenêtre invisible. Alors, l'air ondula et s'ouvrit, comme s'il avait déchiré un morceau de rêve.

— Que la vérité apparaisse ! s'écria Kalona.

Aussitôt, les épisodes du passé de l'immortel se mirent à défiler devant mes yeux.

La beauté de la première scène me coupa le souffle. Il était là, à moitié nu, comme toujours, une longue épée à la main. Une autre lame était rangée dans un fourreau attaché sur son dos. Et ses ailes étaient toutes blanches ! Il se tenait devant la porte d'un magnifique temple en marbre. Il avait l'air redoutable et noble — un véritable guerrier. Son expression s'adoucit, et je vis une femme remonter les marches du temple. Il lui sourit avec adoration.

« *Bonjour, Kalona, mon combattant !* » fit-elle.

Sa voix m'était familière... J'en restai bouche bée.

— Nyx ! soufflai-je.

— En effet, dit l'immortel. J'étais le combattant de la déesse.

La scène se transforma : Kalona maniait ses deux épées contre un adversaire noir, qui ne cessait de changer de forme. À un moment, c'était un énorme serpent ; l'instant d'après, une bouche ouverte emplie de dents luisantes, ou une sorte d'araignée hideuse, avec des griffes et des crocs.

— Qu'est-ce que c'est ?

— Les différents visages du mal, répondit lentement Kalona, comme s'il avait du mal à parler.

— Pourtant, vous étiez dans le royaume de Nyx !

Comment ces créatures du mal pouvaient-elles y entrer ?

— Le mal est partout, tout comme le bien. C'est ainsi que ce monde et l'au-delà ont été créés. Il doit y avoir de l'équilibre, même dans le royaume de Nyx.

— C'est pour ça qu'elle avait besoin d'un combattant ? demandai-je en regardant Kalona qui marchait derrière Nyx dans une prairie luxuriante, ses ailes immaculées étincelant au soleil.

— Oui, Zoey, et c'est toujours le cas.

Je réussis à détacher mon regard du Kalona d'autrefois pour fixer celui qui se tenait devant moi.

–Alors, pourquoi êtes-vous ici, et non pas à ses côtés?

Sa mâchoire se contracta et ses yeux s'emplirent de souffrance. Il me répondit d'une voix brisée :

— Regarde, et tu comprendras.

Il était à genoux devant Nyx, la déesse, et il pleurait. L'incarnation ressemblait tellement à la statue de Marie à l'abbaye bénédictine que cela me fit un choc. Cependant je me rendis compte que quelque chose n'allait pas chez Nyx. Son expression, contrairement à celle, sereine, de Marie était dure ; son visage comme taillé dans de la pierre.

« *S'il vous plaît, ne faites pas ça, ma déesse* », suppliait Kalona.

« *Je ne fais rien, Kalona*, dit Nyx, imperturbable, *c'est ton choix. Je donne un libre arbitre même à mes combattants, c'est à eux de l'utiliser avec sagesse* ».

J'étais choquée par sa froideur. Elle me rappelait Aphrodite telle qu'elle était avant.

— *Je n'y peux rien !* gémit Kalona. *Je suis comme ça. Ce n'est pas le libre arbitre, c'est de la prédestination.*

— *Moi, ta déesse, je te dis que ce que tu es n'est pas prédestiné. Ta volonté t'a façonné.*

— *Je ne peux pas m'empêcher de ressentir ce que je ressens ! Je ne peux pas m'empêcher d'être qui je suis !*

— *Tu te trompes, mon combattant ; tu dois donc payer le prix de ton erreur.*

Elle leva un bras et claqua des doigts. Aussitôt Kalona fut projeté violemment en arrière.

Il tombait, tombait dans le vide en hurlant. Enfin, il atterrit, ensanglanté, dans un champ. Je remarquai que ses ailes avaient pris en quelques instants leur couleur noir corbeau actuelle.

Avec un cri de douleur, Kalona effaça la vision du passé. Alors que l'air miroitait devant nous, il lâcha ma main et alla s'asseoir sur un banc sous un oranger. Sans rien dire, il regardait le bleu étincelant de la Méditerranée.

Je le suivis et me plantai devant lui.

— Pourquoi vous a-t-elle chassé ? Qu'avez-vous fait ?

Il me fixa dans les yeux.

— Je l'aimais trop, dit-il d'une voix dénuée de toute émotion.

— Comment peut-on trop aimer sa déesse ? fis-je, étonnée, avant que la réponse ne me vienne, évidente.

Il y avait différents types d'amour. Celui de Kalona pour Nyx était manifestement blâmable.

— J'étais fou de jalousie, lâcha-t-il, je détestais même Érebus !

Je battis des paupières, sous le choc : Érebus était le consort de Nyx, son amour éternel.

— J'étais tellement obsédée par elle que je ne pouvais plus la protéger. J'ai échoué en tant que combattant.

— C'est terrible, fis-je en pensant à Stark.

Il n'était à mon service que depuis quelques jours, et je savais déjà que, s'il échouait à me protéger, ce serait pour lui comme perdre son âme. Combien de temps Kalona avait-il été le combattant de Nyx ? Des siècles ?

Je compris que j'avais de la pitié pour lui. Mais je ne devais pas ! Il avait eu le cœur brisé, il avait été chassé du royaume de la déesse, mais ensuite il était devenu mauvais. Il était désormais le mal qu'il avait autrefois combattu !

Il hochait la tête, comme s'il pouvait lire dans mes pensées.

— J'ai fait des choses terribles. La chute m'a transformé : pendant très longtemps, j'ai été complètement insensible. J'ai cherché, siècle après siècle, quelque chose, quelqu'un qui pourrait panser la plaie que Nyx avait laissée dans mon âme, dans mon cœur. Quand je l'ai trouvée, je ne me doutais pas qu'elle n'était pas réelle, qu'elle n'était qu'une illusion créée pour me piéger. Je me suis jeté dans ses bras de mon plein gré. Sais-tu que, lorsqu'elle a commencé à redevenir argile, elle a pleuré ?

Je tressaillis : je savais de quoi il parlait. J'avais revécu cette scène.

— Oui, dis-je dans un murmure rauque. Je m'en souviens.

Il écarquilla les yeux, l'air bouleversé.

— Tu as des souvenirs d'A-ya ?

Je ne voulais pas lui avouer l'étendue de ce que je me rappelais, mais je ne pouvais pas mentir. J'ai donc choisi de dire une part de la vérité.

— Un seul. Je me souviens de m'être dissous. Et d'avoir pleuré.

— Je suis heureux que tu aies oublié tout le reste. Son esprit est demeuré avec moi, coincé dans l'obscurité pendant très, très longtemps. Je ne pouvais pas la toucher, mais je sentais sa présence. C'est grâce à cela que je n'ai pas perdu la raison.

Il frissonna et leva les deux mains, comme s'il voulait repousser ce souvenir, puis resta silencieux pendant un long moment.

— Ensuite, A-ya a disparu, finit-il par dire. Alors, j'ai commencé à appeler. J'ai crié au monde mon besoin d'être libre, et le monde m'a entendu.

— Vous parlez de Neferet ?

— Oui, mais elle n'est pas la seule Tsi Sgili à avoir répondu à mon appel.

Je secouai la tête.

— Ce n'est pas vous qui m'avez attirée à la Maison de la Nuit. J'ai été marquée pour Nyx ; c'est pour ça que j'y suis allée.

— Oh si, toi aussi, tu m'as entendu ! Oui, la partie de toi qui était autrefois A-ya a reconnu ma voix. Peut-être que la main de Nyx guidait ta réincarnation. Peut-être que la déesse t'a envoyée...

— Non !

Je voulais qu'il se taise. Mon cœur battait si fort que je craignais qu'il n'explose.

— Nyx ne m'a pas envoyée jusqu'à vous, et je ne suis pas A-ya, même si je possède quelques-uns de ses souvenirs ! Dans cette vie, je suis une personne à part entière avec une volonté et un esprit propres.

Son regard s'adoucit, et il me sourit tendrement.

— Je sais, Zoey, et c'est pour ça que mes sentiments pour toi sont aussi compliqués. Je suis sorti de terre afin de retrouver celle qui m'avait emprisonné, et je n'ai trouvé qu'une jeune fille dotée de libre arbitre prête à me combattre.

— Pourquoi vous me faites ça ? Pourquoi parlez-vous ainsi ? Ce n'est pas ce que vous êtes vraiment! hurlai-je pour chasser les sensations merveilleuses que ses mots éveillaient en moi.

— C'est arrivé quand tu t'es jetée du toit de ce château. Je me suis revu tomber moi-même, et j'ai senti mon cœur se briser à nouveau. Je n'ai pas pu le supporter. Je me suis juré que, si je pouvais t'attirer à moi encore une fois, je te montrerais la vérité.

— Pourtant vous êtes devenu le mal contre lequel vous luttiez autrefois !

Il détourna les yeux, mais j'eus le temps d'y lire de la honte.

— Oui, je sais.

— J'ai choisi un chemin différent. Je ne peux pas aimer le mal. Voilà la vérité !

— Et que se passera-t-il si je choisis de rejeter le mal ?

Prise au dépourvu, je dis la première chose qui me passa à l'esprit :

— Vous ne pourrez pas rejeter le mal tant que vous serez avec Neferet.

— Et si je n'étais maléfique qu'en présence de Neferet ? Et si, avec toi, j'optais pour le bien ?

— Impossible ! affirmai-je en secouant la tête.

— Pourquoi ? C'est déjà arrivé. Le combattant qui t'est attaché s'est détourné du mal !

— Non ! Vous n'êtes pas Stark. Vous êtes un immortel déchu, l'amant de Neferet. Vous avez violé des femmes, réduit des hommes en esclavage, massacré des gens. Vos fils ont failli tuer ma grand-mère ! L'un d'eux a assassiné Anastasia ! À cause de vous, les novices et les professeurs de la Maison de la Nuit se sont mis à douter de Nyx. Ils sont pleins de peur, de haine et de jalousie, comme vous l'étiez avec Nyx !

— Tu as sauvé Stark. Ne peux-tu pas me sauver, moi aussi ?

— Non ! m'écriai-je.

Je me redressai brusquement dans mon lit.

— Zo, tout va bien. Je suis là, dit Heath en se frottant les yeux d'une main et en me caressant le dos d'une autre.

Je poussai un long soupir.

— Oh, déesse !

— Que se passe-t-il ? Un mauvais rêve ?

— Oui, oui. Un rêve très étrange.

Je regardai l'autre lit : Lucie n'avait pas bougé. Nala, blottie contre son épaule, éternua.

— Traîtresse ! fis-je en essayant de prendre une voix normale.

— Rendors-toi, dit Heath. Je commence à me faire

à cette inversion du jour et de la nuit, et il faut que je continue l'entraînement.

— Je me recroquevillai dans ses bras.

— Rendors-toi, répéta-t-il en bâillant. Tout va bien.

Je restai éveillée un long moment, souhaitant désespérément que ce soit vrai.

CHAPITRE TRENTE ET UN

Zoey

Est-ce que ça va, Zoey ? demanda Lucie en se séchant les cheveux avec une serviette.

Quand nous nous réveillâmes, au crépuscule, elle m'avait aidée à remplir mon sac pendant que Heath prenait sa douche, puis nous nous étions préparées l'une après l'autre. Je me rendis compte que, pendant tout ce temps, je n'avais fait que marmonner des monosyllabes chaque fois qu'elle ou Heath disaient quelque chose.

— Oui, ça va. Je pense à notre voyage.

En réalité, ça n'allait pas du tout. Je n'arrivais pas à oublier ce que Kalona m'avait montré dans mon rêve, et je ne voulais pas en parler à mes amis pour ne pas pouvoir les entendre me dire que sa nouvelle version n'était qu'un écran de fumée.

Heath me serra dans ses bras. Je sursautai.

— Tout va bien se passer, Zo. J'ai un bon pressentiment.

— Tu ferais mieux d'appeler tes parents. Je suis persuadée qu'ils ne te laisseront jamais partir en Italie avec moi.

— Avec toi, peut-être pas, mais avec ton école, c'est une autre histoire...

Avant que je ne puisse protester, il composa le numéro sur son portable.

— Allô, maman ? C'est moi...

— Oui, ça va.

— Oui, je suis encore avec Zoey.

Il me regarda.

— Ma maman te passe le bonjour.

— Dis-lui bonjour de ma part, répondis-je avant de murmurer : Ne tourne pas autour du pot !

Il hocha la tête.

— Justement, en parlant de Zo... Elle et d'autres élèves de la Maison de la Nuit partent en Italie, sur une île près de Venise, San Cle-quelque chose. Je voulais savoir si je pouvais les accompagner.

J'entendis sa mère hausser le ton et je réprimai un sourire ; j'avais été sûre qu'elle se mettrait dans tous ses états ! Seulement, je ne me doutais pas quel tour Heath avait dans son sac...

— Attends, maman ! C'est juste un voyage scolaire, comme celui de l'été dernier avec le prof d'espagnol, que je n'ai pas pu faire. On partirait huit jours, comme pour l'Espagne. D'ailleurs, je pourrais pratiquer l'espagnol, vu que l'italien, c'est un peu la même chose. OK, d'accord.

Il couvrit le téléphone de sa main.

— Il faut que je demande à mon père, chuchota-t-il.

J'entendis une voix plus basse.

TENTÉE

— Salut papa ! Oui, ça va. Oui, c'est ça, scolaire. Je ferai mes devoirs sur Internet.

Il écouta un instant en silence, puis s'écria :

— Vraiment? Fermé la semaine prochaine à cause des coupures de courant ? Waouh, ça tombe bien ! Et écoute ça, papa : on va voyager dans le jet privé de la Maison de la Nuit et séjourner sur l'île des vampires, alors ça ne nous coûtera rien.

Je grinçai des dents : je n'en revenais pas qu'il soit arrivé à embobiner ses parents aussi facilement ! Qu'est-ce qu'ils étaient naïfs ! Heath avait bu pendant des années, et ils ne l'avaient jamais remarqué, même quand il rentrait en sentant la bière à plein nez.

— Super, papa ! Merci beaucoup ! Oui, je vous appellerai tous les jours. Je finis de m'habiller, et je passerai en vitesse chercher mon passeport et des vêtements. Ah, dis à maman que nous ne devons prendre qu'un bagage à main. OK, à tout de suite !

Il raccrocha, souriant comme un écolier à qui l'on vient de donner une brique de lait chocolaté pour le goûter.

— C'était facile, commenta Lucie.

— J'avais complètement oublié ce voyage en Espagne que tu avais loupé, dis-je.

— Pas moi. Bon, je file chez moi. On se retrouve à l'aéroport. Vous m'attendez, hein !

Il m'embrassa, attrapa sa veste et sortit comme pour éviter que je lui annonce une bonne fois pour toutes qu'il ne venait pas avec nous.

— Tu vas vraiment le laisser venir avec vous ? demanda Lucie.

— Oui, répondis-je avec apathie. Il faut croire.

— Tant mieux. Je pense que c'est une bonne idée, à cause du sang.

— Du sang ?

— Zoey, c'est l'humain avec lequel tu as imprimé ! Son sang est hyper bon pour toi. Tu vas être dans une situation dangereuse, face à Neferet, Kalona et au Conseil supérieur, alors tu auras bien besoin de forces.

— Oui, tu as sans doute raison.

— Zoey, qu'est-ce qu'il y a ?

— De quoi tu parles ?

— Tu te conduis comme un zombie ! C'est quoi ce rêve « étrange » que tu as fait ?

— Je pensais que tu dormais.

— Je faisais semblant, par discrétion...

— N'importe quoi ! Heath était resté avec moi juste pour...

— N'essaie pas de changer de sujet ! Allez, raconte !

Je soupirai. Lucie était ma meilleure amie, je devais lui dire la vérité.

— J'ai rêvé de Kalona.

— Il est entré dans ton rêve alors que tu dormais avec Heath ?

— En fait, c'était plus une vision qu'un rêve.

— Une vision de quoi ?

— De son passé, d'avant sa chute.

— Comment ça ?

J'inspirai profondément et je lâchai :

— Il était le combattant de Nyx.

— Oh, déesse ! s'écria-t-elle en se laissant tomber sur son lit. Tu en es sûre ?

— Oui…. Non… Aucune idée ! Ça avait l'air réel, mais de là à avoir une certitude… Oh, non !

— Quoi ?

— Dans mon souvenir, je… A-ya, enfin, A-ya prétendait que Kalona n'était pas fait pour ce monde, dis-je en serrant mes mains l'une contre l'autre pour les empêcher de trembler. Et elle l'a appelé son « combattant ».

— Comme si elle savait qu'il avait été le combattant de Nyx ?

— Aucune idée ! répétai-je.

— Tu devrais mettre Lenobia au courant !

— Non ! Lucie, tu n'en parles à personne, tu m'entends ? Ils savent déjà que je suis une sorte de réincarnation d'A-ya, ajoutée aux visions d'Aphrodite, cela leur ferait peur, et ils penseraient que je risque de perdre la tête et de me remettre avec lui, ce qui n'arrivera pas !

Même si cela me donnait mal au ventre, c'était la vérité. Je ne pouvais pas être avec Kalona. C'était impossible !

Lucie me fixait avec empathie : j'étais sûre qu'elle ne trahirait pas mon secret.

— Tu veux comprendre qui il est vraiment par toi-même, n'est-ce pas ? demanda-t-elle.

— Oui. Ça te paraît stupide ?

— Non, répondit-elle avec fermeté. Certaines choses ne regardent que toi. Et parfois, ce qui paraît impensable se révèle bien différent de ce qu'on croyait.

J'eus l'impression qu'elle voulait continuer, mais un coup frappé à la porte l'en empêcha.

— Vous allez bouger, oui ? s'écria Aphrodite. Je vous rappelle que nous avons un avion à prendre !

— Nous sommes prêtes ! répondit Lucie en me jetant mon sac. Zoey, tu dois écouter ton instinct, comme Nyx te l'a toujours conseillé. Oui, tu as fait des erreurs dans le passé. Moi aussi. Mais nous avons toutes les deux choisi de suivre notre déesse, et au final, c'est tout ce qui compte.

Je hochai la tête, incapable de parler. Elle me serra dans ses bras.

— Tu feras ce qu'il faut, j'en suis sûre.

Je laissai échapper un rire qui ressemblait à un sanglot.

— Oui, mais après combien de plantages ?

— La vie est faite de plantages ! affirma-t-elle en me souriant. Et je commence à me dire qu'elle serait moins excitante si nous étions parfaits.

— Eh bien, moi, je serais ravie de m'ennuyer un peu !...

Nous riions quand nous sortîmes de la chambre. Aphrodite semblait de mauvaise humeur.

— C'est de la triche ! fis-je en désignant son « bagage à main », qui était en fait une valise pleine à craquer.

— Non, c'est de l'improvisation, déclara-t-elle.

— Joli sac ! remarqua Lucie.

Je les suivis jusqu'à la cafétéria alors qu'elles discutaient des mérites comparés des différentes marques de bagages. Je les entendais à peine. Mon esprit était à des kilomètres de là, au milieu d'un rêve.

La salle était bondée, mais bizarrement calme lorsque Aphrodite, Lucie et moi retrouvâmes les Jumelles, Damien et Jack, qui dévoraient des œufs au bacon. Comme je m'y attendais, les novices me lançaient des regards assassins, en particulier les filles.

— Ignore-les ! murmura Aphrodite. Ce sont des garces.

— C'est étrange que Kalona continue à leur embrouiller l'esprit, dit Lucie pendant que nous remplissions nos assiettes.

— C'est un sale type, et Zoey doit s'occuper de lui une bonne fois pour toutes, intervint Aphrodite.

Soudain, mes œufs me parurent moins goûteux.

Nous étions tous serrés les uns contre les autres à notre table, à manger sous les regards assassins des autres élèves quand Stark nous rejoignit. Il avait l'air fatigué, et quand ses yeux croisèrent les miens, j'y lus de la tristesse, qui me rappela celle de Kalona quand il m'avait parlé de Nyx. « Stark pense qu'il n'a pas été à la hauteur », songeai-je.

Je lui souris pour le rassurer.

— Salut, dis-je doucement.

— Salut.

Soudain, je me rendis compte que tout le monde, nous observait. Stark se racla la gorge et tira une chaise.

— Darius et Lenobia sont déjà à l'aéroport, dit-il à voix basse. Je vais vous y conduire dans le Hummer.

Il regarda autour de nous, et son visage se détendit un peu.

— Je suppose que vous avez renvoyé Heath chez lui ?

— Pour récupérer son passeport, précisa Lucie.

Cette déclaration déclencha un véritable tumulte à notre table. Je soupirai et j'attendis que la tempête se calme.

— Oui, Heath vient avec nous. Point final.

Aphrodite haussa un sourcil.

— Ce n'est pas idiot, d'emmener la banque de sang avec toi ! Même le garçon à la flèche doit l'admettre.

— J'ai dit : « Point final », parce que je n'ai pas envie d'en parler. Et ce n'est pas une banque de sang.

— Par contre, Lucie ne vient pas avec nous, annonçai-je dans la foulée.

Mes amis la dévisagèrent, surpris.

— Tu ne pourras peut-être pas les sauver, dit Damien d'un ton solennel.

— Je sais, mais je vais quand même essayer.

— Hé, rends-moi service, et ne te fais pas tuer, d'accord ? lança Aphrodite Je suis sûre que ce serait drôlement désagréable pour moi.

— Promis ! fit Lucie.

— Et ne retourne pas là-bas toute seule, enchaîna Jack.

— Il a raison, c'est trop risqué, dit Stark.

Je me taisais : comment aurais-je pu prétendre que je savais comment bien faire les choses ? Heureusement, personne ne remarqua mon silence car, juste à ce moment-là, les novices rouges firent leur entrée, et tous les yeux se tournèrent vers eux.

— Je vais voir comment ils vont, dit Lucie.

Elle se leva et nous sourit.

— Dépêchez-vous de régler les problèmes là-bas et revenez vite !

Elle me prit dans ses bras.

— Tu vas y arriver, me souffla-t-elle à l'oreille.

— Toi aussi.

Sur ce, elle alla retrouver les novices rouges, qui nous saluèrent de loin. Lucie se comportait si normalement ! Elle leur parlait comme si ce n'était pas la première fois depuis leur mort qu'ils entraient dans la cafétéria ; du coup, son groupe se détendit, ignorant les regards en coin et les murmures.

— C'est une bonne meneuse, pensai-je à voix haute.

— J'espère que cela ne lui causera pas de problèmes, répliqua Aphrodite. Certaines personnes – en particulier les morts-vivants maléfiques – refusent d'être menés.

— Elle fera ce qu'il faut.

— Oui, mais eux ?

Ne sachant que dire, je me remis à manger.

— Vous êtes prêts ? demanda Stark au bout d'un moment.

— Moi, oui, répondis-je.

Tous les autres hochèrent la tête. Nous prîmes nos sacs et nous nous dirigeâmes vers la porte. Stark et moi fermions la marche.

— Salut, Zoey, entendis-je dans mon dos.

Erik ! Je m'arrêtai, imitée par Stark. Il avait les yeux rivés sur mon ex-petit ami.

— Salut, Erik, fis-je, sur la réserve.

— Bonne chance !

— Merci, dis-je, surprise par son expression neutre et l'absence de Vénus. Tu vas rester à l'école et reprendre les cours de théâtre ?

— Oui, mais seulement jusqu'à ce qu'ils trouvent un

autre professeur. Si je ne suis pas là à ton retour, je voulais que tu saches que...

Son regard passa de Stark à moi.

— Non, rien. Bonne chance.

— Oh, d'accord. Merci encore.

Il me contourna et sortit de la cafétéria, en courant.

— Bizarre... remarquai-je. Mais c'est gentil de sa part.

— Il en fait trop, déclara Stark en me tenant la porte.

— Oui, je sais, mais je suis quand même contente qu'il m'ait dit quelque chose de sympa avant notre départ. Je n'aime pas être en mauvais termes avec mes ex.

— Encore une raison pour laquelle je ne regrette pas de ne pas être ton petit ami.

Je me demandais si ce qu'il venait dire n'était pas un peu méchant quand il reprit :

— Ça s'est bien passé, tout à l'heure ? Tu m'as réveillé une fois.

— Oui, oui.

— Tu n'as pas mordu Heath, dit-il après une hésitation.

— Non, je me sentais bien, alors je n'en avais pas besoin, répondis-je d'un ton un peu trop sec.

— Je comprendrais que tu le fasses.

— Pourrait-on ne pas parler de ça maintenant ?

— Oui, d'accord.

Nous fîmes quelques pas en silence. Nous étions presque arrivés au parking lorsqu'il ralentit :

— Tu es en colère contre moi ?

— Non, pourquoi ?

Il haussa les épaules.

— D'abord, à cause de la vision d'Aphrodite, où je n'ai rien fait pour te sauver. Et maintenant Heath vient avec nous en Italie...

— Stark, les visions d'Aphrodite ne se réalisent pas forcément. De plus, elles nous permettent d'éviter le pire. Cette fois, c'est peut-être toi qui feras en sorte qu'il ne m'arrive pas malheur.

— Même si je ne peux pas m'exposer à la lumière du jour ?

Je compris soudain pourquoi le danger qui me guettait l'inquiétait autant : il craignait de ne pas être capable de m'aider en cas de besoin.

— Tu veilleras sur moi, même si tu n'es pas là physiquement.

— Tu le crois vraiment ?

— De tout mon cœur, lui assurai-je en toute honnêteté. Je ne voudrais avoir aucun autre vampire pour combattant. Je te fais confiance. Pour toujours.

Il se redressa comme si un poids de plusieurs tonnes avait quitté sa poitrine.

— Merci d'avoir dit ça, Zoey.

Je le fixai dans les yeux.

— Je pensais que tu le savais déjà.

— Oui, je m'en doutais, répondit-il, mais je voulais l'entendre.

Je me blottis dans ses bras et j'appuyai le visage contre son cou.

— Je te fais confiance, répétai-je. Je te ferai toujours confiance.

— Merci, ma dame, chuchota-t-il en me serrant très fort.

Je reculai et lui souris. Tout à coup, Kalona me parut très, très loin. Je ne voyais plus que Stark.

— On va s'en sortir ensemble – un combattant et sa dame, déclarai-je.

— C'est ce que je veux, affirma-t-il. Et que tout le reste aille au diable !

— Oui, au diable ! répétai-je, refusant de penser à Kalona.

L'immortel n'était qu'une éventualité effrayante, déconcertante ; Stark, une certitude. Je le pris par la main et l'entraînai vers le Hummer.

— En route, combattant !

CHAPITRE TRENTE-DEUX

Zoey

— Il y a sept heures de décalage entre ici et Venise, expliqua Lenobia, qui nous avait retrouvés devant le poste de contrôle des VIP. Vous atterrirez dans l'après-midi. Essayez de dormir autant que possible pendant le trajet. Le Conseil supérieur se réunira juste après la tombée de la nuit, et vous devrez être en forme.

— Comment Stark va-t-il supporter le soleil ? demandai-je.

— J'ai informé le Conseil de ses besoins. Ils m'ont assurée qu'il serait protégé. Ils sont très impatients de le rencontrer, curieux de voir un nouveau type de vampire.

— Curieux au point de vouloir m'examiner comme un rat de laboratoire ? voulut savoir Stark.

— Nous ne le permettrons pas, dit Darius.

— Je vous rappelle que le Conseil supérieur est composé des sept grandes prêtresses les plus anciennes et les plus sages. Elles ne se comportent pas de façon irresponsable.

— Elles sont toutes un peu comme Shekinah ? intervint Jack.

— Shekinah était la grande prêtresse de tous les vampires, si bien qu'elle était unique. Les membres du Conseil sont élus par l'ensemble de notre communauté et gardent leur poste pendant cinquante ans. Personne ne peut effectuer un deuxième mandat. Ils viennent du monde entier et sont réputés pour leur sagesse.

— Alors, ils devraient être suffisamment intelligents pour ne pas se laisser embobiner par Neferet et Kalona, dis-je.

— L'intelligence n'a rien à voir là-dedans, objecta Aphrodite. Il y a beaucoup de vampires super intelligents dans notre école qui se sont laissé dominer par Neferet et Kalona.

— Aphrodite a raison, déclara Damien.

— Il faut nous préparer à toute éventualité, enchaina Darius.

— Exactement ! acquiesça Stark.

Lenobia hocha la tête d'un air solennel.

— N'oubliez pas que l'issue de cette réunion pourrait changer la face du monde.

— Eh bien... On n'a pas du tout la pression ! lâcha Aphrodite.

Lenobia lui lança un regard perçant, puis se tourna vers Jack.

— Toi, tu devrais rester ici.

— Pas question ! Je vais là où va Damien.

— L'endroit où va Damien est dangereux.

— Raison de plus !

— À mon avis, ce serait bien qu'il vienne, coupai-je

leur échange. Il est impliqué dans cette histoire. Et puis, ajoutai-je, écoutant mon instinct, Jack a une affinité.

— Quoi ? Moi ? souffla-t-il.

Je lui souris.

— Je pense, oui. Tu as une affinité avec la magie du monde moderne : la technologie.

— C'est vrai ! lança Damien avec un grand sourire. Jack comprend en un quart de tour tout ce qui a un rapport avec l'audiovisuel ou l'informatique. Je croyais qu'il était juste un génie de la technologie, mais en réalité c'est bien plus que ça.

— Waouh ! Trop cool ! s'exclama Jack.

— Dans ce cas, Zoey, je suis d'accord, céda Lenobia. Nyx ne lui a pas fait ce don pour rien !

— Oui, et d'ailleurs...

J'allais lui apprendre qu'il y avait un autre voyageur quand Heath arriva en courant, son sac sur l'épaule.

— Ton consort vous accompagne aussi ? s'étonna Lenobia.

— Ça oui ! s'écria Heath en passant un bras autour de mes épaules. On ne sait jamais quand Zo peut avoir besoin de me mordre.

Je me sentis rougir.

— C'est bon, Heath, tout le monde a compris, dis-je en évitant le regard de Stark.

— En tant que consort d'une grande prêtresse, tu seras autorisé à assister aux débats du Conseil, dit Lenobia, mais tu n'auras pas le droit de parler.

— Il y a beaucoup de règles à suivre, déclara Damien.

— Des règles ? répétai-je, nauséeuse.

— En effet, confirma Lenobia. C'est un système très

ancien, conçu pour éviter le chaos, tout en accordant aux orateurs l'attention qu'ils méritent. Si vous ne vous y soumettez pas, on vous fera sortir.

— Mais je ne connais pas ces règles ! protestai-je.

— C'est la raison pour laquelle mon amie Erce, professeur d'équitation sur l'île de San Clemente, vous attendra à l'aéroport. Elle vous conduira dans vos chambres et vous briefera sur le protocole du Conseil.

— Il va falloir que je me taise ? s'assura Heath.

— Tu es bouché ou quoi ? s'emporta Aphrodite. C'est ce que Lenobia vient de dire.

— Quant à toi, Aphrodite, il n'est pas sûr que tu sois autorisée à entrer, reprit le professeur.

— Quoi ? Mais je suis…, commença Aphrodite, l'air outré.

Elle s'interrompit. En réalité, elle était humaine. Une humaine anormale, d'accord, mais une humaine quand même.

— Erce va essayer de te faire admettre. Nous verrons si ça marche.

— Et si vous montiez à bord ? proposai-je à mes amis. Je dois parler à Lenobia.

— Vous embarquez à la porte 26, précisa Lenobia. Soyez bénis, et que Nyx soit avec vous.

— Soyez bénie ! répondirent-ils en se dirigeant vers le poste de sécurité.

— Comment vont les novices blessés ? demandai-je.

— Beaucoup mieux.

— Je suis contente ! Et Dragon ?

— Plongé dans son deuil.

— Je suis vraiment désolée…

— Vaincs Kalona. Arrête Neferet. Cela l'aidera.

Prise de panique, je changeai de sujet.

— Qu'allez-vous faire des novices rouges ?

— Je pense que nous devons honorer la volonté de leur grande prêtresse. Je parlerai avec Lucie dès mon retour à l'école, et nous déciderons de la marche à suivre.

Cela me faisait un drôle d'effet, d'entendre Lenobia appeler Lucie « grande prêtresse ».

— Êtes-vous au courant pour les novices rouges qui restent dans les souterrains ?

— Darius m'en a informée.

— Qu'allez-vous faire à leur sujet ?

— Là aussi, la décision dépendra de Lucie. C'est une situation difficile. Nous ne savons pas ce qu'ils sont devenus.

Elle posa la main sur mon épaule.

— Zoey, tu ne dois pas te laisser distraire par ce qui pourrait se passer ici. Concentre-toi sur Kalona, Neferet et le Conseil supérieur.

Je soupirai.

— Je vais essayer.

— J'ai prévenu le Conseil supérieur que nous te considérions comme notre grande prêtresse.

— Ah bon ? soufflai-je, sous le choc.

— Absolument. C'est la vérité, Zoey. Tu l'as mérité. Tu es liée à Nyx comme aucun vampire ou novice ne l'a jamais été. Continue de suivre la déesse et de nous rendre fiers.

— Je ferai de mon mieux.

— Et c'est tout ce que nous te demandons. Sois bénie, Zoey Redbird.

— Soyez bénie, répondis-je.

Je rejoignis mon groupe à la porte 26, me répétant qu'une grande prêtresse ne devait pas rêver de l'ancien combattant de sa déesse...

— Grand-mère, salut ! Comment te sens-tu ?

— Oh, Zoey, petit oiseau ! Je vais bien ! La fin de la tempête m'a renforcée. La glace est belle, mais seulement à petites doses.

— Hé, cela ne veut pas dire que tu doives retourner à la ferme de lavande ! S'il te plaît, promets-moi que tu laisseras sœur Marie Angela prendre soin de toi quelque temps encore.

— Oh, ne crains rien, *u-we-tsi-a-ge-ya*. J'apprécie beaucoup la compagnie de la sœur. Viendras-tu me voir ce soir ? Comment ça va, à la Maison de la Nuit ?

— Grand-mère, c'est à ce sujet que je t'appelle. Tout à l'heure, je monte dans le jet de l'école pour aller à Venise. Kalona et Neferet sont là-bas et ils essaient de manipuler le Conseil supérieur.

— C'est grave, *u-we-tsi-a-ge-ya*. Tu ne te lances pas dans cette aventure seule, j'espère ?

— Non, Grand-mère. Tout la bande m'accompagne, et Heath aussi.

— Bien. N'aie pas honte d'utiliser ton lien avec lui; c'est dans l'ordre des choses.

Les larmes me brûlaient la gorge. L'amour indéfectible de ma grand-mère était la fondation de mon univers.

— Je t'aime, Grand-mère.

— Moi aussi, je t'aime, petit oiseau. Ne te fais pas de souci pour une vieille femme. Concentre-toi sur ce que tu as à faire. Je serai là à ton retour, quand tu auras remporté cette bataille.

— Tu parais tellement sûre que je vais y arriver...

— J'ai confiance en toi *u-we-tsi-a-ge-ya*, et je sais que ta déesse est avec toi.

— Grand-mère, j'ai fait un rêve très bizarre sur Kalona, dis-je plus bas. J'ai vu qu'il n'avait pas toujours été maléfique. Il était le combattant de Nyx !

Elle resta silencieuse pendant un long moment.

— Cela ressemble plus à une vision qu'à un rêve, finit-elle par lâcher.

— Une vision ! Cela veut-il dire que c'est vrai ?

— Pas nécessairement, même si cela donne plus d'importance à ce que tu as découvert que s'il s'était agi d'un simple rêve. Cela t'a-t-il paru vraisemblable ?

Je me mordillai la lèvre.

— Oui, j'avais l'impression de voir la vérité.

— Efforce-toi de tempérer tes sentiments avec du bon sens. Écoute ton cœur, ton esprit et ton âme.

— C'est ce que j'essaie de faire.

— Examine bien ce que ressens. Tu n'es pas A-ya. Tu es Zoey Redbird, et tu as ton libre arbitre. Si les choses deviennent trop compliquées, tourne-toi vers tes amis, et en particulier vers Heath et Stark. Ils sont liés à toi, Zoey, pas au fantôme d'une jeune Cherokee.

— Je ne l'oublierai pas, Grand-mère. Je suis moi, et cela ne changera pas.

— Zo ! m'appela Heath. On embarque !

— Je dois y aller, Grand-mère. Je t'aime.

— Mes pensées t'accompagnent, *u-we-tsi-a-ge-ya*.

Je montai dans l'avion, régénérée par l'amour de ma

grand-mère. Elle avait raison, je devais maintenir l'équilibre entre ce que je savais réellement de Kalona et ce que je pensais savoir de lui.

Mon humeur s'améliora encore lorsque je découvris le jet dans lequel nous allions voyager. Spacieux et confortable, il avait d'énormes sièges en cuir qu'on pouvait mettre en position horizontale et d'épais stores aux hublots, que j'entrepris aussitôt de tirer.

— Je te signale qu'il fait nuit dehors, dit Aphrodite.

— Je préfère m'en occuper maintenant, au cas où tu oublierais de le faire plus tard.

— Du calme, je ne vais pas laisser brûler ton combattant ! Du coup, le mien serait beaucoup trop occupé.

— Pour toi, je ne serai jamais trop occupé, fit Darius en s'asseyant à côté d'elle et en soulevant l'accoudoir pour qu'ils puissent se serrer l'un contre l'autre.

— Ils me rendent malade, ces deux-là ! fit Erin. Viens, Jumelle, on va s'installer à l'arrière.

— Est-ce qu'il y a un bar dans cet avion ? se renseigna Damien.

— J'espère. Je boirais bien un soda, dis-je, rassurée de voir que tout le monde se comportait de façon normale.

— Je sais où ils rangent les boissons, annonça Stark. C'est l'appareil que j'ai pris pour venir de Chicago. J'irai t'en chercher un après le décollage. Tu veux te mettre à côté de moi ?

— Hé, Zo ! appela Heath. Je t'ai gardé une place.

Je soupirai.

— Vous savez quoi ? Je vais m'asseoir toute seule et essayer de dormir. Le décalage horaire, c'est terrible, dis-je en choisissant un siège à distance égale de Heath et de Stark.

— Moi, je vais prendre un somnifère, déclara Aphrodite. Je sais voyager. Je serai prête à attaquer le shopping dès qu'on aura posé le pied à Venise.

— Le shopping ? s'écrièrent en chœur Shaunee et Erin avant de se lever pour courir s'installer près d'Aphrodite.

Elle les considéra d'un air mi-méprisant, mi-amusé avant de commencer à dresser la liste des choses à acheter à Venise.

Stark me tendit une couverture et un oreiller.

— Tiens, Zoey. Comme ça, tu n'auras pas froid en dormant.

— Merci.

J'aurais aimé lui dire mon envie de me blottir dans ses bras, mais je ne voulais pas que Heath se sente mal. Je jetai un coup d'œil en arrière : Heath discutait avec Jack des mérites comparés des Macs et des PC.

— Ne t'inquiète pas, je comprends, reprit Stark à voix basse.

— Tu es le meilleur combattant au monde !

Il m'adressa ce petit sourire entendu que j'aimais tant et m'embrassa le sommet de la tête.

— Dors ! Je garderai un œil télépathique sur toi. S'il y a quoi que ce soit de bizarre, je te réveillerai.

— J'y compte bien !

Je me roulai en boule sous la couverture moelleuse et m'endormis avant même que nous n'ayons décollé.

CHAPITRE TRENTE-TROIS

Lucie

— Je ne suis toujours pas d'accord avec toi ! dit Lenobia.

— Mais c'est ma décision ! s'entêta Lucie.

— Je te demande toutefois de reconsidérer ta position. Laisse quelqu'un t'accompagner. Dragon ou moi serions prêts à...

— Non, la coupa Lucie, Dragon est bouleversé par la mort d'Anastasia, et vous avez des choses à faire ici. Vu la situation, il ne faut pas que vous quittiez l'école. Ne vous en faites pas, tout ira bien. Je les connais. Ils ne vont pas me faire de mal, et, même s'ils avaient perdu la tête et qu'ils essayaient, ils ne pourraient rien contre moi. J'appellerais la terre et je leur mettrais une bonne raclée. Je sais comment les prendre ! Cette fois, j'espère les convaincre de venir avec moi. Rentrer à l'école leur ferait beaucoup de bien.

Lenobia hocha la tête, songeuse.

— Oui, ça se tient... Retourner à l'endroit où ils se

sont sentis normaux pour la dernière fois pourrait les aider à retrouver ce sentiment.

— C'est ce que je pense, moi aussi, même si ce n'est pas facile tous les jours…, dit Lucie d'une voix triste. Parfois, il me semble que les ténèbres sont si près que je pourrais les toucher. C'est pareil pour les novices rouges qui m'ont suivie.

— Peut-être que la frontière entre le bien et le mal est moins bien définie pour toi et ceux de ton espèce…

— Mais cela veut-il dire que nous sommes mauvais ?

— Non, bien sûr que non.

— Dans ce cas, vous comprenez pourquoi je dois retourner à la gare et parler aux autres. Je ne peux pas les abandonner ! Zoey n'a pas abandonné Stark, alors même qu'il avait tiré sur moi – ce qui n'était pas très sympa de sa part, soit dit en passant – et finalement tout s'est arrangé.

— Tu feras une bonne grande prêtresse, Lucie.

Les joues de Lucie s'empourprèrent.

— Je n'en sais rien… En attendant, ils n'ont que moi.

— Aie confiance en toi, Lucie, fit Lenobia. Alors, quand comptes-tu y aller ?

— Dès que j'aurai vérifié si mes novices sont bien installés et s'ils ont tout ce dont ils ont besoin. Je dois aussi veiller à ce qu'ils réintègrent leur classe dans de bonnes conditions. Je dois tout de même partir bien avant l'aube.

— Tu es sûre que tu ne veux pas attendre demain soir ? Prendre le temps de t'installer ici ?

— En vérité, ce n'est pas aussi simple…

— Bien sûr que si ! La Maison de la Nuit, c'est chez vous.

— *C'était* chez nous. Désormais, nous nous sentons mieux sous terre quand il fait jour.

Lucie sourit avec amertume.

— On dirait le personnage d'un mauvais film d'horreur quand je parle comme ça, non ?

— Non, à vrai dire, c'est logique. Vous êtes morts et vous avez été enterrés. Malgré votre résurrection, vous possédez avec la terre un lien que nous ne connaissons pas.

Lenobia réfléchit quelques instants.

— Il y a un sous-sol sous le bâtiment principal de notre école, continua-t-elle. On s'en sert pour stocker des choses, et il n'est pas vraiment habitable, mais avec quelques travaux...

— On verra ! Je vais d'abord voir ce qui se passe là-bas. Vous savez, nous avions bien aménagé les lieux...

— Alors, nous pourrions peut-être mettre en place un système de navettes pour que vous puissiez dormir là-bas... Quoi qu'il en soit, nous trouverons une solution. Vous êtes des nôtres et vous êtes ici chez vous.

— Bon, on verra ! répéta Lucie. Maintenant, je ferais mieux de m'activer si je veux être de retour avant le lever du jour.

— Prévois suffisamment de temps pour ne pas te retrouver coincée là-bas. La météo annonce un temps très ensoleillé.

— Ne vous inquiétez pas. Je serai rentrée avant l'aube.

— Parfait. Comme ça, tu auras le temps de me raconter comment ça s'est passé.

— Je viendrai vous voir directement, promit Lucie.

Elle se leva mais ne partit pas : elle avait une question à poser à Lenobia, et tant pis si celle-ci la trouverait bizarre.

— Dites, les Corbeaux Moqueurs sont foncièrement mauvais, hein ?

L'expression sereine de Lenobia céda la place au dégoût.

— Oh, oui ! J'espère de tout mon cœur qu'ils ont été tous chassés quand leur père a été contraint de quitter Tulsa.

— Aviez-vous entendu parler d'eux avant qu'ils ne sortent de terre ?

— Non. Je ne savais rien à leur sujet, je ne connaissais même pas cette légende cherokee. Cependant, il y a une chose que j'ai reconnue aussitôt chez eux.

— Vraiment ? Quoi ?

— Le mal, j'ai combattu le mal autrefois ; or, ils étaient l'une de ses multiples facettes.

— Êtes-vous sûre qu'ils sont définitivement maléfiques ? insista Lucie. Après tout, ils sont en partie humains.

— Non, en partie immortels...

— Oui, c'est ce que je voulais dire.

— ... Et l'immortel qui les a engendrés est totalement maléfique.

— Et si Kalona n'avait pas toujours été comme ça ? Il vient bien de quelque part ! Peut-être qu'il était bon autrefois, et, si c'est le cas, peut-être y a-t-il du bon chez ses fils.

Lenobia observa Lucie un long moment sans un mot. Puis elle parla lentement, mais avec conviction.

— Prêtresse, ne laisse pas la compassion que tu éprouves à l'égard des novices rouges influencer ta perception du mal. Il existe dans notre monde ; il existe aussi dans l'au-delà. Il y a une grande différence entre un adolescent brisé et une créature enfantée par le mal incarné et conçue lors d'un viol.

— C'est aussi ce qu'a dit sœur Marie Angela.

— Cette nonne est une femme pleine de sagesse. Lucie, y a-t-il quelque chose que je devrais savoir ?

— Oh, non ! Je réfléchissais juste sur le bien et le mal, sur les choix que nous faisons. Je me disais que certains Corbeaux Moqueurs seraient peut-être capables de choisir eux aussi.

— À supposer qu'ils ont eu cette capacité, ils ont opté pour le mal depuis bien longtemps.

— Oui, vous avez raison, c'est sûr. Bon, j'y vais ! Je vais faire vite.

— Que Nyx veille sur toi, prêtresse. Sois bénie.

— Soyez bénie.

Lucie s'éloigna de l'écurie à toute allure, comme si laisser derrière elle les mots qu'elle avait prononcés pouvait atténuer sa culpabilité. Qu'est-ce qu'il lui avait pris de parler des Corbeaux Moqueurs à Lenobia ? Il fallait qu'elle se taise et qu'elle oublie Rephaïm !

Mais comment l'oublier, alors qu'elle risquait de le croiser à la gare ? L'envoyer là-bas avait été une erreur ! Elle aurait dû chercher une autre solution, voire le dénoncer !

Non. Non. Il était trop tard pour penser à ça. Maintenant, elle ne pouvait que réparer les dégâts. D'abord, contacter les novices rouges ; ensuite, régler le cas Rephaïm.

D'ailleurs, avec un peu de chance, elle n'aurait peut-être pas à le faire. Les novices ne l'avaient sans doute pas trouvé. Il ne sentait pas la nourriture, et il n'était pas en état de les attaquer. Il léchait probablement ses plaies, caché dans un coin sombre des souterrains. Ou alors, il était mort, victime d'une infection.

Elle soupira et sortit son téléphone. Priant pour que le réseau soit revenu dans les souterrains, elle envoya un texto à Nicole :

Il faut ke je te voi 7 nuit

La réponse ne se fit pas attendre.

OQP. Serai pas rentrée avant l'aube

Lucie fronça les sourcils.

Rentre + tôt

Elle attendit la réponse de Nicole en faisant les cent pas.

OK. Sois là à 6 h

Lucie grinça des dents : six heures, ce n'était qu'une heure et demie avant le lever du soleil. Zut ! Nicole lui cassait vraiment les pieds. En fait, c'était elle, son plus gros problème ; les autres ne faisaient que suivre. Sans être très sympa, ils n'étaient pas mauvais comme elle. Déjà avant de mourir, puis ressusciter, elle était cruelle, et sa mésaventure n'avait rien arrangé ; au contraire, il fallait donc que Lucie commence par la convaincre, elle. Si Nicole tournait le dos à l'obscurité, les autres feraient de même.

OK
Il se passe des trucs bizarres ?

Elle retint son souffle. Si Nicole était tombée sur le Corbeau Moqueur, elle le lui dirait. Elle trouverait sans doute Rephaïm cool. Ou alors, elle le tuerait sans se poser de questions. Quoi qu'il en soit, elle en parlerait à Lucie – cela lui donnerait un sentiment de puissance et de maîtrise.

On cherche juste de la nourriture vivante. Tu veux te joindre à nous ?

Lucie soupira : elle savait qu'il ne servirait à rien de répéter à Nicole qu'il ne fallait pas manger d'êtres humains. Elle répondit :

Non. On se voit à 6 h
Ah ah ah

Elle rangea son téléphone. La nuit allait être longue, surtout cette heure et demie avant l'aube...

Rephaïm

— Alors, qu'est-ce que tu en dis, l'oiseau ? lança Nicole. Tu es partant ?

La chef autoproclamée des novices rouges était entrée dans la chambre de Lucie, où Rephaïm avait élu domicile, avait donné un coup de pied dans le lit pour le réveiller, puis lui avait exposé son plan pour piéger Lucie sur le toit de l'immeuble.

— Même si vous parvenez à attirer la Rouge là-haut avant le lever du jour, comment comptez-vous l'y retenir ?

— Pour la première partie du plan, c'est facile. Sur le toit de la gare, il y a deux tourelles rondes creuses, datant de l'époque où cet endroit servait à quelque chose. Nous avons trouvé une grande grille en métal que nous pourrons fixer au sommet de l'une d'elles. Lucie ne pourra pas s'échapper ! Elle est puissante... mais pas assez pour rompre du métal. Et puis, là-haut, elle aura beau appeler la terre à son secours, elle sera bloquée, et quand le soleil se lèvera, elle cuira comme un hamburger.

— Pourquoi se retrouverait-elle sur le toit ?

— C'est encore plus simple. Elle y sera parce que tu vas la faire monter.

— C'est impossible, déclara Rephaïm, sous le choc. Je ne suis pas assez fort pour la neutraliser et la porter, dit-il feignant l'ennui et le manque d'intérêt.

— Ça ne sera pas nécessaire. Elle t'a sauvé, et elle ne

l'a dit à personne. J'en déduis qu'elle tient à toi. Cette fille est pathétique ! Elle s'imagine qu'elle peut sauver le monde entier. C'est pour ça qu'elle est assez stupide pour venir au petit matin. Mais nous ne voulons pas qu'elle nous sauve !

Elle éclata de rire d'un hystérique, et Rephaïm distingua de nouveau l'ombre de Neferet glisser dans ses yeux.

— Pourquoi voudrait-elle faire ça ?

Nicole s'arrêta de rire comme s'il l'avait giflée.

— Quoi ? Tu crois que nous ne le méritons pas ?

Elle bondit vers le lit et saisit son poignet.

— Et si je fouillais dans ta tête, hein ?

Elle le dévisageait avec cruauté tandis que la chaleur de cette violation psychique irradiait dans son bras, puis s'étendait dans son corps et dans son âme. Rephaïm se concentra sur une chose : sa colère.

Nicole lâcha son poignet et fit un pas en arrière.

— Waouh ! ricana-t-elle, mal à l'aise. Tu es drôlement énervé ! Pourquoi tu te mets dans cet état, l'oiseau ?

— Parce que je suis blessé, parce que j'ai été abandonné et que je me retrouve avec des gamins qui essaient de m'entraîner dans leurs jeux ridicules.

— Ça n'a rien de ridicule ! rugit la novice. Nous devons nous débarrasser de Lucie pour pouvoir faire ce qu'on a promis à Neferet. Et toi, tu vas nous aider à la piéger ! Sauf si tu préfères qu'on le laisse en dehors de ça et qu'on passe au plan B.

— Que faut-il que je fasse ? s'empressa-t-il de demander.

Nicole grimaça un sourire qui lui évoqua un reptile.

— On va te montrer l'escalier qui mène au sommet de la tour – celle qui est à l'opposé du grand arbre poussant contre le mur. Je ne veux pas qu'elle trouve un moyen de l'attirer à elle pour qu'il lui fasse de l'ombre. Tu iras donc là-haut, et tu attendras, recroquevillé sur toi-même, comme si nous t'avions traîné là après t'avoir mis une raclée et t'avoir vidé de ton sang. C'est d'ailleurs exactement ce que je vais dire à Lucie, tout en précisant que tu es encore en vie.

— Et elle viendra me porter secours, dit Rephaïm d'une voix dénuée d'expression.

— Oui. On compte là-dessus. Quand elle t'aura rejoint, ne bouge pas. On mettra la grille, qu'on attachera avec des chaînes. Le soleil se lèvera, et la Rouge brûlera. Ensuite, on te laissera descendre. Tu vois, c'est fastoche !

— Ça va marcher.

— Oui, et écoute-moi bien. Si tu changes d'avis au dernier moment, Kurtis ou Starr te tireront dessus, et on te fera quand même monter dans la tour. En fait, tu es le plan A et le plan B. Disons juste que dans l'un, tu es plus mort que dans l'autre...

— Comme je vous l'ai dit, mon père m'a ordonné de lui livrer la Rouge.

— Oui, mais il n'est plus là !

— Je ne sais pas pourquoi vous jouez à ce jeu avec moi. Vous avez déjà admis que mon père ne m'avait pas abandonné. Il reviendra chercher son fils favori. Et quand il reviendra, j'aurai la Rouge pour lui.

— Et ça ne te dérange pas qu'elle soit rôtie ?

— Moi, non ; quant à lui...

— Allez, on s'en fiche ! le coupa la novice.

Elle pencha la tête sur le côté et l'observa attentivement.

— J'ai exploité ta cervelle d'oiseau, alors je sais que tu es énervé. Mais j'ai vu aussi que tu te sens coupable. Pourquoi ?

— Je devrais être aux côtés de Kalona. Tout autre situation est inacceptable.

Elle ricana.

— Tu es bien le fils de ton père, hein ? Dors un peu. Elle sera là dans quelques heures. Et si tu as besoin de quoi que ce soit, Kurtis sera là avec son gros pistolet. Il ira te le chercher. Bouge pas d'ici jusqu'à ce que je t'appelle, compris ?

— Oui.

Elle sortit, et Rephaïm se blottit dans le nid qu'il s'était aménagé sur le lit de Lucie. Avant de sombrer dans un sommeil profond, il songea qu'il aurait préféré que Lucie le laisse mourir sous cet arbre.

CHAPITRE TRENTE-QUATRE

Zoey

Je ne me réveillai que quelques minutes avant notre atterrissage à l'aéroport de Venise. Pendant tout le trajet, je n'avais fait qu'un seul rêve : j'avais joué au Scrabble (ce qui ne m'arrive jamais) avec un castor géant, et j'avais gagné un millier de chaussures de marque. C'était étrange mais rigolo, et j'avais dormi comme un bébé.

Je balayai la cabine du regard : presque tous les autres s'essuyaient les yeux et se mouchaient.

— Mais... qu'est-ce qui se passe ? demandai-je à Stark, qui s'était assis à mon niveau, de l'autre côté du couloir.

— Ils viennent de regarder *Harvey Milk*. Ils ont tous pleuré.

— C'est un bon film. Et c'est vrai qu'il est triste.

— Oui, je l'ai vu à sa sortie. Là, je voulais garder ma dignité de mec, alors j'ai préféré m'installer ici pour lire.

Il me montra le livre posé sur ses genoux, écrit par un certain Pat Conroy.

— Tu aimes beaucoup lire, hein ?

— Oui, beaucoup.

— De quoi est-ce que ça parle ?

— Tu veux vraiment le savoir ?

— Bien sûr.

— Pat Conroy démontre que les souffrances peuvent donner de la force.

— Hum... fis-je brillamment.

— C'est mon auteur préféré, dit Stark.

— Il faudra que je lise ses livres.

— Il n'écrit pas de bouquins pour les filles.

— C'est quoi, ce stéréotype ?

J'allais me lancer dans un discours sur la misogynie qui pousse à croire que certains livres sont réservés aux hommes et que d'autres, frivoles et légers, s'adressent aux femmes quand l'avion s'immobilisa dans une secousse.

Nous nous entreregardâmes, ne sachant quoi faire. À cet instant, la porte du cockpit s'ouvrit, et la copilote en sortit.

— Bienvenue à Venise, dit-elle en souriant. Comme l'un de vous a des besoins spéciaux, nous nous sommes arrêtés dans notre hangar privé. Erce vous y attend. Elle vous escortera sur l'île de San Clemente. Pensez à prendre toutes vos affaires, et soyez bénis.

Elle s'approcha de la porte, manipula quelques leviers et la fit glisser sur le côté.

— Vous pouvez débarquer.

— Je descends la première, annonçai-je à Stark. Je veux m'assurer qu'il n'y a pas de soleil.

Il allait protester quand Darius passa devant nous.

— Restez là ! Je vous dirai s'il n'y a pas de danger.

— Il se comporte en vrai combattant ! commenta Aphrodite, qui remontait l'allée, traînant sa valise à roulettes. J'adore son côté viril, mais j'aurais aimé qu'il pense à porter mes bagages.

— Il a besoin de ses deux mains au cas où il devrait te défendre, lui fit remarquer Stark.

J'aurais juré l'entendre ajouter tout bas : « Espèce d'idiote ! »

Alors qu'elle le regardait en plissant les yeux, s'apprêtant à riposter, Darius réapparut dans la cabine. Il lança :

— Tout va bien ! Vous pouvez y aller.

Nous sortîmes en file indienne. La femme vampire qui nous attendait en bas de l'escalier était grande et majestueuse. Elle avait les cheveux aussi foncés que ceux de Lenobia étaient blonds. Ce détail mis à part, elle me faisait penser à mon professeur d'équitation. Elle aussi avait l'air très calme et posé. Je me dis que cela devait être lié à leur affinité avec les chevaux, les animaux les plus cool du monde – excepté les chats –, qui choisissent des gens apaisants et intelligents.

— Je suis Erce. Bonjour, Zoey.

— Bonjour, Erce, fis-je, un peu surprise qu'elle m'ait aperçue derrière Stark et Darius.

Elle regarda Stark, et je vis ses yeux s'agrandir quand elle découvrit ses tatouages rouges et les flèches qui partaient du croissant de lune dessiné au milieu de son front.

— Voici Stark, dis-je pour rompre le silence embarrassant.

— Bonjour, Stark.

— Bonjour, fit-il, tendu.

Je comprenais ce qu'il ressentait : moi aussi, au début, j'étais gênée quand on fixait mes étranges tatouages.

— Stark, j'ai demandé que les hublots de notre bateau aient les rideaux tirés, même si le soleil se couchera dans quelques heures et qu'il ne brille pas très fort.

Elle avait une voix musicale, agréable à écouter, à tel point que je mis un moment à saisir la teneur de ses propos.

— Un bateau ? Mais comment va-t-il monter à bord ?

— Il est juste là, Zo, dit Heath en désignant le fond du hangar.

Un grand quai rectangulaire menait à une vedette noire en bois lisse. L'avant était en verre fumé ; deux grands vampires se tenaient près du tableau de bord. Derrière eux, un escalier conduisait au salon des passagers, plongé dans la pénombre. Nous nous installâmes sur des banquettes en cuir.

— Alors, c'est vrai que le soleil peut littéralement te brûler, Stark ? demanda Erce avec une curiosité mêlée de sollicitude.

— La lumière directe me tuerait, répondit-il d'une voix neutre. Indirecte, elle est inconfortable, voire dangereuse.

— Intéressant.

— Oui, on peut voir ça de cette façon. Pour ma part, c'est surtout agaçant.

— Est-ce qu'on aura un moment pour faire du shopping avant le début du Conseil ? se renseigna Aphrodite.

— Ah, tu dois être Aphrodite !

— Oui, bonjour. Alors, ce sera possible ou pas ?

— Je crains que vous n'en ayez pas le temps. Il nous faut une demi-heure pour rejoindre l'île ; ensuite je vous montrerai vos chambres et, surtout, je vous parlerai des règles du Conseil. D'ailleurs, nous devons partir tout de suite.

— Vont-ils me laisser parler devant eux, ou ne suis-je pas assez bien, maintenant que je ne suis plus qu'une humaine ?

— Les règles concernant les humains ont changé. Depuis longtemps, les consorts sont admis lors des débats en raison de leur importance aux yeux de leurs vampires.

Elle sourit à Heath.

— Cependant, ils ne sont pas autorisés à prendre la parole étant donné que les humains n'ont pas à se prononcer sur les problèmes des vampires.

Heath poussa un gros soupir, s'assit à côté de moi et, ignorant Stark, installé en face, passa un bras autour de mes épaules en un geste possessif.

— Enlève-moi immédiatement ce bras, murmurai-je.

Heath me fit un sourire penaud et s'exécuta, mais il resta collé contre moi.

— En clair, j'ai le droit d'assister au Conseil à condition que je la boucle, tout comme le donneur de sang ? traduisit Aphrodite à sa manière.

— C'est ça, répondit Erce.

J'étais impressionnée par sa patience ! Lenobia aurait déjà envoyé promener l'insolente.

— Nous aussi, on peut assister au Conseil ? demanda Jack. Oh, moi, c'est Jack, bonjour.

— Vous êtes tous invités à suivre les débats.

— Et Kalona et Neferet ? Ils seront là aussi ?

— Oui. Cependant, Neferet se fait désormais appeler Nyx incarnée, et Kalona prétend que son véritable nom est Érebus.

— Ils mentent ! m'exclamai-je.

Erce sourit d'un air sombre.

— C'est pour ça que tu es là, jeune et extraordinaire novice.

Nous ne parlâmes pas beaucoup jusqu'à la fin de la traversée. Le moteur faisait un bruit infernal ; par ailleurs, c'était un peu perturbant de voyager dans le noir. Il y avait du roulis, et je me retenais de vomir.

Le bateau ralentit enfin : nous étions arrivés.

— Zoey ! s'écria soudain Darius. Aphrodite va mal !

Stark et moi, nous nous levâmes d'un bond et nous nous précipitâmes vers eux.

— Aphrodite, que se passe-t-il ? soufflai-je.

Elle se tenait la tête à deux mains, comme si elle craignait d'exploser. Darius, l'air désespéré, lui touchait l'épaule et lui murmurait quelque chose tout bas en essayant de la forcer à le regarder.

— Oh, déesse ! Ma tête ! gémit-elle.

— Est-ce qu'elle a une vision ? me demanda Erce.

— Probablement.

Je m'agenouillai devant mon amie humaine.

— Aphrodite, c'est Zoey ! Dis-moi ce que tu vois.

— J'ai trop chaud ! Trop chaud !

Son visage, tout rouge, était trempé de sueur, alors qu'il faisait frais dans le bateau. Elle jetait des regards paniqués autour d'elle, même si, à mon avis, elle ne voyait rien.

— Aphrodite, parle-moi ! Que montre ta vision ?

À ce moment-là, elle me regarda, et je vis que ses yeux clairs n'étaient pas injectés de sang.

— Rien ! dit-elle en s'éventant le visage. Ce n'est pas une vision. C'est Lucie et notre fichue Empreinte ! Quelque chose est en train de lui arriver. Quelque chose de très grave.

CHAPITRE TRENTE-CINQ

Lucie

Lucie savait qu'elle allait mourir, pour de bon, cette fois. Elle avait peur, bien plus que le jour où elle avait perdu son sang dans les bras de Zoey, entourée par ses amis. Là, c'était différent : c'était une trahison.

La tête lui faisait terriblement mal. Elle toucha doucement l'arrière de son crâne et regarda sa main : elle était pleine de sang. Elle avait les idées tout embrouillées. Que s'était-il passé ? Elle essaya de s'asseoir, mais un vertige terrible s'empara d'elle, et elle vomit. Elle leva les yeux, et l'image floue d'une grille lui apparut sur fond d'un ciel clair.

Ses souvenirs lui revinrent d'un seul coup. Paniquée, elle se mit à haleter : ils l'avaient enfermée là, et le soleil se levait !

Une autre vague de nausée la secoua. Elle serra les paupières, essayant de se calmer. Tant qu'elle avait les yeux clos, elle arrivait à maîtriser ses vertiges, et ses pensées s'éclaircissaient.

C'étaient les novices rouges qui avaient fait ça.

Nicole n'était pas là à six heures. Cela n'avait rien d'étonnant, mais Lucie s'était impatientée, et elle était prête à partir quand elle et Starr étaient enfin arrivées. Elles rigolaient, les joues rouges et les yeux luisants : elles venaient visiblement de se nourrir. Lucie avait malgré tout essayé de les raisonner et de les convaincre de rentrer à la Maison de la Nuit.

Elles lui avaient servi des excuses ridicules sur un ton sarcastique : « Non. Et quoi encore ! Les vampires ne nous laissent pas manger de *junk food,* alors qu'on adore ça ! Il y a un lycée à deux pas d'ici. Si l'envie nous prend d'aller à l'école, on ira là-bas, à la tombée de la nuit, pour chercher notre déjeuner. »

Elle leur avait donné de bonnes raisons de l'accompagner, répétant que la Maison de la Nuit était leur foyer, qu'elles ignoraient beaucoup de choses sur la vie de vampire et qu'elles avaient besoin de la communauté.

Elles s'étaient moquées d'elle, lui avaient dit qu'elles étaient trop bien dans les souterrains pour les quitter.

Sur ce, Kurtis était accouru, essoufflé et excité. Lucie avait eu un mauvais pressentiment à l'instant même où elle l'avait vu. En vérité, elle ne l'avait jamais aimé. C'était un gros gars de ferme stupide, originaire du nord de l'Oklahoma, pour qui les femmes se trouvaient bien plus bas que les truies sur l'échelle des valeurs.

« Je l'ai trouvé et je l'ai mordu » s'était-t-il écrié.

Nicole avait grimacé.

« Ce truc ? Tu plaisantes ? Il sent trop mauvais !

— Et comment as-tu fait pour qu'il se tienne tranquille pendant que tu buvais son sang ? » avait demandé Starr.

L'autre s'était essuyé la bouche avec la manche de sa chemise maculée de rouge. L'odeur du sang avait frappé Lucie : Rephaïm ! C'était le sang de Rephaïm !

« Ben, je l'ai assommé ! Ce n'était pas difficile, avec son aile brisée.

— De quoi est-ce que tu parles ? » avait lâché Lucie.

Il l'avait regardée de ses yeux bovins. Elle s'apprêtait à l'empoigner et à le secouer, voire à demander à la terre de s'ouvrir et de l'avaler, quand il avait fini par répondre :

« Mais de l'oiseau, pardi ! Comment vous les appelez, déjà, ceux-là ? Les « Corbeaux Moqueurs » ? L'un d'eux s'est pointé ici. On l'a coursé dans toute la gare ! Nikki et Starr en ont eu marre et elles sont parties chercher à manger. Mais, moi, j'avais envie de poulet. Alors, j'ai continué. Je l'ai coincé sur le toit, en haut de la tour, à l'opposé de l'arbre. Et je l'ai eu !

— Il avait aussi mauvais goût qu'il sentait mauvais ? » s'était renseignée Nicole d'un air dégoûté.

Il avait haussé les épaules.

« Tu sais, je mangerais n'importe quoi. Ou n'importe qui. »

Ils avaient tous éclaté de rire.

« Il y a un Corbeau Moqueur sur le toit ? avait soufflé Lucie.

— Oui. Je ne sais pas ce qu'il foutait chez nous surtout dans cet état-là. Je croyais qu'on pouvait rentrer à la Maison de la Nuit, peinards, parce que Kalona et Neferet s'étaient barrés, mais on dirait qu'ils ont laissé des déchets derrière eux, hein ? Peut-être qu'ils ne sont pas vraiment partis.

— Ils ne sont plus là ! avait déclaré Lucie en se dirigeant vers la porte. Alors, aucun d'entre vous ne veut venir avec moi ? »

Ils avaient secoué la tête, leurs yeux rouges suivant chacun de ses mouvements.

« Et les autres ? Où sont-ils ? »

Nicole avait haussé les épaules.

« Là où ils ont envie d'être. Si je les vois, je leur dirai que tu penses qu'ils devraient retourner à l'école.

— Écoutez, je dois y aller. Le soleil va bientôt se lever. Mais cette discussion n'est pas terminée. Sachez que j'ai l'intention de revenir vivre ici avec les autres novices rouges. Si vous ne voulez pas rester avec nous et vous comporter normalement, il vous faudra aller ailleurs.

— Et si, plutôt, tu gardais les chochottes à l'école, et que nous, on restait ? On est chez nous, ici ! » avait lancé Kurtis.

Lucie s'était arrêtée. Elle avait imaginé qu'elle était un arbre dont les racines s'enfonçaient profondément dans la terre. « Terre, s'il te plaît, viens à moi », avait-elle demandé dans les souterrains. Entourée par son élément, elle n'avait eu aucun mal à remplir son corps de pouvoir. Alors qu'elle parlait, le sol grondait et remuait au rythme de sa colère.

« Je ne le dirai qu'une seule fois. Si je ramène les autres novices rouges ici, ce sera chez nous. Si vous vous tenez à carreau, vous pourrez rester. Sinon, vous allez dégager.

Elle avait tapé du pied, et la gare entière avait trem-blé. Ensuite, elle avait inspiré à fond pour se calmer et imaginé que toute l'énergie qui circulait dans son corps retournait à la terre. Lorsqu'elle avait repris la parole, ça avait été d'une voix normale.

« À vous de voir. Je repasserai demain soir. À plus ! »

Sans leur jeter un dernier regard, elle avait quitté le sous-sol en toute hâte. Il lui avait fallu faire attention dans l'escalier ; même s'il avait cessé de neiger, les températures avaient chuté dans la nuit, et tout avait gelé de nouveau.

Arrivée sous l'auvent qui avait autrefois protégé les voyageurs du mauvais temps, elle avait levé les yeux et ressenti un soudain malaise.

Le bâtiment était sinistre : on aurait dit le décor d'un film d'horreur. Lucie aimait bien les souterrains qui couraient dessous, mais sa façade en pierre, style Arts déco, lui filait la frousse.

Le ciel s'éclaircissait déjà. Elle se dirait plus tard que cela aurait dû l'inciter à monter au plus vite dans la voiture qu'elle avait empruntée à l'école et à rentrer à la Maison de la Nuit.

Au lieu de cela, elle s'était portée au secours de Rephaïm.

Ne voulant pas retourner à l'intérieur de la gare pour emprunter l'escalier en colimaçon qui menait au toit, elle avait couru vers l'énorme arbre qui poussait contre le mur du bâtiment.

Elle avait sauté et attrapé la branche la plus basse, puis avait escaladé l'arbre en remerciant silencieusement Nyx de lui avoir donné autant de force : si elle avait été une novice normale, ou même un vampire, elle n'y serait jamais parvenue.

Une fois près de la cime, elle avait sauté sur le toit, s'était élancée vers la tour qui se dressait du côté opposé et avait grimpé au sommet.

Rephaïm était là, recroquevillé au pied des créneaux, immobile, en sang.

Sans hésitation, elle avait passé les jambes par-dessus le parapet en pierre et s'était laissée tomber à l'intérieur.

Il maintenait son bras blessé avec la main. Quelqu'un l'avait coupé – sans doute Kurtis, pour boire son sang – et n'avait même pas pris la peine de refermer la blessure. L'odeur étrange de son sang inhumain flottait dans l'air. Le bandage avec lequel elle avait immobilisé son aile s'était détaché. Il avait les yeux fermés.

— Rephaïm ! Tu m'entends ?

— Non ! s'était-t-il écrié en essayant de se relever. Va-t'en ! Ils vont t'enfermer...

C'est alors qu'elle avait ressenti une douleur violente à l'arrière du crâne, et elle avait sombré dans l'obscurité.

— Lucie, réveille-toi ! Essaie de bouger !

Elle reconnut la voix de Rephaïm qui lui secouait l'épaule. Elle ouvrit les yeux avec précaution. Le sang tambourinait à ses tempes, mais elle n'avait plus le vertige.

— Rephaïm... Que s'est-il passé ?

— Ils se sont servis de moi pour te piéger.

— Quoi ? Tu voulais me piéger ?

Sa nausée s'était un peu atténuée, mais son cerveau fonctionnait encore au ralenti.

— Non ! Tout ce que je voulais, c'était qu'on me

fiche la paix, que je puisse guérir et aller rejoindre mon père. Ils ne m'ont pas laissé le choix.

Il se redressa avec raideur, plié en deux à cause de la grille en métal qu'on avait posée sur le sommet de la tour.

— Bouge ! Tu n'as plus de temps. Le soleil va être là dans quelques instants.

Lucie regarda le ciel et vit les couleurs pastel de l'aube qu'elle trouvait tellement belles autrefois... Désormais, le ciel qui s'éclaircissait la remplissait d'une terreur absolue.

— Oh, déesse ! Aide-moi à me relever.

Rephaïm la prit par la main et tira. Elle réussit à s'accroupir en équilibre instable. Elle inspira profondément, agrippa les barreaux en métal et poussa. La grille grinça un peu, mais ne se déplaça pas.

— Comment tient-elle en place ? demanda-t-elle.

— Ils l'ont attachée avec des chaînes.

Le cœur de Lucie manqua un coup : elle était coincée sur un toit, et le soleil se levait ! Elle rassembla toutes ses forces, et se remit à pousser, à pousser... en vain. À chaque seconde, le ciel devenait plus clair. Sa peau commençait déjà à la picoter.

— Brise le métal ! la pressa Rephaïm. Tu en es capable.

— J'y arriverais peut-être si j'étais en contact avec la terre. Mais ici, séparée de mon élément, je ne suis pas assez forte. Écarte-toi ! Je vais prendre feu, et la température va monter d'un coup.

Rephaïm fit un pas en arrière, et elle reprit son combat désespéré. Ses doigts grésillaient sous les premiers rayons de soleil, et elle devait se mordre la lèvre pour ne pas hurler.

— Par ici ! souffla Rephaïm. Les barreaux sont rouillés !

Elle se déplaça et pesa de tout son poids sur la grille. Celle-ci se déforma un peu, mais Lucie fut obligée de la lâcher : ses mains fumaient déjà, tout comme ses poignets.

— Oh, déesse ! Je ne vais pas y arriver. Éloigne-toi, Rephaïm, je vais m'embraser !

Rephaïm ne l'écouta pas. Il la rejoignit et étendit son aile pour lui faire de l'ombre. Puis de son bras valide il empoigna le barreau rouillé.

— Pense à la terre. Concentre-toi ! Oublie le soleil et le ciel. Tire avec moi. Maintenant !

Un peu soulagée par l'ombre protectrice, Lucie ferma les yeux, ignora l'extrême sensibilité de sa peau et invoqua la terre, sombre et fraîche, qui l'attendait telle une mère aimante. Puis elle tira.

La grille céda avec un bruit métallique, formant une ouverture assez grande pour qu'une personne puisse s'y glisser.

— Vas-y, dit Rephaïm. Vite !

Il s'exécuta tant bien que mal et s'accroupit sur le parapet.

Dès que le corps de Lucie ne fut plus abrité par son aile, il se mit à fumer. Instinctivement, elle se laissa tomber sur le sol et se roula en boule, essayant de se cacher le visage avec les bras.

— À toi, Lucie ! cria le Corbeau Moqueur. Dépêche-toi !

— Je ne peux pas ! hurla-t-elle, figée par la souffrance et la panique. Je vais brûler !

— Tu brûleras si tu restes ici !

Elle entendit un frottement, puis la voix de Rephaïm se tut, il l'avait abandonnée ! Elle gémit, incapable de dépasser sa peur paralysante et la douleur. Elle avait l'impression que le sang bouillait dans ses veines. Juste au moment où elle pensait ne plus pouvoir le supporter, elle sentit une ombre fraîche se poser sur elle.

— Accroche-toi !

Les paupières plissées, elle leva les yeux. Rephaïm était accroupi sur la grille, aile dépliée, et lui tendait la main.

— Maintenant, Lucie. Vas-y !

Il n'arriverait pas à la hisser tout seul ! Elle était trop lourde, et il n'avait qu'un bras. Puisant dans ses dernières ressources, elle attrapa la grille et se glissa dans l'ouverture.

— Viens, je vais t'abriter.

Sans aucune hésitation, Lucie se blottit contre Rephaïm et enfouit le visage dans les plumes de sa poitrine. Il referma son aile sur elle et la souleva.

— Porte-moi jusqu'à l'arbre ! haleta-t-elle.

Il se mit à courir en titubant. L'arrière des bras de Lucie était exposé, tout comme une partie de son cou et de ses épaules, et elle brûlait. Avec un étrange détachement, elle se demanda quel était ce bruit horrible qui résonnait dans ses oreilles avant de comprendre que c'était sa propre voix. Elle hurlait sa peur et sa colère.

— Accroche-toi, je vais sauter ! lança Rephaïm.

Il bondit, et ils s'écrasèrent contre le tronc.

TENTÉE

— Essaie de te tenir à l'arbre pendant que je nous fais descendre, dit-elle en enlaçant Rephaïm plus fort.

L'écorce rugueuse écorchait sa peau déjà pleine de cloques pendant qu'elle passait d'une branche à l'autre. Une fois en bas, elle ferma les yeux et appela la terre, qui l'attendait, bienveillante, sous ses pieds.

— Terre, viens à moi ! Ouvre-toi et abrite-moi !

Dans un bruit sourd, le sol se fendit, juste à temps pour que Lucie et Rephaïm se faufilent en son sein frais et sombre.

CHAPITRE TRENTE-SIX

Zoey

Lorsque Aphrodite se mit à hurler, je ne trouvai qu'une chose à faire.

— Esprit, viens à moi ! ordonnai-je et, aussitôt, je sentis sa présence rassérénante. Aide Aphrodite à se calmer.

Dès que l'élément me quitta, les cris d'Aphrodite se transformèrent en sanglots et en halètements.

— Darius, passe-moi le numéro de portable de Lenobia ! soufflai-je. Tout de suite !

Darius, qui tenait Aphrodite dans ses bras, sortit son téléphone de la poche de son jean et me le lança.

— Regarde dans le répertoire.

Essayant de maîtriser le tremblement de mes mains, je trouvai le numéro et l'appelai. Lenobia décrocha à la première sonnerie.

— Darius ?

— C'est Zoey. Il y a une urgence ! Où est Lucie ?

— Elle est allée à la gare pour tenter de raisonner

les novices rouges qui restent là-bas. Je l'attends d'une minute à l'autre, car le soleil est en train de se lever.

— Elle a des ennuis.

— Elle brûle ! sanglota Aphrodite. Elle brûle !

— Elle est dehors. Aphrodite dit qu'elle brûle.

— Oh, déesse ! Quoi d'autre ?

Je compris au bruit de ses pas qu'elle se déplaçait.

— Aphrodite, où est-elle ?

— Dehors !

— Elle sait seulement que Lucie est dehors.

— Je pars la chercher ! dit Lenobia. Appelle-moi si Aphrodite voit autre chose.

— Et vous, appelez-moi dès que vous aurez retrouvé Lucie saine et sauve, dis-je, refusant d'envisager une autre issue.

Lenobia raccrocha.

— Suivez-moi ! lança Erce.

Elle nous conduisit dans un bâtiment en pierre, par un passage couvert qui, à mon grand soulagement, abritait Stark du soleil. Darius portait Aphrodite dans ses bras ; Stark marchait à mon côté.

— Aphrodite a imprimé avec Lucie, l'autre vampire rouge, expliquai-je à Erce.

Elle hocha la tête en ouvrant une énorme porte en bois.

— Lenobia m'a parlé de leur Empreinte.

— Que faire pour l'aider ?

Nous entrâmes dans un magnifique couloir richement décoré de vieux portraits et d'innombrables chandeliers. Erce nous précéda dans un petit salon.

— Étendez-la sur la méridienne.

Nous nous attroupâmes autour d'Aphrodite, l'observant en silence. Erce se tourna vers moi.

— On ne peut rien faire pour un humain qui partage la souffrance du vampire avec qui il a imprimé, dit-elle à voix basse. Elle ressentira la douleur de Lucie jusqu'à ce que la crise se termine – ou qu'elle meure.

— Elle ? couinai-je. Lucie ou Aphrodite ?

— Soit l'une d'elles, soit les deux. Il arrive que des vampires survivent à des événements qui tuent leurs consorts.

— Merde, murmura Heath.

— Mes mains ! sanglotait Aphrodite. Elles brûlent !

Darius, assis sur la méridienne, la serrait contre lui et lui parlait doucement, le visage pâle et grave. Ses yeux me suppliaient de l'aider.

Je pris la main d'Aphrodite : elle était anormalement chaude.

— Regarde-moi, Aphrodite. Tu ne brûles pas. Ce n'est pas à toi que ça arrive, mais à Lucie.

— Oui, je sais ce que tu ressens, murmura Heath en s'agenouillant à côté de moi et en prenant son autre main. C'est terrible quand il arrive quelque chose au vampire avec qui on a imprimé.

— Sauf que Lucie n'est pas en train de faire des cochonneries avec quelqu'un d'autre, dit Aphrodite d'une voix faible et tremblante.

Heath ne se laissa pas démonter.

— Ça n'a pas d'importance ! Ce qui compte, c'est ce qui te fait souffrir. Tu dois te rappeler que tu n'es pas elle, même si tu as l'impression de faire partie d'elle.

— Mais je n'ai jamais voulu ça, hoqueta Aphrodite.
Je ne voulais pas être liée à Lucie.

Heath lui serra la main ; elle s'accrochait à lui comme
s'il était son unique planche de salut. Tout le monde
les observait en silence, mais j'étais sûrement la seule à
me sentir de trop.

— Qu'on l'ait voulu ou non, c'est très dur, reprit
Heath. Tu dois savoir que, malgré l'empreinte, tu ne
partages pas ton âme avec elle.

— C'est ça ! s'écria-t-elle en retirant sa main de la
mienne pour la poser sur celle de Heath. C'est comme
si je partageais mon âme. Et je ne peux pas le supporter !

— Mais si. Ce n'est pas la réalité.

Je reculai de quelques pas.

— Aphrodite, tu es en sécurité, intervint Damien en
lui touchant l'épaule. On est tous avec toi.

— Et tu es toujours superbe, enchaîna Jack.

Aphrodite sourit – petite bulle de normalité au
milieu du chaos.

— Ça va mieux, d'un seul coup, dit-elle.

— Ouf ! fit Shaunee. Tu ne vas pas mourir !

— Cool ! On a besoin de ton expérience en shopping,
renchérit Erin.

Les Jumelles essayaient de parler avec nonchalance,
mais il était évident qu'elles s'inquiétaient pour Aphrodite.

— Elle va s'en sortir, déclara Stark.

Il était à mes côtés, comme toujours. Je sentais sa
présence rassurante, un peu de calme dans la tempête.

— Mais Lucie ? chuchotai-je.

Il passa le bras autour de mes épaules et me pressa contre lui, sans répondre

Un vampire magnifique aux cheveux roux entra dans la pièce. Elle portait un plateau avec un pichet d'eau glacée, une boîte de pilules, un verre et plusieurs serviettes humides. Après l'avoir posé sur la table basse, elle sortit aussi discrètement qu'elle était arrivée.

Erce prit une pilule et la tendit à Aphrodite. Je lui attrapai le poignet.

— Qu'est-ce que vous lui donnez ?

— Quelque chose pour calmer son anxiété.

— Et si cela coupe le contact avec Lucie ?

Elle me regarda dans les yeux.

— Tu préfères perdre une, ou deux amies ? Décide, grande prêtresse.

Je ravalai un cri de rage : je ne voulais en perdre aucune ! Néanmoins, je comprenais que j'étais séparée de Lucie par un océan et qu'il était inutile qu'Aphrodite meure avec elle. Je relâchai le poignet d'Erce.

— Tiens, mon enfant, fit-elle. Prends ça.

Elle donna la pilule à Aphrodite, et Darius porta le verre d'eau à ses lèvres. Elle avala son coutenu comme si elle venait de courir un marathon.

— J'espère que c'est un calmant, dit-elle d'une voix tremblante.

Elle ne pleurait plus, et mes amis s'étaient dispersés pour s'asseoir dans des fauteuils rembourrés. Seul Stark était resté près de moi ; Heath tenait toujours la main d'Aphrodite. Lui et Darius lui parlaient doucement. Soudain, elle poussa un cri, se dégagea des bras de Darius et se recroquevilla en position fœtale.

— Je brûle !

Heath se retourna, l'air affolé.

— Zoey ! Aide-la !

— Je lui envoie l'esprit ; il n'y a que ça à faire. Lucie est en Oklahoma : pour elle, je ne peux rien ! hurlai-je, ma frustration virant à la colère.

Stark m'enlaça et murmura :

— Ça va aller. Ça va aller.

— Je ne vois pas comment elles pourraient s'en sortir !

— Et comment un sale type comme moi a-t-il pu devenir le combattant d'une grande prêtresse ? répliqua-t-il en me souriant. Nyx veille sur elles. Fais confiance à ta déesse.

Je continuai donc à évoquer l'esprit et à assister au martyre d'Aphrodite en me fiant à la déesse.

Soudain, Aphrodite cria : « Ouvre-toi et abrite-moi ! » Puis elle s'effondra dans les bras de Darius, sanglotant de soulagement.

Je m'approchai d'elle d'un pas hésitant et me penchai pour voir son visage.

— Lucie est en vie ?

Elle leva son visage baigné de larmes pour me regarder dans les yeux.

— C'est terminé. Elle est de nouveau en contact avec la terre. Elle est sauvée.

— Oh, merci, déesse ! Et toi, ça va ?

— Je crois. Non. Attends, je ne sais pas. Je me sens bizarre.

— Son vampire a été blessé, intervint Erce d'une voix

à peine audible. Lucie est peut-être en sécurité pour l'instant, mais elle n'est pas hors de danger.

Darius porta le verre aux lèvres d'Aphrodite.

— Bois, mon amour ! Ça te fera du bien.

Aphrodite but en tremblant violemment avant de se laisser aller contre lui. Elle respirait avec difficulté comme si inhaler la faisait souffrir.

— J'ai mal partout, murmura-t-elle à Darius.

J'attrapai Erce par la main pour l'éloigner d'Aphrodite.

— N'y a-t-il pas une guérisseuse que vous pourriez nous envoyer ?

— Ce n'est pas un vampire, prêtresse. Notre guérisseuse n'est pas en mesure de l'aider.

— Mais Aphrodite est dans cet état à cause d'un vampire ! insistai-je.

— C'est le risque que prend tout consort. Son sort est lié à celui de son vampire. Le plus souvent, il meurt bien avant lui ; des situations comme celle-ci sont beaucoup moins fréquentes.

— Lucie n'est pas morte !

— Pas encore, mais à en juger par ce que ressent son consort, je dirais qu'elle court un grave danger.

— Consort par accident ! précisai-je. Aphrodite n'a jamais voulu ça. Lucie non plus.

— Cela ne change rien.

— Oh, ma déesse ! lâcha Aphrodite en se redressant et en s'écartant de Darius.

Son visage choqué traduisit d'abord la douleur, puis le déni. Elle frémit si violemment que j'entendis ses dents claquer ; enfin, elle se couvrit le visage de ses mains et éclata en sanglots.

Darius me regarda d'un air suppliant. Me préparant à entendre que Lucie était morte, je m'assis à côté d'eux.

— Aphrodite ? fis-je en essayant en vain de retenir mes larmes.

Comment était-ce possible ? Qu'allais-je faire sans ma meilleur amie ?

— Est-ce que Lucie est... ?

J'entendais les Jumelles pleurer ; Damien prit Jack dans ses bras. Aphrodite enleva les mains de son visage et, à ma grande surprise, je vis un sourire sarcastique poindre derrière ses larmes.

— Morte ? Oh non, ce n'est pas ça ! Elle a simplement imprimé avec quelqu'un d'autre !

CHAPITRE TRENTE-SEPT

Lucie

La terre l'acueillit en son sein, et, l'espace d'un instant, elle crut que tout irait bien, la fraîcheur et l'obscurité soulageant sa peau brûlée. Elle gémit doucement.

— La Rouge ? Lucie ?

Il fallut que Rephaïm parle pour qu'elle se rende compte qu'elle était encore dans ses bras. Elle se dégagea et fit un pas en arrière. Elle poussa un hurlement de douleur quand son dos toucha la paroi en terre.

— Tu te sens bien ? demanda Rephaïm. Je ne te vois pas.

— Ça va. Enfin, je crois.

Sa propre voix la surprit. Elle était si étrange, si faible, qu'elle pensa qu'elle n'avait pas échappé aux effets du soleil.

— Je ne vois rien, dit le Corbeau Moqueur.

— C'est parce que la terre s'est refermée sur nous pour me protéger de la lumière.

— On est coincés ici ? lâcha-t-il avec inquiétude.

— Non, je peux nous faire sortir à tout moment. Et puis, la couche de terre au-dessus de nous n'est pas épaisse. Si je meurs tu pourras creuser facilement. Comment vas-tu ? Ton aile doit te faire mal.

— Tu risques de mourir ? fit-il sans répondre à sa question.

— Je ne crois pas. Bon, en fait, je n'en sais rien. Je me sens bizarre.

— Bizarre ? Explique-moi.

— Comme si je n'étais pas vraiment attachée à mon corps.

— Est-ce que tu souffres ?

Elle réfléchit et fut surprise de sa découverte.

— Non. À vrai dire, pas du tout.

Pourtant, sa voix était de plus en plus faible. Soudain, une main glissa sur son visage, puis glissa sur son cou, son bras et...

— Aïe ! Tu me fais mal.

— Tu es gravement brûlée ! Tu as besoin d'aide.

— Je ne peux pas partir d'ici ! Je vais complètement cramer, dit-elle en se demandant pourquoi il lui semblait que le sol tournait sous ses pieds.

— Que puis-je faire pour t'aider ?

— Me couvrir avec une grande bâche et me conduire à la banque du sang, ricana-t-elle.

Elle n'avait jamais eu aussi soif de sa vie. Peut-être qu'elle allait vraiment mourir... Cela aurait été dommage, après tout ce que Rephaïm avait fait pour la sauver...

— C'est de sang que tu as besoin ?

— Oui, c'est ce qu'il me faut. Je sais que c'est dégoûtant, mais c'est la vérité.

— Tu mourras si tu n'en reçois pas ?

— Je crois que oui, répondit-elle, avec détachement.

— Alors, prends le mien. Je te dois la vie. C'est pour ça que je t'ai aidée, sur le toit. Mais si tu meurs ici, je n'aurai pas remboursé ma dette. Alors, si tu as besoin de sang, je t'offre le mien.

— Mais il a une drôle d'odeur, objecta-t-elle.

— C'est aussi ce qu'ont dit les autres, répondit-il d'un ton vexé. Tu ne le trouves pas ragoûtant, parce que je ne suis pas censé être une de tes proies. Je suis le fils d'un immortel, pas une victime.

— Je n'ai jamais dit ça.

Elle avait voulu protester d'un ton cassant, mais sa voix n'était qu'un murmure. Elle avait l'impression que sa tête gonflait, comme si elle allait se décrocher de son cou et s'envoler dans les nuages tel un ballon d'anniversaire.

— Qu'il sente bon ou non, c'est du sang. Alors, tu vas le boire, et tu vas vivre.

Elle poussa un cri lorsque Rephaïm l'attira contre lui. Puis elle appuya la tête contre sa poitrine avec un gros soupir. Ce ne serait pas si mal de mourir ici, au sein de son élément, dans un nid de plumes.

Rephaïm remua, et elle se rendit compte qu'il avait passé son bec sur l'entaille que Kurtis avait laissée sur son biceps et qui se remit aussitôt à saigner, emplissant leur petite poche souterraine de l'odeur épaisse de son sang d'immortel.

Rephaïm colla son bras blessé contre ses lèvres.

— Bois, dit-il d'une voix rauque. Aide-moi à m'acquitter de ma dette.

Elle but, machinalement d'abord. Puis elle constata que le goût de son sang ne ressemblait en rien à ce qu'elle avait imaginé, ni à son odeur. Surprise, elle savoura sa riche complexité.

Elle l'entendit siffler, et la main posée sur sa nuque resserra sa prise. Lucie gémit : boire le sang du Corbeau Moqueur ne pouvait être une expérience sexuelle ! Pourtant, ce n'était pas complètement anodin. Elle se dit furtivement qu'elle aurait aimé avoir un peu plus d'expérience avec les garçons – plus que les moments passés avec Dallas dans le noir –, car elle ne savait que penser de ce qui se passait dans sa tête et dans son corps. C'était une sensation de picotement, agréable, chaude, puissante, très différente de ce qu'elle avait éprouvé avec Dallas.

Elle aimait beaucoup ça. Pendant quelques secondes, elle oublia que Rephaïm était une créature mi-immortelle, mi-animale, issue de la violence et de la luxure. Elle n'avait plus conscience que du plaisir qu'il lui procurait et des forces que son sang lui redonnait.

Alors, son Empreinte avec Aphrodite se brisa, et Lucie, la première vampire rouge, grande prêtresse de Nyx, imprima avec Rephaïm, le fils favori d'un ange déchu.

Elle s'écarta de lui. Aucun des deux ne dit rien : le silence de la petite cavité n'était troublé que par leurs halètements.

— Terre, j'ai encore besoin de toi, fit Lucie au bout d'un moment.

Elle avait mal partout. Cependant, malgré ses brûlures et ses écorchures, elle avait la certitude que le sang de Rephaïm lui permettrait de guérir.

Le parfum d'une prairie au printemps l'enveloppa aussitôt. Lucie pointa le doigt en l'air.

— Ouvre une fissure, juste assez grande pour laisser passer un peu de lumière sans qu'elle ne me brûle.

Son élément lui obéit. Le sol frémit, et un petit rai de soleil apparut au-dessus de leur tête.

Une fois ses yeux adaptés à la luminosité, elle vit Rephaïm battre des paupières. Il était assis près d'elle. Il avait une mine affreuse ; il saignait et était tout meurtri. Son aile brisée pendait, inerte, le long de son dos.

— Ton aile est dans un sale état, fit-elle.

Il grogna, et elle supposa que c'était sa façon d'acquiescer.

— Je vais m'en occuper, dit-elle en faisant mine de se lever.

— Non, ne bouge pas. Repose-toi et reprends des forces.

— C'est inutile. Je ne suis pas en pleine forme, mais je vais beaucoup mieux. Tu ne le sens pas ? ajouta-t-elle après une hésitation.

— Pourquoi devrais-je…

Il s'interrompit brusquement. Elle vit ses yeux rouges s'écarquiller.

— Comment est-ce possible ?

— Je ne sais pas, répondit-elle en se levant et en défaisant ses bandages. Je ne pensais pas que ça pouvait arriver. Et pourtant…

— Une Empreinte ! lâcha-t-il.

— Oui, Rephaïm.

Ils se turent tous les deux.

— Bon, je vais immobiliser ton aile comme la dernière fois. Désolée, ça va te faire mal, évidemment. Et maintenant, ça me fera mal, à moi aussi.

— Vraiment ?

— Je sais un peu comment fonctionnent les Empreintes, parce que j'avais imprimé avec une humaine. Elle était au courant de tas de trucs sur moi. À présent que nous avons imprimé, je vais partager des choses avec toi, y compris ta souffrance.

— Votre Empreinte existe toujours ?

— Non, elle est brisée. Et je suis sûre qu'Aphrodite en est ravie.

— Et toi ?

Lucie le regarda droit dans les yeux et lui répondit honnêtement.

— Je suis un peu perdue, mais je ne regrette pas du tout mon Empreinte avec Aphrodite. Allez, tiens-toi tranquille et laisse-moi terminer.

Ce fut elle qui poussa des cris de douleur ; elle qui tremblait, livide, quand elle eut fini d'attacher son aile.

— Bon sang, qu'est-ce que ça fait mal !

— Tu le sens à ce point ?

— Malheureusement, oui. C'est presque pire que ce que j'ai éprouvé quand je grillais au soleil. Est-ce que ça va aller ?

— Elle va guérir.

— Mais ?...

— Mais je ne pourrai pas voler à nouveau.

— C'est grave, hein ?

— Oui.

— Peut-être qu'elle guérira complètement…. Si tu retournais à la Maison de la Nuit avec moi, je réussirais à…

— Pas question ! la coupa-t-il.

— C'est ce que je pensais moi aussi, insista-t-elle, et pourtant, ils m'ont acceptée. Du moins, certains.

— Ce ne serait pas pareil pour moi, et tu le sais.

Elle baissa les yeux et se courba.

— Tu as tué professeur Anastasia. Elle était vraiment gentille. Dragon, son compagnon, est perdu sans elle.

— J'ai fait ce que j'avais à faire pour mon père.

— Et il t'a abandonné.

— Je l'ai déçu.

— Tu as failli mourir !

— Il est toujours mon père.

— Rephaïm, cette Empreinte… Est-ce je suis la seule à constater un changement ?

— Un changement ?

— Oui, comme le fait que je partage ta douleur. Par ailleurs, je suis sûre que je pourrais deviner où tu es et ce que tu fais même si tu étais loin de moi. Et toi, est-ce que tu sens une différence ?

Il hésita un long moment avant de lui répondre, l'air troublé.

— J'ai envie de te protéger.

— Tu m'as protégée sur le toit, dit Lucie en souriant.

— C'était pour rembourser ma dette. Là, c'est autre chose.

— Quoi ?

— Ça me rend malade de penser que tu as été à deux doigts de la mort, avoua-t-il d'un ton ennuyé.

— C'est tout ?

— Non. Oui. Je ne sais pas ! Je ne suis pas habitué à ça, dit-il en abattant son poing sur la paroi de la cavité.

— Habitué à quoi ?

— À ce sentiment que j'éprouve pour toi. Je ne sais pas quel nom lui donner.

— L'amitié, peut-être ?

— Impossible !

— Pourquoi ?

— Toi et moi sommes à l'opposé sur l'échelle du bien et du mal.

— Ce n'est pas une fatalité, objecta Lucie.

— Je suis toujours le fils de mon père.

— Alors, qu'allons-nous faire ?

Avant qu'il ne puisse lui répondre, des cris paniqués leur parvinrent par la petite fissure dans la terre.

— Lucie ! Où es-tu ?

— C'est Lenobia, chuchota Lucie.

— Lucie ! s'écria une autre voix.

— Oh, mince ! Erik est avec elle. S'il te découvre, ça va être terrible.

— Vont-ils te protéger du soleil ?

— Oui, ils ne veulent pas que je brûle.

— Alors, appelle-les, et rentre chez toi.

Elle se concentra, agita la main... La terre trembla, et l'ouverture s'agrandit. Lucie recula pour ne pas se trouver en pleine lumière.

— Lenobia ! Erik ! Je suis là !

Ensuite elle se pencha sur Rephaïm et murmura :

— Cache-le pour moi, terre. Empêche-les de le voir.

Elle poussa la paroi, qui se creusa, ménageant un petit renfoncement, dans lequel il se blottit à contrecœur.

— Lucie ? lança la voix de Lenobia non loin de là.

— Par ici ! Je ne peux pas sortir, à moins que vous n'installiez une tente ou une bâche.

— On va s'en occuper. Ne bouge pas !

— Ça va ? demanda Erik. Tu as besoin de quelque chose ?

— Non. Je vais bien. Il faut juste que vous m'abritiez du soleil.

— Pas de problème. On revient tout de suite.

— Je vous attends ! s'écria-t-elle avant de se tourner vers Rephaïm. Et toi ?

— Je vais rester ici. Si tu ne leur dis pas que je suis là, je ne risque rien.

— Bien sûr que je ne leur dirai pas ! Mais, ensuite, où vas-tu ?

— Pas dans les souterrains.

— Non, tu as raison. Quand nous serons partis, tu pourras sortir. Les novices rouges ne vont pas sortir avant la nuit et, comme il est très tôt, la plupart des gens dorment encore.

Elle réfléchissait à toute vitesse : comment faire pour le garder auprès d'elle, pour l'aider à se nourrir et à changer ses bandages, mais aussi pour le surveiller ? Il allait guérir et retrouver ses forces. Qui sait ce qu'il ferait alors ?

Était-ce à cause de leur Empreinte ? Elle n'avait pas

envie qu'il s'éloigne. Étrange qu'elle n'ait pas ressenti ça avec Aphrodite...

— Lucie, ils reviennent ! s'affola-t-il. Où dois-je aller ?

— Ah, mince... euh... Bon, il te faut une cachette dans les parages ? Un endroit qui fait peur, pour que les gens ne s'y aventurent pas...

Elle se tapa le front et lui fit un grand sourire.

— Je sais ! Après Halloween, avec Zoey et, toute la bande, on est allés faire le tour des lieux hantés de Tulsa dans une vieille calèche.

— Lucie ! Ça va toujours ? demanda Erik.

— Oui, bien.

— On monte une espèce de tente au-dessus de la fissure et autour de l'arbre. Ce sera suffisant ?

— Ça ira, oui.

— OK, je te dirai quand on aura fini.

Lucie se retourna vers Rephaïm.

— Voici mon idée : la visite se termine au Gilcrease Museum, dans le nord de la ville. Il y a là-bas une grande maison inoccupée. Tu vas te cacher dedans.

— Personne ne va me voir ?

— Pas si tu restes à l'intérieur pendant la journée. Les accès sont condamnés pour que les touristes n'y aillent pas. Et le mieux, c'est qu'elle est hantée ! C'est pour ça qu'elle faisait partie du circuit, apparemment ! Il paraît que les fantômes de M. Gilcrease, de son épouse et de leurs enfants traînent régulièrement ; alors, si quelqu'un voit ou entend quelque chose de bizarre, il va flipper et se sauver à toutes jambes.

— Les esprits des morts...

Lucie haussa les sourcils.

— Ça ne te fait pas peur ?

— Non. Je ne les comprends que trop bien. J'ai été un esprit pendant des siècles.

— Oh, je suis désolée. J'avais oublié que...

— C'est bon, Lucie ! lança Lenobia. Nous sommes prêts.

— J'arrive ! Reculez pour ne pas tomber quand je vais élargir le trou.

Elle se tourna vers Rephaïm.

— Dès que nous serons partis, rejoins la voie ferrée. Un peu plus loin, tu verras l'autoroute 244, suis-la vers le nord. Fais très attention ! Va aussi vite que possible, et reste dans le fossé, si une voiture passe, accroupis-toi ; les gens vont croire que tu es un grand oiseau. Au bout d'un kilomètre, tu verras le panneau de sortie du musée. Là, le plus dur sera fait. Sur la route qui y mène, il y a beaucoup d'arbres et d'endroits où se cacher. La maison abandonnée se trouve au milieu du parc. Cache-toi à l'intérieur ; je t'apporterai de la nourriture et des affaires cette nuit.

— Ce n'est pas raisonnable, protesta Rephaïm.

— Rien de tout ça n'a été très malin, si on y pense.

— Alors, à ce soir, puisque ni toi ni moi n'arrivons à agir avec sagesse quand l'autre est concerné.

— Bon, eh bien, à ce soir !

— Prends soin de toi, Lucie. Je crois que je pourrais... heu... ressentir ta perte, fit-il d'une voix rauque, comme s'il avait du mal à prononcer ces mots.

— Oui, moi aussi. Merci de m'avoir sauvé la vie. Ta

dette est remboursée, dit-elle avant de lever les bras pour ouvrir la terre.

— Bizarrement, je ne m'en sens pas libéré, murmura-t-il.

— Oui, je vois ce que tu veux dire...

Sur ce, Lucie appela son élément. Le plafond s'effondra, et Lenobia et Erik la hissèrent à la surface.

Personne ne pensa à regarder dans le trou. Personne ne se doutait de rien. Comme personne ne vit plus tard une créature de cauchemar, mi-oiseau, mi-humain, entrer en boitant dans le Gilcrease Museum pour se cacher parmi les esprits du passé.

CHAPITRE TRENTE-HUIT

Zoey

Lucie ! Tu es sûre que ça va ?

— Je m'agrippai au téléphone ; j'aurais voulu me téléporter jusqu'à Tulsa pour m'assurer de mes propres yeux que ma meilleure amie était en bonne santé.

— Zoey ! Ne sois pas aussi inquiète. Je vais bien. Promis. Ce n'était qu'un accident stupide.

— Que s'est-il passé ?

— Je suis trop bête ! Je suis partie très tard. J'aurais dû attendre le soir pour aller là-bas. Une fois sur place, j'ai cru entendre quelqu'un sur le toit. Je m'y suis précipitée : c'était presque l'aube, et j'avais peur qu'un novice rouge ne soit coincé là-haut. Il faut vraiment que je me fasse déboucher les oreilles ! C'était un chat. Un gros chat tacheté qui miaulait à tue-tête. J'allais redescendre, mais bien sûr je suis tombée, et je me suis cogné la tête si fort que je me suis évanouie. Tu n'imagines pas tout le sang que j'ai perdu. C'était impressionnant !

— Tu es montée sur le toit juste avant le lever du soleil, et tu t'es assommée ? soufflai-je.

Je l'aurais étranglée !

— Oui, je sais, ce n'est pas la chose la plus intelligente que j'ai faite dans ma vie... Quand j'ai repris conscience, le soleil tapait déjà.

— Tu as brûlé ? demandai-je, le ventre noué. Est-ce que tu es... euh... abîmée ?

— Oui, j'ai commencé à cramer, et c'est probablement ce qui m'a réveillée. Je suis encore pas mal grillée. Cela dit, ça aurait pu être pire. Par chance, j'ai eu le temps de courir jusqu'à l'arbre qui pousse à côté de la tour. Tu t'en souviens ?

Je ne m'en souvenais que trop bien : c'est là que s'était cachée la créature qui avait failli me tuer.

— Alors, j'ai sauté dans la branche la plus proche, j'ai glissé le long du tronc et j'ai demandé à la terre de s'ouvrir pour me cacher.

— Et c'est là que Lenobia t'a trouvée ?

— Oui, Lenobia et Erik. Il a été super gentil ! Je ne dis ça pour que tu te remettes avec lui ; j'ai juste pensé que tu aimerais le savoir.

— Parfait ! Je suis contente que ça aille.

Je m'interrompis, cherchant mes mots pour continuer.

— Tu sais, ça a été dur pour Aphrodite. Sans parler de votre Empreinte qui s'est brisée.

— Je suis désolée si elle a eu mal.

— Mal ? Tu plaisantes ! On a carrément cru qu'elle allait mourir. Elle brûlait avec toi, Lucie.

— Oh, déesse ! Je ne savais pas.

— Lucie, attends une seconde.

Je tournai le dos aux autres, qui essayaient d'entendre ma conversation, et sortis dans le couloir. Les bougies des chandeliers en verre soufflé projetaient une lumière chaude et vacillante sur les tapisseries crème et or. J'avais l'impression d'être Alice au pays des merveilles entrant par un terrier de lapin dans un monde parallèle.

— Voilà, c'est mieux. Il y a moins d'oreilles curieuses ici. Aphrodite a dit que tu avais été piégée. Elle en était certaine.

— Zoey, j'ai trébuché, et je me suis cogné la tête. Elle a dû ressentir ma panique. Quand je me suis réveillée, je brûlais ! J'étais tombée sur des espèces de filets métalliques, et j'étais tout empêtrée dedans. J'ai eu drôlement peur ! C'est ça qu'elle a ressenti.

— Alors, personne ne t'a agressée ? Tu n'étais pas enfermée quelque part ?

— Non, Zoey, répondit Lucie en riant, la réalité est beaucoup moins palpitante.

Je secouai la tête, encore confuse.

— C'était terrifiant, Lucie. Pendant un moment, j'étais persuadée que j'allais vous perdre toutes les deux.

— Eh bien, non, tu ne vas pas me perdre, ni cette enquiquineuse d'Aphrodite ! En revanche, je peux te dire que je suis super contente que notre Empreinte soit brisée.

— Tiens, ça aussi, c'est bizarre ! Comment est-ce arrivé ? Elle ne s'est même pas rompue quand Darius a bu son sang, et pourtant il y a un truc entre eux.

— J'ai failli mourir, et je suppose que c'est ce qui a fait sauter notre lien. Je ne vois pas d'autre explication.

Peut-être que son histoire avec Darius l'avait déjà affaiblie.

— Tu crois ? Votre Empreinte n'avait pas du tout l'air faible !

— En tout cas, c'est terminé à présent ! Il faut croire qu'elle n'était pas aussi solide que ça.

— D'après ce que j'ai vu, c'était épouvantable !

— De la perspective de celle qui brûlait au soleil, ce n'était pas évident non plus…, m'assura-t-elle.

Je regrettai aussitôt de l'avoir ainsi bombardée de questions. Elle avait frôlé la mort, et je la cuisinais sur des détails !

— Je suis désolée, Lucie ! J'étais folle d'inquiétude, c'est tout. Et c'était horrible de voir Aphrodite souffrir avec toi.

— Tu penses que je devrais lui parler ?

— Non, du moins, pas tout de suite. La dernière fois que je l'ai vue, Darius la portait dans un escalier incroyablement large pour l'installer dans une suite de luxe, où elle va dormir un bon moment, étant donné tous les médicaments que lui ont filés les vampires.

— Oh, bien. Une suite de luxe. Elle doit adorer !

Nous nous esclaffâmes, et tout redevint normal.

— Zoey ? Le Conseil supérieur va ouvrir la session, m'annonça Erce.

— Il faut que j'y aille, Lucie. On m'appelle.

— Oui, j'ai entendu. Juste un truc encore : écoute ton cœur, Zoey. Même si tu as l'impression que tous les autres sont contre toi, et que tu fais une grosse bêtise. Fie-toi à ton instinct. Ce qui en résultera pourrait t'étonner.

— Il faudra qu'on en parle à mon retour, fis-je, surprise par ses propos.

— Je serai là. Botte-leur les fesses, Zoey.

— Je ne vais pas me gêner ! Au revoir, Lucie. Je suis
contente que tu ne sois pas morte.

— Moi aussi.

Nous raccrochâmes. J'inspirai profondément, je
redressai les épaules et me préparai à affronter la haute
autorité des vampires.

Le Conseil supérieur se réunissait dans une très
ancienne cathédrale qui s'élevait à côté du superbe palais
de San Clemente. De toute évidence, elle avait autrefois
été une église catholique ; en découvrant son intérieur,
je me demandai ce que la sœur Marie Angela aurait
pensé des transformations apportées par les vampires...
Ils l'avaient complètement vidée, ne conservant que les
énormes lampes qui pendaient au bout d'épaisses
chaînes en bronze fixées au plafond. Des sièges en marbre avaient été disposés en cercle au milieu de la nef.
Ils étaient jolis, mais on devait avoir drôlement froid
aux fesses, assis dessus.

Les vitraux, qui devaient autrefois représenter Jésus
sur la croix et des saints, montraient désormais Nyx,
qui, les bras levés, tenait un croissant de lune entre ses
mains, un pentagramme brillant près d'elle. Sur d'autres
vitraux, je vis les emblèmes des quatre classes de la
Maison de la Nuit.

Soudain, je remarquai la scène dépeinte au-dessus de
l'image de Nyx. Je me figeai.

C'était Kalona ! Les ailes dépliées, le corps nu, musclé, bronzé, puissant. Je me mis à trembler.

Stark me prit le bras et le coinça sous le sien, comme un gentleman conduisant une dame jusqu'à son siège. Il était fort et rassurant.

— Ce n'est pas lui, murmura-t-il à mon oreille. C'est une ancienne représentation d'Érebus.

— Mais cela lui ressemble assez pour qu'ils pensent que Kalona est vraiment Érebus !

— En effet. Et c'est pour ça que tu es là.

— Zoey et Stark, voici vos places, dit Erce. Les autres, asseyez-vous dans la deuxième rangée. Je vous rappelle que vous ne pouvez parler que si le Conseil vous y invite.

— Oui, oui, je sais, répondis-je avec agacement.

Quelque chose chez Erce me gênait. Comme c'était l'amie de Lenobia, j'aurais voulu l'apprécier, seulement, depuis la crise d'Aphrodite, elle se comportait comme si elle était notre responsable.

Je l'avais écoutée s'étendre sur les règles à respecter lors des débats sans broncher ; pourtant c'était incroyable ! Un immortel déchu et une dangereuse ex-grande prêtresse essayaient de manipuler le Conseil supérieur des vampires ! N'était-il pas plus important de s'en prémunir que de respecter ces satanées règles ?

Bien entendu, Damien, Jack et les Jumelles acquiescèrent, intimidés.

— Je serai juste derrière toi, à côté de Damien et de Jack, me chuchota Heath. Je ne capte pas de sympathie pour les humains en ce lieu, alors je vais faire profil bas.

Stark le regarda longuement.

— Surveille ses arrières, dit-il.

— Comme toujours, répondit Heath.

— Bien. Je m'occupe du reste.

— Compris.

Ils ne plaisantaient pas. Ce n'étaient ni des sarcasmes, ni une démonstration de virilité ou de jalousie. Ils étaient tellement inquiets qu'ils travaillaient ensemble !

Paradoxalement, cela m'avait angoissée.

Je savais que c'était ridicule et immature, mais j'avais terriblement envie de voir ma grand-mère. J'aurais aimé être dans son cottage, sur sa plantation de lavande, et manger du pop-corn luisant de beurre en regardant des comédies musicales, avec pour seul souci mes difficultés en géométrie.

Je sursautai, car une voix forte annonça soudain :

— Le Conseil supérieur des vampires !

— Debout ! nous ordonna Erce, ce qui finit de m'exaspérer.

Le silence s'abattit sur l'église. Je me levai en même temps que tous les autres, et, bouche bée, dévisageai les créatures qui venaient d'entrer, les plus parfaites que j'aie jamais vues.

Tous les membres du Conseil étaient des femmes. Cela n'avait rien d'étonnant : notre société étant matriarcale, il était logique qu'elle soit gouvernée par des femmes. Elles devaient être âgées ; cependant tout ce qu'on voyait, c'était leur incroyable beauté. D'un côté, cela me rassurait : même si les vampires vieillissaient et, finalement, mouraient, elles ne portaient pas les stigmates du temps. D'un autre côté, la puissance qu'elles dégageaient était franchement intimidante. À la seule idée de m'exprimer devant elles et les autres vampires, qui semblaient très sévères, mon ventre se retourna.

Stark me serra la main. Je m'accrochai à lui ; j'aurais voulu être plus vieille, plus maligne et, honnêtement, plus douée à l'oral...

Entendant des pas derrière moi, je pivotai sur mon siège : Neferet et Kalona longeaient la nef, avec assurance. Ils s'installèrent dans la même rangée que nous, face au Conseil. Comme si elles avaient attendu leur arrivée, les vampires s'assirent, et nous les imitâmes.

Je ne pouvais m'empêcher de les dévisager. Neferet, toujours aussi belle, avait toutefois quelque chose de changé. L'air qui l'entourait vibrait littéralement de pouvoir. Elle portait une sorte de toge, qui évoquait la Rome antique, et ressemblait à une reine. Kalona était spectaculaire. Même s'il était à demi-nu – il portait un pantalon noir, sans chemise ni chaussures –, il n'avait rien de ridicule. On aurait dit un dieu ayant décidé de descendre sur terre. Ses ailes l'enveloppaient telle une cape. Toute l'assistance le regardait, mais quand nos yeux se croisèrent, le monde disparut ; il n'y eut plus que lui et moi.

Le souvenir de mon dernier rêve brûlait entre nous. Je voyais le combattant de Nyx, l'être magnifique qui s'était tenu à ses côtés et qui était tombé parce qu'il l'aimait trop. Dans son regard, je voyais, je lisais de la vulnérabilité et comme une interrogation. Il voulait savoir si je le croyais. J'entendais toujours ses paroles : « Et si je n'étais maléfique qu'en présence de Neferet ? Si, avec toi, j'optais pour le bien ? »

Mon esprit les rejeta de nouveau. Quant à mon cœur... Kalona avait réussi à me toucher, et même si j'allais devoir le nier, je voulais à cet instant précis qu'il voie la vérité dans mes yeux. Je les laissai donc lui dire ce que je ne pourrais jamais avouer avec des mots.

Il me sourit avec une telle douceur que je dus détourner le regard.

— Zoey ? murmura Stark.

— Ça va, répondis-je machinalement.

— Sois forte. Ne le laisse pas t'atteindre.

Je hochai la tête et jetai un coup d'œil par-dessus mon épaule : Damien, Jack et les Jumelles fixaient tous Kalona. Mais pas Heath : il me regardait, visiblement inquiet. J'essayai de lui sourire, mais je ne réussis qu'à faire une grimace coupable.

L'une des prêtresses, se leva et dit d'une voix forte :

— Moi, Duantia, déclare ouverte cette session extraordinaire du Conseil supérieur des vampires. Que Nyx nous prête sagesse et clairvoyance.

— Que Nyx nous prête sagesse et clairvoyance, répétèrent tous les vampires en chœur.

Lors de son briefing, Erce nous avait dit les noms des membres du Conseil et nous les avait décrits. Je savais donc que Duantia était l'aînée : j'avais du mal à croire qu'elle était âgée de plusieurs siècles. Outre l'incroyable assurance et le pouvoir qu'elle dégageait, le seul signe de son grand âge étaient des fils argentés qui parsemaient ses cheveux bruns et épais.

— Nous avons des questions pour Neferet et l'être qui se fait appeler Érebus, reprit-elle.

Les yeux verts de Neferet se plissèrent, mais elle hocha gracieusement la tête. Kalona se mit debout et s'inclina.

— C'est un plaisir de vous revoir, dit-il aux membres du Conseil.

— Nous aimerions vous interroger sur vos origines, poursuivit Duantia.

— C'est bien naturel ! répondit-il.

Il semblait humble, raisonnable et très honnête. Je pensai, paniquée, que toutes les personnes présentes ne demanderaient qu'à croire à ce qu'il dirait...

Alors, je fis quelque chose de parfaitement puéril : comme une petite fille, je fermai les yeux et priai Nyx avec ferveur : « *Déesse, faites qu'il dise la vérité ! S'il en a le courage, il y a peut-être encore de l'espoir pour lui.* »

— Vous prétendez être Érebus descendu sur terre, continua Duantia.

J'ouvris les yeux. Kalona sourit.

— Je suis en effet un être immortel.

— Êtes-vous le consort de Nyx, Érebus ?

« Dis la vérité ! »

— J'ai autrefois été aux côtés de Nyx. Ensuite je suis tombé sur terre. Maintenant, je suis ici aux...

— Aux côtés de Nyx incarnée, l'interrompit Neferet en se levant.

— Neferet, nous connaissons déjà votre avis sur l'identité de cet immortel, fit Duantia sans hausser le ton, mais il était évident qu'il s'agissait là d'un avertissement. Nous désirons entendre ce que lui-même a à nous apprendre.

— Comme tout consort, je m'incline devant ma maîtresse vampire, dit Kalona en joignant le geste à la parole.

Neferet esquissa un sourire triomphant.

Je serrai les dents.

— Voulez-vous nous faire croire que l'incarnation d'Érebus sur cette terre n'a pas de volonté propre ?

— Qu'il soit ici ou dans le royaume Nyx, Érebus est dévoué à sa maîtresse, et ses désirs reflètent les siens. Je vous affirme que je parle d'expérience.

Il disait la vérité ! En tant que combattant de Nyx, il avait vu le dévouement d'Érebus à sa déesse. Cependant, il formulait les choses de façon à se faire passer pour Erebus, ce qui lui évitait de mentir.

— Pourquoi avez-vous quitté le royaume de Nyx ? demanda un autre membre du Conseil, qui n'avait pas répondu à son salut.

— J'ai choisi de partir, parce que j'estimais ne plus pouvoir servir ma déesse correctement, répondit Kalona avant de se tourner vers moi et de continuer comme s'il n'y avait que nous deux dans la cathédrale. D'abord, j'ai cru avoir commis une terrible erreur, et puis, au bout d'une longue souffrance, j'ai accédé à la lumière et trouvé un nouveau royaume et une nouvelle maîtresse. Ces derniers temps, je me suis rendu compte que je pourrais recommencer à servir ma déesse à travers sa représentante sur terre.

Duantia haussa les sourcils en suivant son regard.

— Zoey Redbird, le Conseil reconnaît votre dignité à prendre la parole.

CHAPITRE TRENTE-NEUF

Zoey

J'arrachai mon regard à celui de Kalona et je me levai. J'avais chaud et froid en même temps.

— Merci, dis-je.

— Soyez la bienvenue, me salua Duantia d'une voix douce. Notre sœur Lenobia nous a informées que, en l'absence de Neferet, vous aviez été nommée grande prêtresse de votre Maison de la Nuit et que vous représentiez de ce fait sa volonté.

— Il est tout à fait inapproprié qu'une novice soit nommée grande prêtresse ! intervint Neferet.

S'efforçant de ne pas montrer sa colère, elle me sourit avec indulgence, comme si j'étais une petite fille surprise en train d'essayer les vêtements de sa mère.

— Je suis toujours grande prêtresse de la Maison de la Nuit de Tulsa, déclara-t-elle avec force.

— Pas si votre Conseil vous a déposée, répliqua Duantia.

— L'arrivée d'Érebus et la mort de Shekinah ont beaucoup ébranlé notre Maison de la Nuit, établissement qui avait déjà été déstabilisé par l'assassinat de deux professeurs par des humains. Cela m'attriste, mais je dois souligner que les membres du Conseil de ma Maison n'ont pas les idées claires.

— On ne peut nier que la Maison de la Nuit de Tulsa est dans le tourment. Cependant, nous lui reconnaissons le droit de nommer une nouvelle grande prêtresse, même s'il est extrêmement inhabituel qu'une novice se voie attribuer cette fonction.

— La novice elle-même est... extrêmement inhabituelle, fit remarquer Kalona d'une voix où perçait la sourire.

Un autre membre du Conseil prit la parole. Ses yeux sombres flamboyaient, et sa voix était cassante, presque sarcastique. Il devait s'agir de Thanatos, celle qui avait pris le nom grec de la mort.

— Il est intéressant que vous preniez sa défense ! lâcha-t-elle. D'après Lenobia, Zoey ne croit pas que vous soyez celui que vous prétendez être.

— J'ai dit qu'elle était inhabituelle, pas qu'elle était infaillible.

Quelques membres du Conseil ricanèrent, ainsi que plusieurs personnes dans le public. Cependant la repartie de Kalona ne parut pas amuser Thanatos.

— Alors, dis-nous, jeune et *inhabituelle* Zoey Redbird, qui est cet immortel ailé, d'après toi ?

J'avais la bouche tellement sèche que je dus avaler ma salive deux fois avant de parler. Alors, mes paroles me surprirent : c'était comme si mon cœur s'était exprimé sans demander la permission à mon cerveau.

— Nous avons affaire à un personnage très complexe,

commençai-je. Je pense qu'il était proche de Nyx autrefois, même s'il n'est pas Érebus.

— Et s'il n'est pas Érebus, qui est-il ?

Je fixai les yeux sages de Duantia et m'efforçai d'oublier tout le reste.

— Une légende des ancêtres de ma grand-mère, les Cherokees, raconte son histoire. Celui qu'ils appellent « Kalona » vivait avec eux après être tombé du royaume de Nyx. À cette époque, il n'était plus lui-même. Il a commis des actes horribles envers les femmes de la tribu ; il a enfanté des monstres. Tout cela l'a conduit à sa perte – il a été piégé et emprisonné sous terre pendant des siècles. Une chanson du peuple cherokee expliquait comment le libérer –, Neferet a suivi ces conseils, et il est revenu. Je pense qu'il est avec Neferet, parce qu'il voulait être le consort d'une déesse : seulement, il a fait le mauvais choix. Neferet n'est pas une déesse. Elle n'est même plus la prêtresse d'une déesse.

Cette déclaration fut accueillie par des exclamations outrées et incrédules de l'assistance. Neferet glapit :

— Comment oses-tu ? Comme si toi, une novice, une enfant, pouvais savoir qui je suis aux yeux de Nyx !

— En effet, j'ignore qui vous êtes pour Nyx désormais, repliquai-je. Je ne comprends pas ce que vous êtes devenue. Mais je sais qui vous n'êtes pas : vous n'êtes plus la grande prêtresse de Nyx.

— Parce que tu crois m'avoir supplantée !

— Non, parce que vous vous êtes détournée de la déesse. Cela n'a rien à voir avec moi.

Neferet m'ignora et s'adressa au Conseil.

— Elle est amoureuse d'Érebus ! Je n'ai pas l'intention de tolérer les calomnies d'une adolescente jalouse !

— Calmez-vous ! Neferet, lança Duantia. Vous nous aviez fait part de votre désir de devenir la prochaine grande prêtresse de tous les vampires. Si vous obteniez ce titre, il vous faudrait faire preuve d'assez de sagesse pour gérer toutes sortes de controverses, y compris celles vous concernant.

Elle se tourna vers Kalona.

— Que répondez-vous à Zoey ?

Je sentis le regard de l'immortel me brûler la joue, mais je ne détachai pas les yeux de Duantia.

— Eh bien, elle croit dire la vérité ! Et j'admets que mon passé a été violent. Je n'ai jamais prétendu être sans reproche. Je n'ai trouvé ma voie que récemment, et sur cette voie il y a Nyx.

Je fus frappée par l'accent de sincérité qui résonnait dans ces mots.

— À cause de mon expérience personnelle, reprit-il, je veux réinstaurer les coutumes d'antan, celles d'une époque où les vampires et leurs combattants allaient fiers et forts, au lieu de se cacher dans des écoles, ne laissant sortir leurs jeunes qu'une fois leur Marque dissimulée, comme s'ils devaient avoir honte du croissant de la déesse. Les vampires sont les enfants de Nyx ; or, celle-ci n'a jamais voulu qu'ils se terrent dans l'obscurité. Retrouvons tous la lumière ! s'exclama Kalona d'une voix débordant de passion.

Il était magnifique. Pendant qu'il parlait, ses ailes s'étaient dépliées. Toute l'assemblée l'écoutait en retenant son souffle. Fascinées par sa beauté et sa ferveur, les vampires voulaient croire à son monde.

— Et quand vous serez prêts à suivre Nyx incarnée et son consort, Érebus, nous ferons revivre ces traditions, et, à nouveau fiers et forts, nous ne serons plus soumis aux humains ni à leurs préjugés, enchaîna Neferet, glorieuse, en passant le bras sous celui de Kalona en un geste de propriétaire. En attendant, écoutez les geignements d'enfants si vous le souhaitez. Pendant ce temps, Érebus et moi allons réclamer notre siège, Capri, à ceux qui l'ont habité si longtemps sans notre autorisation.

— Neferet, le Conseil s'opposera à la guerre contre les humains ! déclara Duantia. Vous ne pouvez pas les forcer à quitter leurs maisons.

— La guerre ? répéta Neferet en riant. Duantia, j'ai acheté le château de Nyx au vieillard qui l'avait laissé tomber en ruine. Si vous aviez pris la peine de vous renseigner, nous aurions récupéré notre ancien fief depuis longtemps !

Les yeux verts de Neferet balayèrent le public. Intense et séduisante, elle captivait tout le monde.

— C'est de là-bas que les vampires avaient fondé la superbe Pompéi ! De là-bas qu'ils dirigeaient la côte amalfitaine, ouvrant la voie à des siècles de prospérité grâce à leur sagesse et à leur bienveillance. C'est là-bas que se trouvent le cœur et l'âme de Nyx et la richesse de la vie qu'elle veut pour son peuple. Et c'est là-bas que nous serons, Érebus et moi. Rejoignez-nous si vous osez vivre à nouveau !

Elle fit volte-face et, dans un tourbillon de soie, quitta

l'église. Avant de la suivre, Kalona s'inclina respectueusement devant le Conseil, puis me regarda et dit :

— Au plaisir de vous revoir !

Quand ils furent sortis, ce fut un véritable déchaînement... Tous les vampires parlaient en même temps, certains voulant les rappeler, choqués par leur départ. Personne ne dit rien contre eux. Inutile de souligner qu'ils appelaient Kalona « Érebus »...

— Ils les a possédés ! souffla Stark.

Je hochai la tête. Il me lança un regard perçant.

— Et toi ?

J'ouvris la bouche, ne sachant comment expliquer à mon combattant que j'étais tentée de croire à ce que Kalona avait été autrefois et à ce qu'il pourrait redevenir.

La voix de Duantia s'éleva dans la nef.

— Silence ! Nous ne laisserons pas le Conseil sombrer dans le chaos. Dispersez-vous dans le calme.

Alors que les vampires, excités, quittaient l'église, elle se tourna vers moi.

— Zoey Redbird, nous souhaitons vous revoir demain. Venez ici au crépuscule avec vos amis. On nous a appris que la prophétesse, la novice redevenue humaine, venait de subir le traumatisme d'une rupture d'Empreinte. Si elle va mieux, nous aimerions qu'elle se joigne à nous.

— Oui, madame, répondis-je.

Sur ce, je sortis précipitamment, suivie de Stark. Damien nous fit signe de le retrouver dans un petit jardin, un peu à l'écart de l'allée principale, où nous attendaient les autres.

— Que s'est-il passé ? souffla-t-il. On aurait dit que tu gobais ce que Kalona racontait !

Je devais leur dire la vérité. J'inspirai profondément et je me lançai :

— Kalona m'a montré une vision de son passé qui prouve qu'il avait été le combattant de Nyx.

— N'importe quoi ! explosa Stark. C'est insensé ! J'ai passé du temps avec lui et je peux t'assurer qu'il n'est pas le combattant de la déesse !

— Plus maintenant, dis-je en essayant de garder mon calme, alors que j'avais envie de hurler, moi aussi.

Comment pouvait-il juger de la véracité de ma vision ?

— Il a choisi de quitter Nyx, continuai-je. Oui, c'était une erreur. Et oui, il a fait des choses horribles. Je l'ai dit devant le Conseil.

— Mais tu le crois, lâcha-t-il, les dents serrées.

— Non ! Il n'est pas Érebus ! Je n'ai jamais prétendu ça.

— Zo, intervint Heath, mais ce que tu as répondu aux vampires donne l'impression que tu serais de son côté s'il laissait tomber Neferet.

J'en avais assez. Comme d'habitude, mes copains me donnaient la migraine.

— Vous ne pourriez pas envisager les choses de façon objective ? Arrêtez avec votre jalousie et votre possessivité, essayez d'être impartiaux, bon sang !

— Je ne suis ni jaloux ni possessif, mais je suis persuadé que tu te trompes si tu penses que Kalona est bon, déclara Damien.

— Il t'a embobinée, Zoey, dit Shaunee.

— En beauté ! enchérit Erin.

— Non ! Je m'efforce de voir la vérité. Et s'il était réellement du bon côté, autrefois ? Peut-être qu'il pourrait y revenir !

Stark secoua la tête l'air excédé. Je m'en pris à lui.

— C'est bien ce qui t'est arrivé, à toi ! criai-je. Alors pourquoi pas lui ?

Il me lança un regard suppliant.

— Kalona se sert de ton lien avec A-ya pour embrouiller tes pensées. Réfléchis, Zoey ! dit-il.

— C'est ce que j'essaie de faire, pour trouver la vérité, envers et contre tout. Comme avec toi.

— Ce n'est pas la même chose ! Je n'ai pas été maléfique pendant des siècles. Je n'ai pas transformé une tribu entière en esclaves ni violé ses femmes.

— Tu aurais violé Becca si Darius et moi ne t'en avions pas empêché ! lâchai-je sans réfléchir.

Stark fit un pas en arrière, comme si je l'avais giflé.

— Il a réussi ! Il s'est emparé de ta raison... Du coup, il n'y a plus de place pour ton combattant.

Il pivota sur ses talons et s'éloigna dans l'ombre. Je ne me rendis compte que je pleurais qu'en sentant les larmes tomber sur mon tee-shirt. Je m'essuyai le visage d'une main tremblante et regardai mes amis.

— Quand Lucie est revenue, j'ai failli ne pas la reconnaître. Elle était terrifiante, méchante, dangereuse. Mais je ne lui ai pas tourné le dos. Je croyais en son humanité, et comme je ne l'ai pas abandonnée elle l'a retrouvée.

— Mais, Zoey, Lucie était bonne avant sa mort ! objecta Damien. Et si Kalona n'avait jamais eu ni bonté ni humanité ? S'il avait toujours choisi le mal ? Peut-être que ta vision n'a été qu'un écran de fumée... Il ne t'a peut-être montré qu'une partie déformée de la vérité.

— J'y ai pensé et je crois que c'était la réalité.

— Pour revenir à ce qu'a dit Stark : es-tu sûre que ton lien avec A-ya et les souvenirs qu'elle t'a transmis pourraient fausser ton jugement ? demanda Erin.

Je hochai la tête, pleurant de plus belle. Heath me prit la main.

— Zo, son fils a tué Anastasia et a failli tuer les novices qui ont tenté de la défendre.

— Je sais ! sanglotai-je.

« Mais s'il ne l'avait laissé faire uniquement parce que c'était ce que voulait Neferet ? », songeai-je. On aurait dit qu'Heath avait lu dans mes pensées.

— Kalona essaie de te manipuler parce que tu es la seule à pouvoir lui faire face. Personne d'autre n'aurait réussi à le bannir de Tulsa !

— Et la vision d'Aphrodite prouve que personne d'autre ne peut le vaincre pour de bon, enchaîna Damien.

— Si ça se trouve, tu as été créée pour le détruire, dit Shaunee.

— Comme tu as été créée pour l'aimer, termina Erin.

— Ne l'oublie pas, Zo, fit Heath.

— Tu dois parler avec Aphrodite, conclut Damien. Je vais la réveiller, et nous allons discuter de tout ça avec elle et Darius. Il faut que tu nous décrives exactement ce que Kalona t'a montré dans cette vision.

J'acquiesçai, mais je savais que c'était impossible. Je ne pouvais pas parler à Aphrodite et à Darius dans cet état.

— D'accord. J'ai juste besoin d'un petit moment, fis-je en m'essuyant le visage avec ma manche.

Jack, qui avait assisté à cette scène, l'air inquiet, me tendit un petit paquet de Kleenex.

— Merci, reniflai-je.

— Garde-les, dit-il en me tapotant l'épaule. Ils risquent encore de servir...

— Et si vous alliez dans la suite d'Aphrodite ? proposai-je. Je vous rejoindrai dès que je me sentirai un peu mieux.

— Ne traîne pas trop, OK ? lança Damien.

Je hochai la tête, et mes amis s'éloignèrent lentement. Je me tournai vers Heath, qui n'avait pas bougé.

— Je voudrais être seule.

— D'accord, mais d'abord tu vas m'écouter.

Il me prit par les épaules et me força à le regarder dans les yeux.

— Tu dois combattre ce que tu ressens pour Kalona. Et je ne dis pas ça parce que je suis jaloux. Je t'aime depuis mon enfance ; je ne t'abandonnerai pas, quoi que tu fasses. Seulement, n'oublie pas : Kalona n'est pas comme Lucie ou Stark. C'est un immortel. Il appartient à une autre dimension et, Zo, il veut diriger le monde ! Comme tu es la seule à pouvoir l'arrêter, il veut que tu sois de son côté. Il pénètre dans tes rêves ; il entre dans ton esprit et, d'une certaine façon, il est même reliée à ton âme. Je le sais, car moi aussi, je suis lié à ton âme.

Le discours de Heath me calma. Il était tellement familier. Il était mon roc humain, toujours là : il savait ce qui était le mieux pour moi.

— Je suis désolée d'avoir dit que tu étais jaloux et possessif, reniflai-je avant de me moucher.

— Je le suis un peu, fit-il en souriant. Mais je suis persuadé que ce que nous avons est spécial. Ton petit ami le combattant n'a pas mon assurance.

— Il n'a pas autant d'expérience que toi avec moi.

— Personne n'en a autant, bébé !

Je soupirai et me glissai dans ses bras, me serrant contre lui.

— Tu es mon foyer, Heath.

— Je le serai toujours, Zo, dit-il avant de m'embrasser doucement. Bon, je vais te laisser tranquille ; tu as encore des larmes et de la morve à verser. Pendant ce temps, je vais aller chercher Stark, lui dire qu'il n'est qu'un abruti jaloux et peut-être même le frapper.

— Le frapper ?

Il haussa les épaules.

— Un bon coup de poing, ça remet les idées en place !

— Euh, pas quand c'est toi qui le reçois.

— Bien, dans ce cas, je lui trouverai quelqu'un d'autre à frapper. Parce que, à mon avis, tu n'as pas envie que mon joli minois soit abîmé.

— Si tu le vois, pourrais-tu l'emmener dans la chambre d'Aphrodite ?

— C'est bien ce que je comptais faire, dit-il en m'ébouriffant les cheveux. Je t'aime, Zo.

— Moi aussi, je t'aime, mais je déteste qu'on me décoiffe.

Il me sourit, me fit un clin d'œil et partit chercher Stark.

Je me sentais un peu mieux. Je m'assis sur un banc, me mouchai, m'essuyai les yeux et je regardai au loin. Soudain, je réalisai ce que je voyais et où j'étais assise.

C'était le banc de l'un de mes premiers rêves avec Kalona ! Il était installé sur un petit monticule, si bien que je pouvais admirer, par-dessus le grand mur qui encerclait l'île, la basilique Saint-Marc illuminée, une image magique dans cette nuit d'hiver. Derrière moi, le palais de San Clemente scintillait. À ma droite se dressait l'ancienne cathédrale, transformée en siège du Conseil supérieur. Il y avait tant de beauté, de puissance et de majesté autour de moi ! J'avais été trop absorbée par mes problèmes pour le remarquer.

Était-ce à cause de ça que je n'avais pas vu la vérité concernant Kalona ?

Je savais ce qu'allait dire Aphrodite. Elle dirait que j'allais réaliser la mauvaise vision. Peut-être aurait-elle raison.

Je levai la tête et contemplai le ciel nocturne, essayant d'apercevoir la lune derrière la couche de nuages. Puis je priai.

— Nyx, j'ai besoin de vous. Je suis perdue. S'il vous plaît, aidez-moi. Montrez-moi quelque chose qui me permettra d'y voir plus clair. Je ne veux pas me tromper une fois de plus...

CHAPITRE QUARANTE

Heath

Heath se demandait si Zo savait qu'elle lui brisait le cœur, alors qu'il voulait ce qui était le mieux pour elle ; il l'avait toujours voulu.

Il se rappelait le jour où il était tombé amoureux d'elle. La mère de Zoey avait décidé, sans lui demander son avis, de couper elle-même ses beaux cheveux sombres. Alors, le lendemain, Zoey était arrivée en classe avec une tignasse super courte, pleine d'épis qui pointaient dans tous les sens.

Bien sûr, les enfants s'étaient moqués d'elle. Heath ne pouvait détacher le regard de son visage effrayé : il n'avait jamais vu quelqu'un d'aussi joli. Il lui avait dit qu'il aimait bien sa nouvelle coiffure, devant tout le monde, à la cafétéria. Il avait cru qu'elle allait se mettre à pleurer, alors il avait porté son plateau et s'était installé avec elle, même si ce n'était pas cool de manger avec une fille. Ce jour-là, elle l'avait touché en plein cœur. Et depuis, elle n'avait pas arrêté.

C'est pour cela qu'il allait chercher le type qui lui

avait volé Zoey : c'était ce qu'il y avait de mieux pour elle. Il passa la main dans ses cheveux. Un jour, tout cela serait terminé. Un jour, Zoey rentrerait à Tulsa et, même si la Maison de la Nuit occuperait une grande partie de son temps, elle serait avec lui aussi souvent que possible. Ils iraient au cinéma, comme avant ; elle viendrait le voir jouer au football à l'université. Tout serait à nouveau normal, ou presque.

Il attendrait. Quand cette histoire avec Kalona serait réglée — et Zoey allait la régler, il en était sûr — tout s'arrangerait. Il retrouverait sa Zo. Il se contenterait de ce qu'elle voudrait bien donner.

Il suivait le chemin qui s'éloignait du palais. À sa gauche, il y avait un grand mur de pierre ; à droite, une sorte de labyrinthe circulaire composé de haies atteignant presque sa taille. À part ça, il ne voyait pas grand-chose dans l'obscurité. Tout était calme ; si calme qu'il percevait le bruit des vagues de l'autre côté du mur. Il songea à appeler Stark, mais finalement y renonça : comme Zo, il appréciait les moments de solitude.

Toutes ces histoires de vampires étaient trop bizarres ; il avait besoin de temps pour les assimiler. En fait, il aimait bien certaines de ces créatures et quelques novices, aussi. Il trouvait même que Stark était un type bien. C'était Kalona qui gâchait tout.

Soudain, comme si ses pensées avaient attiré l'immortel jusqu'à lui, il entendit la voix de Kalona. Il ralentit, prenant soin de ne pas faire crisser les gravillons du sentier.

— Tout se passe exactement comme prévu, disait Kalona.

— Je déteste ce subterfuge ! Je ne supporte pas que tu prétendes être quelqu'un que tu n'es pas pour elle.

Heath reconnut la voix de Neferet et s'avança un peu sur la pointe des pieds. Il se colla contre le mur en retenant son souffle. Les voix provenaient du labyrinthe. Tout près, il y avait une brèche dans la haie, par laquelle il les aperçut. Ils se tenaient près d'une fontaine. Heath poussa un petit soupir de soulagement : le bruit de l'eau avait sans doute étouffé celui de ses pas.

— Pour moi, c'est simplement un autre point de vue, répliqua Kalona.

— C'est pourquoi tu lui mens tout en paraissant lui dire la vérité ? cracha Neferet.

Il haussa les épaules.

— Zoey veut la vérité. C'est ce que je lui donne.

— Une vérité sélective.

— Bien sûr. Mais les mortels – vampires, humains ou novices – ne façonnent-ils pas tous leur vérité ?

— Les mortels. Tu dis ça comme si nous n'avions aucun rapport avec toi.

— Je suis un immortel ; je suis donc différent. De toi aussi, même si tes pouvoirs de Tsi Sgili te rapprochent de l'immortalité.

— Oui, mais ce n'est pas le cas de cette gamine. Je pense toujours que nous devrions la tuer.

— Tu es une créature assoiffée de sang ! dit Kalona en riant. Que veux-tu faire ? Lui couper la tête et la planter sur un pieu, comme tu l'as fait aux deux autres qui se sont mis en travers de ton chemin ?

— Ne sois pas ridicule ! Je ne la tuerais pas de la même manière. Ce serait trop évident. En revanche, simplement avoir un malheureux accident quand elle ira visiter Venise, dans un ou deux jours.

Le cœur de Heath battait si fort qu'il était persuadé qu'ils allaient l'entendre. C'était Neferet qui avait assassiné les deux professeurs de Zoey ! Et Kalona trouvait ça drôle ! Quand Zo apprendrait ça, elle ne penserait plus qu'il y avait du bien en lui.

— Non, reprit Kalona. Nous n'aurons pas besoin de tuer Zoey. Bientôt, elle viendra à moi de son propre chef ; j'ai semé les graines en elle. Tout ce qu'il faut, c'est attendre qu'elles germent, et alors ses pouvoirs, vastes malgré sa mortalité, seront à ma disposition.

— À notre disposition, rectifia Neferet.

D'une aile, Kalona lui caressa le flanc, et elle se pencha vers lui.

— Bien sûr, ma reine, murmura-t-il avant de l'embrasser.

Heath avait l'impression de regarder un film porno : dégoûté, il aurait voulu partir, mais il ne pouvait pas bouger. Il allait devoir attendre qu'ils soient en pleine action pour s'éclipser et filer tout raconter à Zoey.

Cependant, Neferet le surprit en s'écartant de Kalona.

— Non. Tu ne peux pas faire l'amour à Zoey dans ses rêves, ainsi que devant tout le monde, par le regard comme tout à l'heure, et exiger que je sois à toi. Je sens trop sa présence entre nous.

Elle s'éloigna de lui. Heath la suivit des yeux, captivé par sa beauté. Ses épais cheveux auburn flottaient sur ses épaules nues ; sa robe en soie, telle une seconde peau, découvrait la moitié de ses seins, qui se soulevaient, tandis qu'elle respirait lourdement.

— Je ne suis peut-être pas une immortelle, ni Zoey Redbird, lança-t-elle, mais mes pouvoirs sont vastes, eux aussi ! Je te rappelle que j'ai tué l'homme qui a voulu nous avoir toutes les deux.

Sur ce, elle fit volte-face. D'un geste brusque, elle écarta la haie et quitta le labyrinthe. Heath s'apprêtait à reculer doucement lorsque Kalona tourna la tête. Ses yeux ambrés se posèrent aussitôt sur lui.

— Alors, petit humain, tu as une histoire à raconter à ma Zoey !

Heath soutint le regard de l'immortel et comprit deux choses. D'abord, que cette créature allait le tuer. Ensuite, qu'il devait transmettre la vérité à Zoey avant de mourir. Il ne flancha pas. Il rassembla toute la volonté qu'il avait appris à exploiter sur un terrain de football et la fit passer à travers leur Empreinte, essayant d'atteindre l'élément avec lequel Zoey avait l'affinité la plus forte : l'esprit. Son cœur et son âme crièrent dans la nuit : « Esprit, viens à moi ! Aide-moi à porter ce message à Zo ! Dis-lui qu'elle doit me trouver ! »

— Ce n'est pas *votre* Zoey, dit-il avec calme.

— Oh que si ! ricana l'immortel.

— Non, vous ne connaissez pas ma Zo, déclara Health pendant que tout son être criait : « Zo ! Viens à moi ! »

— Son âme m'appartient, et je ne laisserai ni Neferet ni personne changer ça, dit Kalona en marchant vers lui.

« Zo ! C'est toi et moi, bébé ! Viens à moi ! »

— Quelle est déjà cette expression qu'utilisent les vampires ? lâcha Kalona. « La curiosité est un vilain défaut » ? Je crois qu'elle s'applique très bien à cette situation.

Stark

— Je suis un idiot ! grommela Stark en entrant dans le palais.

— Avez-vous besoin d'un renseignement ? demanda le Fils d'Érebus qui se tenait dans l'entrée.

— Oui, je cherche la chambre d'Aphrodite, la prophétesse humaine qui est arrivée avec nous aujourd'hui. Oh, je m'appelle Stark. Je suis le combattant de la grande prêtresse Zoey Redbird.

— Nous savons qui vous êtes, dit le vampire en fixant ses tatouages rouges. Tout cela est fascinant !

— Fascinant ? Ce n'est pas le mot que j'aurais choisi.

Le combattant sourit.

— Vous n'êtes pas à son service depuis très longtemps, si ?

— Non. Seulement depuis quelques jours.

— Les choses s'arrangent – et empirent.

Stark poussa un long soupir. Même si Zoey le rendait dingue, il ne pouvait plus lui tourner le dos comme ça.

Il lui avait juré l'allégeance : sa place, aussi dur que ce soit parfois, était à ses côtés.

Le Fils d'Érebus éclata de rire.

— L'appartement de la prophétesse se trouve dans l'aile nord du palais. Tournez à gauche et prenez l'escalier sur votre droite. Au premier étage, une suite de chambres vous est réservée. Vos amis sont là-bas.

— Merci ! lança Stark en se précipitant dans la direction indiquée.

Il avait un mauvais pressentiment. Il détestait ça : cela signifiait que quelque chose n'allait pas, et que ce n'était pas le moment de mettre Zoey en colère.

Il ressentait son attirance pour Kalona, et cela le rendait malade. Pourquoi ne voyait-elle pas que ce type était maléfique ? Il n'y avait rien à sauver en lui !

Stark devait la convaincre qu'il avait raison. Et, pour cela, il fallait qu'il empêche ses sentiments pour elle de le perturber. Zoey était intelligente ; il lui parlerait calmement, et elle l'écouterait, comme elle l'avait toujours fait.

Il grimpa les marches trois par trois. La première porte sur sa gauche était entrouverte, et il aperçut une pièce luxueuse meublée de divans et de fauteuils dans des tons or et crème.

Entendant des murmures, il allait pousser le battant quand les émotions de Zoey le heurtèrent comme un raz-de-marée.

Peur ! Colère ! Confusion !

Il y avait un tel bazar dans la tête de Zoey qu'il ne percevait que ses sentiments les plus bruts.

— Stark ? Que se passe-t-il ? demanda Darius, qui venait de sortir de la pièce.

— Zoey ! Elle a des ennuis !

Stark chancela. Darius le rattrapa juste avant qu'il ne tombe et le secoua par les épaules.

— Reprends-toi ! Où est-elle ?

Stark releva les yeux. Tous les amis de Zoey le regardaient avec inquiétude. Il serra les paupières, essayant de voir à travers la terreur qui brouillait son esprit.

— Je ne peux pas. Je...

— Tu le dois ! N'essaie pas de penser ; Écoute ton instinct ! Un combattant peut toujours trouver sa dame. Toujours !

Tremblant de tous ses membres, Stark hocha la tête et fit demi-tour.

— Zoey ! cria-t-il.

Son nom résonna autour de lui. Il se concentra sur cet écho : « Zoey Redbird, ma dame », se répétait-il.

Et, comme si ces mots s'étaient transformés en une corde, il fut tiré en avant.

Il se mit à courir, suivi par Darius et les autres. Il passa en trombe devant le combattant à qui il avait parlé sans faire attention à son expression stupéfaite. Il ne pensait qu'à Zoey et laissait la force de son serment le conduire jusqu'à elle.

Il avait l'impression de voler. Plus tard, il ne se rappellerait pas comment il avait trouvé son chemin dans le labyrinthe : il se souviendrait juste du crissement des gravillons sous ses pieds alors qu'il accélérait encore.

Et pourtant, il arriva trop tard.

Même s'il devait vivre cinq cents ans, il n'oublierait

jamais ce qu'il avait découvert en arrivant dans la petite clairière. Ce spectacle resterait marqué au fer rouge dans son âme pour toujours.

Kalona et Heath se tenaient près du mur qui faisait le tour de l'île et dissimulait celle-ci aux yeux des Vénitiens.

Zoey était seulement à quelques mètres de Stark. Elle courait, elle aussi. Il la vit lever les mains et l'entendit lancer : « Esprit ! Viens à moi ! » Kalona leva lui aussi les mains, les plaçant sur les tempes de Heath, comme pour le caresser.

Puis, d'un geste rapide, puissant, il lui tordit le cou, le tuant sur le coup.

D'une voix tellement désespérée que Stark ne la reconnut pas, venant du tréfonds de son âme, Zoey hurla : « Non ! » et propulsa la balle luisante de l'esprit sur Kalona.

L'immortel lâcha le corps de Heath et pivota vers elle, incrédule. Le pouvoir de l'élément le frappa de plein fouet, le projetant en arrière, par-dessus le mur, dans la mer. Avec un cri déchirant, il déplia ses ailes immenses, qui l'emportèrent dans la nuit.

Mais Stark se moquait bien de Kalona et même de Heath. Il se rua vers Zoey. Elle était recroquevillée par terre, non loin du cadavre de son ami, le visage contre le sol. Stark sut l'horrible vérité avant même de l'avoir touchée. Néanmoins, il se laissa tomber à genoux à côté d'elle et la tourna doucement sur le dos. Elle avait les yeux ouverts, mais vides.

À part le contour saphir du croissant de lune, la

Marque normale des novices, tous ses tatouages avaient disparu.

Darius, qui venait d'arriver, hors d'haleine, s'accroupit à côté de Zoey et chercha son pouls.

— Elle vit, dit-il, avant de s'écrier : Déesse ! Ses tatouages !

Il toucha doucement son visage.

— Je ne comprends pas...

Il posa les yeux sur Heath en secouant la tête.

— Est-ce que l'humain...

— Il est mort, dit Stark avec calme, alors que tout hurlait en lui.

Damien et Aphrodite les rejoignirent en courant.

— Oh, déesse ! hoqueta Aphrodite, qui s'accroupit à côté de Zoey. Ses tatouages !

— Zoey ! cria Damien.

Jack et les Jumelles arrivèrent à leur tour. Ils pleuraient. Mais tout ce qu'il pouvait faire Stark, c'était la serrer plus fort contre lui.

La voix d'Aphrodite lui fit lever la tête.

— Stark ! Nous devons l'emmener au palais. Il nous faut de l'aide. Elle est encore en vie.

Il la regarda dans les yeux.

— Ses poumons respirent pour l'instant, mais c'est tout.

— Qu'est-ce que tu racontes ? Elle est en vie ! répéta-t-elle, obstinée.

— Zoey a vu Kalona qui s'apprêtait à tuer Heath et elle a appelé l'esprit pour essayer de l'en empêcher, mais elle est arrivée trop tard pour le sauver.

« Tout comme je suis arrivé trop tard pour la sauver, elle. »

— Lorsqu'elle a jeté l'esprit sur Kalona, reprit-il d'une voix calme, détachée, elle le savait, et son âme s'est brisée. Je le sais, car je suis lié à son âme et je l'ai senti. Zoey n'est plus là. Son corps n'est qu'une coquille vide.

Alors, James Stark, le combattant de Zoey Redbird, pencha la tête sur sa dame et se mit à pleurer.

Épilogue

Zoey

J e poussai un long soupir d'aise. La paix... Je ne
me souvenais pas de m'être jamais sentie aussi
détendue. Déesse, c'était une journée superbe ! Le
soleil était incroyable – doré, luisant, il brillait dans un
ciel d'un bleu intense.

Pourtant il ne me brûlait pas les yeux... Étrange !

Et puis, zut ! Je n'allais pas me casser de tête pour
comprendre ce qui se passait.

La prairie qui m'entourait était magnifique. Elle me
rappelait quelque chose, mais quoi ? Je haussai les
épaules... C'était sans importance. Je respirai l'air sucré
de l'été, me débarrassant de la tension qui s'était lovée
en moi comme un serpent.

L'herbe remuait paresseusement autour de mes
jambes, les caressant comme des plumes délicates.

Des plumes ? À quoi les plumes me faisaient-elles
penser ?

— Non. Ne réfléchis pas.

Je souris lorsque mes mots devinrent visibles, motifs violets scintillant dans l'air.

Devant moi s'étirait une rangée d'arbres qui portaient des fleurs blanches : on aurait dit des flocons de neige. Le vent soufflait doucement entre leurs branches produisant une musique sur laquelle je me mis à danser. Je sautais, faisais des pirouettes, inspirant profondément le parfum des fleurs.

Je me demandai pendant une seconde où j'étais, mais cela ne me paraissait pas essentiel. Du moins, tout ce qui comptait, c'étaient la musique et la danse.

Puis une pensée me frappa soudain : comment étais-je arrivée ici ? Je cessai de tournoyer, intriguée.

Alors, j'entendis un drôle de bruit. *Zing, plop !* Il me sembla réconfortant et familier, alors je le suivis. Je voyais du bleu entre les arbres, qui évoquait des topazes, des aigues-marines. De l'eau !

Avec un petit cri de joie, je courus jusqu'à la rive d'un lac incroyablement clair.

Zing, plop !

Le bruit provenait de derrière une courbe de la rive, que je longeai en fredonnant.

Le quai s'avançait sur le lac, parfait pour pêcher. Un garçon était assis tout au bout, jetant sa ligne avec un petit *zing !* Elle faisait « *plop !* » quand elle touchait l'eau.

Quelque chose d'étrange se passa alors : je ne savais pas qui c'était, et pourtant une panique terrible troubla soudain cette superbe journée. Non ! Je ne voulais pas le voir ! Je commençais à reculer en secouant la tête quand je marchai sur une brindille. Elle craqua, et il se retourna.

Son grand sourire disparut quand il m'aperçut.

— Zoey !

Au son de sa voix, les vannes de ma mémoire s'ouvrirent d'un coup. La tristesse me fit tomber à genoux.

Il courut vers moi et me prit dans ses bras.

— Tu ne devrais pas être là ! Tu es mort ! sanglotai-je contre sa poitrine.

— Zo, bébé, c'est l'au-delà. Ce n'est pas moi qui ne suis pas à ma place, c'est toi !

Mes souvenirs s'abattirent sur moi, me noyant dans le désespoir. Mon monde s'effondra, et tout devint noir.

Remerciements

Kristin et moi voulons remercier encore une fois notre équipe à St. Martin's Press. Nous la considérons comme notre famille et apprécions sa gentillesse, sa générosité, sa créativité et sa foi en nous. Merci, merci, merci à : Jennifer Weis, Anne Bensson, Matthew Shear, Anne Marie Tallberg, Brittney Kleinfelter, Katy Hershberger et Sally Richardson. Nous voulons aussi envoyer des baisers à la formidable équipe chargée du design de nos couvertures, Michael Storrings et Elsie Lyons.

Merci, Jenny Sullivan, pour tes relectures excellentes et d'une pertinence redoutable.

Comme toujours, nous remercions notre amie et agent Meredith Berstein, qui a changé notre vie grâce à trois petits mots : « lycée pour vampires ».

Et, bien sûr, merci à tous nos fans ! En particulier à ceux qui nous contactent et nous disent à quel point la Maison de la Nuit les a touchés.

Cet ouvrage a été composé par
PCA - 44400 REZE

Impression réalisée par

BRODARD & TAUPIN

La Flèche (Sarthe), le 18.10.2011
N° d'impression : 65997

Dépôt légal : novembre 2011

Imprimé en France

12, avenue d'Italie

75627 PARIS Cedex 13